FOLIO BIOGRAPHIES

collection dirigée par

GÉRARD DE CORTANZE

Bob Marley

par

Jean-Philippe de Tonnac

Gallimard

Crédits photographiques :

1, 7, 8 : David Burnet/Contact Press Image. 3, 13 : Ester Anderson/Corbis. 4, 6 : Michael Ochs/Corbis. 5 : Brian Cooke/Redferns. 9 : Veuige/Dalle. 10 : Scope/Dalle. 11 : Michael Putland/Dalle. 12 : Bernd Muller/Redferns. 13 : Jean-Louis Atlan/Sygma/Corbis. 15 : Patrick Chauvel/Sygma/Corbis. 16 : Echoes/Redferns. 17 : Underwood&Underwood/Corbis. 18 : Rue des Archives/Agip. 19 : Armando Gallo/Retna Ltd./Corbis.

Jean-Philippe de Tonnac est essayiste, éditeur et journaliste. Il a été éditeur chez José Corti et a travaillé pendant une dizaine d'années à la direction des Hors-série du *Nouvel Observateur* aux côtés de Jean Daniel. Il a consacré une première biographie à l'écrivain René Daumal (Grasset, 1998) ; mené des entretiens avec Théodore Monod sur le thème de l'engagement (*Révérence à la Vie*, Grasset, 1999) ; dirigé une encyclopédie sur *La Mort et l'Immortalité* (avec Frédéric Lenoir, Bayard, 2004) ; questionné, avec Roger-Pol Droit, l'idéal de sagesse dans l'Antiquité (*Fous comme des sages — Scènes grecques et romaines*, Le Seuil, 2002) ; engagé un échange avec le psychiatre Xavier Pommereau sur le *Mystère de l'anorexie* (Albin Michel, 2007) ; organisé la rencontre entre Jean-Claude Carrière et Umberto Eco sur la question des mutations du livre (*N'espérez pas vous débarrasser des livres*, Grasset, 2009). Titulaire de deux CAP (pâtisserie et boulangerie), il a dirigé pour la collection « Bouquins » des éditions Laffont, chez qui il est éditeur, le *Dictionnaire universel du pain* (2010).

Pour Diane.

Pour toute une génération, Bob Marley était le Malcolm X des années 1970, un authentique révolutionnaire et un homme qui n'abandonna jamais les gens qu'il aimait et pour lesquels il se battait. Au cours de sa vie, Bob Marley n'a jamais changé. Il n'a jamais changé son apparence... il n'a même jamais changé sa garde-robe.

DANNY SIMS CITÉ PAR LLOYD BRADLEY,
Bass Culture.
Quand le reggae était roi,
Allia, 2005.

[O]nly a few people knew him intimately. To the outside world he was a reggae superstar. Few knew that his songs were « songs of sorrows, pleading for redemption » ; and only a few knew that the majority of his songs were praises to his God-figure, Jah Rastafari.

LEONARD R. BARRETT,
The rastafarians Sounds of Cultural Dissonance,
revised and updated edition, Beacon Press, 1988.

Rasta gigogne

Commençons par enfoncer une porte ouverte. Le plus exposé, le plus ressassé est en même temps ce qui est le mieux caché. Comme si la surexposition participait en même temps de la dissimulation, en était le ressort essentiel. La vérité aime son propre retrait, dit le philosophe. Ce qui se donne à voir se dérobe, afin que ce qui se dérobe se donne à voir et à connaître. En l'occurrence Bob Marley est un maître incontesté en dissimulation. Et tous les superlatifs par lesquels on passera pour qualifier sa courte et phénoménale prestation sur la scène tout en rondeur du globe terrestre confirmeront cette loi de plomb. Que savons-nous exactement du soleil ?

Jetons-en plein la vue d'entrée de jeu pour continuer d'aveugler. Superlatifs. Prenons les choses dans l'ordre. Trois ans après sa disparition, celle qu'on peut regarder comme définitive (mais les rastas protestent), l'album *Legend* est parmi les meilleures ventes de tous les temps. L'exploit n'est, dans son cas, pas isolé. *Songs of Freedom* en 1992, est un nouveau jackpot. Décourageant pour la concurrence. Puis on enchaîne, très vite. La BBC, en 1999, déclare que « One Love » (premier enregistrement 1965, et présent sur l'album *Exodus*, 1977) est la chanson du millénaire, tandis que le *Time* fait d'*Exodus* le « meilleur album du XXe siècle ». La BBC remet ça, en 2001, au moment de désigner les meilleurs auteurs-compositeurs de tous les temps, en plaçant Marley sur le podium, bien qu'en troisième position, après Dylan et Lennon — résultat confirmé par sa onzième place dans le classement Forbes des personnalités disparues ayant touché les plus gros revenus[1*]. On imagine que cet ébouriffant palmarès n'a pas laissé insensibles tous ceux qui se sentent le droit de revendiquer une part de ce succès. À commencer par son île au milieu de nulle part, plus précisément perdue dans le *Black Atlantic*, une île où il est venu au monde, en 1945, fort modestement, à Rhoden Hall, au pied de la colline de Nine Miles, paroisse de St. Ann, dans cette région qu'on appelle « *The garden parish of Jamaica* » (la paroisse-jardin de la Jamaïque). Non seulement ses chansons vous accueillent à l'aéroport Norman Manley, en fanfare et en boucle, mais son « One Love », encore lui, fait désormais office d'hymne national et vous ne pouvez concevoir une visite de l'île sans vous arrêter dans sa maison, 56 Hope Road, Kingston, où il a engendré quelques-uns de ses plus grands succès, et transformée désormais en musée, ou au mausolée de

* Les notes bibliographiques sont regroupées en fin de volume p. 342.

Nine Miles où il repose. Il est certain que Bob demeure pour l'Office du tourisme jamaïcain « une institution plus commercialisable que les chutes de la Dunns River, les *rent-a-dreads* d'Ocho Rios ou le rhum Wray&Nephew » — « *rent-a-dreads* » (« louez un rasta »), étant, nous explique Lloyd Bradley, « le surnom donné aux prostitués mâles qui arpentent les plages d'Ochos Rios et Montego Bay, une des distractions favorites de riches (et vieilles) touristes (américaines) en quête de "Big Bamboo"[2] ».

Le nombre de ceux qui sont prêts à détourner un peu de cette lumière sur eux sont même légion, farouches, activistes de surcroît, au besoin procéduriers. Les femmes de Bob se sont longtemps disputées la mémoire de son cœur ; ses enfants une place devant son nom ; les producteurs des droits ficelés de manière très peu conventionnelle aux singles et albums qui ponctuent une trajectoire qui pose un pied sur tous les continents et que la mort n'arrête visiblement pas ; les réalisateurs la responsabilité d'un biopic qui va venir nécessairement les conforter, eux les gardiens du temple, dans leur velléité de ne rien faire, ne rien tenter. Mais le plus important n'est pas là. L'ascension de l'enfant jeté sur les « épines du plein jour[3] », à Kingston, Jamaïque, manière de Calcutta du Nouveau Monde, où naître et (éventuellement) grandir s'apparente à une réprimande divine, ou un acte de foi, la transsubstantiation qu'il a opérée de la violence ordinaire, cette régénération de son sang qu'il est allé puiser après son premier séjour à

Wilmington (Delaware, États-Unis) au sein des *groundations* ou rassemblement des premières communautés nyabinghi, toute cette ardente énergie rédemptrice déployée par Marley n'a jamais cessé de susciter la louange et l'admiration des parias de la terre qui l'ont porté et le portent aux nues. Ainsi Bob est-il la première icône de ce tiers-monde qui apprend toujours beaucoup de lui, et d'abord à se détourner des dieux de l'Occident qui squattent, à défaut de temple, le Nasdaq. Il est un sursaut magnifique d'orgueil pour cette partie du monde qu'on n'a pas encore informée de la chute du Mur, ou qui n'y a pas cru, parce qu'un mur en cache toujours un autre, un mur blanc contre un mur noir, et que les illusions ont cessé de bercer. En ce sens, le phénomène Marley excède très largement la scène musicale et a justifié, dans les pays anglo-saxons, l'investigation des chercheurs susceptibles d'éclairer cette inespérée parousie au cœur des ghettos de Back'O'Wall et de Trench Town. Leader métis d'un panafricanisme dont il est sans doute la figure la plus populaire, Marley a ainsi contribué à déplacer et brouiller les lignes, selon une stratégie qui lui était propre et qui a emprunté à cette loi évoquée précédemment. Dans une société de l'image et du leurre, le lieu de la disparition est au point de la plus universelle exposition. En ce sens, Marley est demeuré un secret bien gardé.

Et gardé à deux niveaux de profondeur. D'abord l'homme, au dire de ceux qui l'ont approché, côtoyé de près, est resté indéchiffrable. Son biographe « officiel », Timothy White, qui a consacré sa vie à scruter ce personnage « truqueur », qu'il compare à l'araignée Anansi, héroïne des contes ghanéens et, plus généralement, des folklores de l'Afrique de l'Ouest et des Caraïbes, araignée roublarde, insaisissable, confirme cette aptitude de Marley à vous échapper, à vous glisser entre les doigts, à protéger son monde intérieur, selon ce double mouvement du don de soi et du retrait[4]. Comme si les aptitudes métaboliques du monde s'acharnaient à vouloir atteindre à l'essence du message du chanteur et s'y épuisaient. Car, comme le dit White, si Marley est demeuré la *reggae star* que l'on sait, et ce dès le début des années 1970, peu de ses adorateurs ont su que la plupart de ses tubes étaient en réalité des hymnes chantés à la gloire de Jah, le dieu d'une religion syncrétiste née des efforts obstinés de prophètes obscurs et sublimes, à la fois dans la Caraïbe, l'Amérique centrale, les États-Unis et l'Afrique du Sud, pour réhabiliter l'âme noire. Dans une génération qui découvrait, à partir des substances douces puis dures, les vertus du saut à l'élastique, avec ou sans élastique, on avait un peu rapidement classé Marley et ses semblables parmi les fumeurs de joints, adeptes d'un *peace & love* de bazar, animateurs de *dancehalls* aux quatre coins de la planète, laquelle se balançait désormais au rythme lent et lourd du *one drop made in Jamaica*. Les clichés ont la peau si dure, parfois, qu'il est bien inutile de vouloir les pourfendre, et Marley eût été le dernier à vouloir se mettre à nu. Si ce n'est dans l'intimité des alcôves, chambres d'hôtels, nuits de hasard, dont les protagonistes, peut-être, chérissent encore les images, inaltérable butin. Un homme artiste gigogne dont les dreads, qui ostensiblement montrent et cachent, se retrouvent jusques et y compris sur le crâne du dernier Marley, tout au centre, à mille lieues au-dessous du niveau de la mer. *Black Atlantic.*

Nous y sommes. Le sociologue Paul Gilroy, du Goldsmith's College de Londres, a développé ce concept qui permet de réécrire l'histoire de ces hommes et de ces femmes arrachés à leurs terres africaines mais arrivés nulle part, puisque jamais accueillis, ou bien à bras fermés et sans qu'aucun rivage ne se fasse jamais connaître[5]. Certainement pas les côtes de Guanahani (San Salvador), ainsi que Colomb les a vues dans la nuit du 11 au 12 octobre 1492. Mais que voit-on dans la nuit ? Plus sûrement, celles des prochaines et durables servitudes. Un peuple déraciné, déporté, donc interdit de se réenraciner ailleurs que dans ce non-espace qui n'est plus tout à fait l'Afrique, dont il ne demeure pour eux et leurs descendants que les rythmes et les danses, ce dont le corps ne se départit pas même quand il est dans les fers, et pas encore la terre des esclaves, dont on ne veut évidemment pas, ou qu'on fait semblant d'accepter. Ce *Black Atlantic*, ou sixième continent, qui n'est ni ceci ni cela, « *neti neti* », disent les Hindous, et cela tombe plutôt bien puisque ceux qui remplacèrent les Noirs après leur affranchissement, en 1833, jouèrent dans cette histoire un rôle de catalyseur essentiel, nous allons y revenir. Il faut nécessairement s'attarder à reconstituer ce périmètre de détresse et de réinvention de soi ou se condamner à ne rien comprendre à ce qui s'est passé en Jamaïque. Le rastafarisme qu'embrasse Marley à son retour du Delaware, en 1966 (il a déjà pu se faire une petite idée de ce qu'était le *shitstem*), est d'une certaine manière le très pur produit de cette double conscience dont parle W.E.B. Du Bois, qui est la certitude de n'appartenir à rien vraiment[6]. Peut-être la meilleure illustration de ce qu'est l'expatriation de soi est-elle donnée par l'écrivain sud-africain John Maxwell Coetzee dans son roman *Michael K, sa vie, son temps*. Comment faites-vous lorsque vous débarquez dans un monde qui ne vous voit pas, qui pourrait au mieux vous mépriser, mais qui vous ignore plutôt, qui a de vous l'image d'un *sous*-quelque chose, et qui a traité de la même façon vos parents et les parents de vos parents ? Comment faites-vous pour reprendre un peu foi dans ce qui est si unanimement dégradé ? Par où abordez-vous le problème ? À partir de quoi essayez-vous de renverser le cours de l'histoire qui vous a placé hors de l'histoire ? C'est, bien entendu, cette affreuse aporie qu'il faut raconter lorsqu'on veut entendre la genèse du mouvement rastafari en Jamaïque, sorte de sionisme noir qui voit en l'Éthiopie son rêve promis et dans Hailé Sélassié, dernier Negusä nägäst d'Abyssinie, son Messie noir. Or, c'est cette croyance que Marley portait au plus profond de lui et qui l'a fait chanter et prêcher à travers ses tournées-marathons ; et sans doute cette pugnacité, cette énergie redoutable, jusques et y compris aux portes de la mort, peut-elle s'expliquer par sa foi ardente, pour nous à jamais obscure, laquelle excède ici, on l'aura compris, les enjeux du seul show-biz. Ainsi, dans la pleine lumière du mythe qu'il a contribué à créer, Marley a-t-il bel et bien disparu à nos yeux. Et la tâche du biographe s'apparente à celle de Henry Morton Stanley partant, à travers l'Afrique, à la recherche de David Livingstone.

Et nous voilà descendu à quelques profondeurs au-dessous du niveau des mers où les bateaux négriers poursuivent inlassablement leur obsédante et obscène ritournelle. La carrière du chanteur Marley est inconcevable sans ces petits coups de pouce du destin qui ont pour nom Clement « Coxsone » Dodd, Lee « Scratch » Perry, Danny Sims ou Chris Blackwell, le bien nommé. Ces personnages hauts en couleur, jamaïcains ou anglo-jamaïcains, voire même américains, ont contribué à forger ce messie reggae rasta qui poursuit, à travers les siècles, désormais, sa course verte, jaune et rouge. Mais Marley, pourtant, n'a rien inventé. Il ne fut pas le musicien le plus talentueux de sa génération, et d'autres postulants auraient pu prétendre décrocher plus sûrement ce gros lot que le ciel lui a attribué presque exclusivement. Celui qui a fini par le résumer presque à lui tout seul n'a pas été véritablement le créateur du reggae, ni même son meilleur ambassadeur. Comme le dit Lloyd Bradley, le fait que « l'acteur le plus fameux du reggae n'exerça pratiquement aucune influence sur le développement de la musique à son niveau le plus basique — c'est-à-dire les studios de Kingston —, constitue une ironie d'apparence colossale[7] ». Les choses se passaient ailleurs. Très au-dessous du niveau de la surface des eaux. Essayez, pour voir, de plonger vos racines dans le noir océan et voyez un peu si vous vous arrimez à quelque chose de solide. Pas évident. Marley et tous les prophètes du panafricanisme-éthiopianisme ont eu à affronter ce casse-tête et sans doute cela peut-il légitimer cette étrangeté et ce mystère chez lui. Cette *préoccupation.* Marley n'est donc pas seulement la découverte ou l'invention de producteurs et agents, fussent-ils géniaux (et ils le furent), certains d'avoir trouvé en lui l'icône d'une jeunesse encline à faire des vaincus de l'histoire ses prophètes.

Lorsqu'il commence à suivre l'enseignement de Mortimer Planno, sorte de rasta VIP depuis qu'il s'est vu désigné pour accueillir Hailé Sélassié en visite en Jamaïque en 1966, Marley rejoint volontairement le petit nombre de ceux qui œuvrent à retrouver l'arche perdue, c'est-à-dire l'âme noire. Il est un des héros de cette renaissance, l'un des plus prodigieux. Dans ce sens, il convient de rattacher son nom à ceux de ces autres lumières qui œuvrèrent, avant lui, à ouvrir les eaux de l'*océan noir* : parmi ceux-ci, Archibald Dunkey, fondateur de l'antenne jamaïcaine de l'Ethiopian World Federation ; Robert Hinds, prêcheur inspiré à la tête de sa King of Kings Mission (6 Law Street, Kingston) ; Joseph Nathaniel Hibbert, Costaricain membre de The Ancient Order of Ethiopia Masonic Lodge, puis ministre de l'Ethiopian Coptic Faith en Jamaïque où il rencontra celui qui est donné comme le premier véritable rasta de l'histoire, Leonard Percival Howell. Sans oublier, bien entendu, le King des Kings, pour le coup, Marcus Mosiah Garvey, figure de proue de ces mouvements engendrés *ex nihilo*, catalyseur de toutes ces poussées de fièvres noires et à qui incombe la responsabilité morale d'avoir assigné à ces contingents de fils d'esclaves, perdus sur l'immensité d'un océan sans rivages (« local sans les murs », pour paraphraser l'écrivain Miguel Torga lorsqu'il définit l'universel), la perspective du « Retour en Afrique ». Mais on sait désormais ce que ces rêves de rapatriement, lorsqu'ils s'incarnent, peuvent avoir de parenté avec les plus terribles cauchemars.

Bob est donc le héros d'une histoire gigogne, elle aussi. C'est celle-là qu'il faut raconter si tant est qu'on veuille saisir le mouvement de sa trajectoire, des quartiers les plus malfamés de Kingston aux étoiles noires au milieu d'un ciel encore trop blanc.

Norval Marley

« *Foul deeds will rise, though all the earth o'erwehelm them, to men's eyes* », réplique Hamlet à la fin de la scène 2 du premier acte. Acte inaugural. C'est-à-dire : « Nos méfaits se dresseront toujours, la terre les aurait-elle recouverts, aux yeux des hommes[1]. » L'entrée en matière est abrupte, c'est entendu, mais elle dit assez bien ces ressacs de l'histoire de la colonisation et de l'esclavage qu'incarne pour jamais la Caraïbe, première terre en archipel sur la route du rêve anthropophage de l'Occident. Ressacs ou soubresauts d'orgueil des *sufferers*, des laissés-pour-compte qui, sur ces îles, ont fini par tenir la dragée haute aux colons, aux missionnaires, puis aux négriers. Comme si le destin des esclaves avait été de venger leurs frères Indiens arawaks décimés par les amis et enfants de Colomb, ou simplement par les bactéries et microbes qu'ils transportaient avec eux, et par là même, et tous ensemble, Indiens d'Amérique et Africains, de dresser à la face du monde, en crimes indélébiles, les méfaits du conquistador. Et puisque nous embarquons pour la Jamaïque, comment rêver meilleure illustration de l'axiome shakespearien que cette déculottée et ce rappel à l'ordre de la mémoire que les vaincus de l'histoire — Juan de Bolas, Cudjoe, Queen Nanny, Samuel Sharpe, Paul Bogle, Marcus Mosiah Garvey, Leonard Percival Howell, Nesta Robert Marley — infligèrent ici aux vainqueurs ? Les uns avec des imprécations, des discours ou des armes ; les autres avec des tambours *burru*, voire des guitares basses, mais toujours au rythme du *four beat*.

La généalogie de Nesta Robert Marley touche au sublime. Pas besoin de s'en raconter ici, comme on l'a fait avec d'autres monstres sacrés dans l'idée de leur inventer des filiations célestes. Il y a d'abord ces grands ancêtres, ces guerriers que nous évoquions. Ils ont aidé ces peuples sacrifiés sur l'autel du rien à reprendre courage et confiance en leur destin, même si ce dernier avait sérieusement déraillé ou plutôt mis le cap sur des décennies assez moyennes. Nous les retrouverons dans ces pages. Il y a ensuite l'histoire d'un enfant débarqué au milieu de nulle part qui se découvre des protecteurs attentionnés. Peut-être faut-il dire inspirés, habités. Omeriah Malcolm est de ceux-là. Il vit au cœur de l'exubérance de la paroisse de St. Ann, au nord de l'île qui en comprend treize. Il est un lointain descendant des Marrons, ces esclaves fugitifs qui ont acquis un statut d'indépendance arraché au cours de combats musclés contre les tuniques rouges d'Angleterre. Car l'île est anglaise depuis 1670, les Espagnols l'ayant quittée pour aller s'installer à Cuba. L'histoire de la

Caraïbe, c'est un peu celle des transferts qui passionnent tant les supporteurs des clubs de foot. Colomb accoste à St. Ann's Bay, le 2 mai 1494, au cours de son second voyage, à deux pas de l'endroit où Bob va voir le jour, second voyage au cours duquel il a fondé, sur l'île de Dominique, la Isabela, la première colonie permanente du Nouveau Monde. Le conquérant prend donc racine. Il va revenir. S'installer. Mauvaise nouvelle pour les Indiens qui vivaient là depuis les Ve-VIe siècles, venus de la vallée de l'Amazone et du delta de l'Orénoque. Ce sont des Arawaks qui nomment ce petit bijou d'île où ils ont élu domicile — la pioche est loin d'être mauvaise — Xaymaca ou Xamaica, « Pays des sources », et c'est aussi ce qui explique qu'ils soient restés. L'île est généreuse. Luxuriante. On se ferait conquistador, Indien arawak ou missionnaire catholique pour moins que ça. Sauf que les Arawaks n'ont eu besoin d'humilier et de dépecer personne pour s'installer. Au moment de la retranscription, un officier espagnol change le X en J. Manque d'encre. Grosse fatigue. Mal du pays. Il aimait une jeune femme dont le nom était à peu près celui-là. On ne saura jamais. En tout cas Xamaica est désormais Jamaica. Et l'île, avec ses habitants, cultivateurs de coton, pêcheurs, tailleurs de bijoux, joueurs, rieurs, entre dans l'histoire. Et, comme chaque fois, le temps se gâte.

Omeriah est un homme respecté. On le nomme *Custos*, titre que porte un haut magistrat à la cour de St. Ann's Bay. Mais pour les gens du pays, cela veut d'abord dire un *monsieur*. Les télescopages ici sont légion, les frontières du temps particulièrement poreuses. Un homme respecté parce qu'il en impose, qu'il est ce qu'on appelle un *myalman*, autrement dit un homme qui a des « pouvoirs », mais de bons pouvoirs par opposition aux mauvais qui terrifient les Jamaïcains ; et aussi parce qu'il a su faire fortune. Ses terres s'étagent sur les collines de Eight et de Nine Miles. Il est l'un des solides producteurs de café de la région ; mais aussi d'ignames, de pommes de terre, de cacao, de piments et de bananes. Il possède également une boulangerie, une épicerie, une mercerie ; des chèvres que l'enfant Nesta gardera plus tard. Il est même à l'occasion un joueur de violon et d'accordéon apprécié. Les musiciens se rassemblent chez Omeriah et Alberta (née Wilby), laquelle possède une fort belle voix et, ensemble, après quelques verres de rhum, quelques bouffées de ganja, ils font danser aux gens du cru quadrille (*katreel*), polka, valse, branle écossais. Parce que le conquistador l'est aussi par sa musique et par ses danses. Mais rien à voir avec les salons feutrés comme on en trouve à la même époque à Vienne ou à Paris. Avec les enfants ashanti, le quadrille et le branle déménagent. On comprend bien que les concessions qu'ils ont faites à l'oppresseur ne les impliquaient pas vraiment, qu'ils ont fait semblant, qu'ils demeurent dans le fond ce qu'ils ont toujours été. Des Africains. Et particulièrement lorsqu'ils s'agitent langoureusement au son du calypso et du mento.

Retour en arrière, en galère. Les premiers vaisseaux négriers commencent à accoster en Jamaïque à partir du XVIe siècle. Ils font ici en général une première escale avant de poursuivre vers leurs improbables destinations. L'habitude qui se prend est de laisser sur place, avant de repartir, les éléments les plus retors. Les fortes têtes. Les âmes farouches. Cela qui va constituer pour les générations de Jamaïcains à venir une graine de rébellion. Les *baldheads* qui se sont essayés à mater cette engeance en ont fait immanquablement les frais. Des êtres forts, donc fiers de leurs origines, lesquelles vont puiser dans l'histoire des peuples (les Akans) installés sur les rivages du golfe de Guinée et dominés par la culture ashanti. Celle-ci est plus précisément l'identité du peuple du même nom, localisé dans l'actuel Ghana, peuple conquérant qui s'est constitué au XVIIe siècle en État, a commercé avec les Européens avant de s'affronter sans trembler aux Anglais qui ont fini par avoir raison de lui. Si l'empire ashanti a disparu à la fin du XIXe siècle, les traditions qu'il recelait, la culture qui s'y était imposée, la langue qu'on y parlait (le twi), la religion qu'on y pratiquait (le myal) sont demeurées pour les esclaves et fils d'esclaves arrachés à l'Afrique et bourlingués au cœur des servitudes du monde, leur arrière-pays. Or c'est l'expérience de la possession commune à la religion myal et aux Églises baptistes qui va offrir les conditions d'un dialogue entre les anciens esclaves et les missionnaires qui commencent tout juste à s'émouvoir du sort des premiers. Un christianisme myalisé voit le jour sous la forme de cultes appelés Pukumania et Zion, lesquels prônent un égal respect pour les esprits capables de posséder et leurs prêtent à tous des pouvoirs positifs ou vertueux[2]. Pas de place dans la religion myal parfumée de christianité pour une entité comme le Diable ou pour ces forces noires, destructrices, ces esprits mauvais avec lesquels commercent les *obeah*, hommes et femmes, genre de prêtres et prêtresses spirituellement apatrides, cantonnés dans le rôle de sorciers et qu'on consulte dans le cas de possession néfaste. Ce sont aussi — *myal-men* et *obeah-men* — des « hommes-médecine » connaissant les plantes et l'usage qu'on peut en faire, des êtres inspirés dont on attend le conseil ou l'aide surnaturelle. La partie invisible, immergée de ces terres que nous commençons à fouler ne devra jamais être *occultée*, si l'on ose dire ; ce serait courir le risque de passer à côté de l'essentiel. Même et y compris en goûtant les imprécations de Marley, ses hymnes à Jah, ses chants prophétiques. Un monde et ses acteurs manipulés en permanence par des forces invisibles, les unes bien lunées, les autres pas : c'est la réalité dans laquelle le vieil Omeriah, désormais veuf et père de quelque huit enfants, parmi lesquels une jeune fille de dix-sept ans qui a pour prénom Cedella, tisse sa toile. Avec un talent particulier.

Comme sa mère, qu'elle a perdu à l'âge de dix ans, Cedella aime chanter. Elle se souvient qu'Alberta supportait de cette manière les hommes et les femmes dans les plantations de cannes à sucre. Bien sûr l'esclavage a été aboli (1833), et les esclaves remplacés par les *coolies*, mais les sales habitudes demeurent chez l'oppresseur comme chez l'opprimé. Quelque chose persiste, un doute, à propos de ce nouveau statut accordé à ceux dont on avait pris l'habitude d'extraire tout le sucre avant de les jeter. Peut-on être égaux par la loi ? Les rôles sont trop marqués. Les répliques, les gestes taillés dans le marbre du temps. Comment devient-on un esclave et comment cesse-t-on de l'être ? Question épineuse. Et voilà d'ailleurs que l'hésitation demeure, que l'histoire bégaie encore : lorsque les Indiens (ceux-là originaires de l'Inde) viennent remplacer la main-d'œuvre servile, on ne sait pas encore très bien ce qui les distingue des esclaves maintenant affranchis. Comme si, à travers des mues successives, la servitude était toujours recommencée. Le constat dressé par l'historien Olivier Pétré-Grenouilleau est quelque peu amer : « [...] le système des *coolies* pourrait apparaître comme l'une des formes de transition entre l'âge de l'esclavage et celui de la prolétarisation[3] ». Ainsi les serfs sont-il toujours en transit entre deux servitudes. Alors Alberta et Cedalla chantent. C'est une manière de tenir tête au malheur.

Voilà pour les préliminaires. Et puis le mouvement soudain s'accélère. Un quartier-maître de l'armée britannique, Norval Marley, dont la famille habite les beaux quartiers de Kingston, près de Hope Road, cinquantenaire, plutôt beau gosse, avec un visage long, qui manque un peu de force, vient à passer dans le district de Rhoden Hall, là où Omeriah a sa maison, là où, de toute évidence, quelque chose se trame. La Couronne l'a affecté à la surveillance des terres qu'elle détient dans le nord de l'île. L'homme sur sa monture passe son chemin, élégant, un peu absent, mais avec quelque chose de bon qui émane de lui. Pas d'arrogance envers ces gens qui s'activent dans les champs, qui dansent et chantent le soir venu quelle que soit la couleur du ciel. Il a même une certaine affection pour eux, laquelle a toujours fait désordre dans sa famille et particulièrement chez sa mère, Edith. Les Marley, venus du Sussex, avec de lointaines origines juives du côté de la Syrie, sont des seigneurs sur l'île. Ils y possèdent la plus grosse société de location d'outillage. Rien qui permette de faire oublier le fossé qui sépare ici encore les Blancs des autres et de ne pas se tenir prudemment à distance. Or les ambiguïtés de Norval sont, pour Edith, tout à fait offensantes ; il est l'enfant par qui le scandale pourrait entrer dans le clan des Marley. Et en effet, Norval s'est entiché d'une gamine de dix-sept ans. La rencontre a eu lieu au hasard des pérégrinations du quartier-maître qui tourne à pas lents à travers les collines de Nine Miles. Le « capitaine », comme on l'appelle, a le prestige du rang, de la couleur et d'une sincère attention portée à ceux qui triment sans relâche dans les champs. Les choses vont vite en besogne car, dès le mois de mai 1944, Cedella doit se rendre à l'évidence : elle est enceinte. Les réactions sont diverses. Norval assume et parle de mariage, ce qui n'est pas à son déshonneur. Preuve que la petite ne s'est pas tant fourvoyée que cela. Omeriah rouspète, assez furieux. Le « capitaine » a cinquante ans. Peut-être davantage. Va-t-il venir s'installer sur les collines de Nine Miles ? Certainement pas. Va-t-il emmener la mère et l'enfant à Kingston ? On ne le laissera pas faire. On sent tout de suite que l'enfant est un enjeu. Une ligne de partage des eaux. Qu'il va naître à l'endroit où il faut prendre parti pour exister. Quant à la mère Marley, elle tonne qu'elle « l'avait bien dit », ce qui signifie qu'elle s'en doutait. Norval a fait très fort. Il a engrossé une « petite négresse » de la paroisse de St. Ann et parle maintenant de l'épouser. Les Marley sont accablés. Mais Norval, lui, faible et droit à la fois, ne s'en laisse pas compter. Il vient à Rhoden Hall affronter le respectable *Custos* et lui prouver que ses intentions sont honnêtes. Il veut vraiment faire de Cedella Malcolm sa femme. Les négociations sont âpres, mais aboutissent au choix d'une date pour le mariage : ce sera le 9 juin 1944, chez la grand-mère de Cedella, à St. Ann. Faut-il inviter Edith ? La famille du capitaine ? *Custos* est taquin. Norval les représentera du mieux qu'il pourra. C'est un Blanc pas si poltron, après tout, et qui essaie de faire de son mieux. Et Edith ne vient pas. Bien sûr. Elle fait mieux. Elle déshérite l'insensé en faveur des deux fils de son frère. Pas de raison que l'enfant d'une « négresse » participe au partage. Norval a choisi. Qu'il aille au diable.

Huit mois plus tard, Rhoden Hall, maison de *Custos*, un 6 février. Cedalla est en plein travail, assistée par ses sœurs. Le « capitaine » n'est pas présent, mais il a demandé à ce qu'on le prévienne tout de suite. Des problèmes récurrents d'hernie discale ont transformé ses parcours à cheval dans les jardins de St. Ann en un long calvaire. Un sort jeté par sa mère ? Quelque *obeah man*, toujours prêt à rendre sévice ? Il a quitté la région et son cheval pour regagner Kingston où il est désormais affecté à la surveillance d'un chantier en construction : celui d'un pont. Le symbole parfait pour cet homme qui feint d'ignorer les frontières. Dès qu'il est informé, le « capitaine » accourt pour baptiser l'enfant du nom de Nesta Robert. Est-il bien inspiré ? Souffre-t-il de son dos ? Robert est le prénom de son frère, le père des enfants qui hériteront à sa place. L'homme n'est donc pas du genre rancunier. À moins qu'il ne soit pas au courant. Mais pourquoi Nesta ? Qui s'appelle Nesta ? A-t-on idée de s'appeler Nesta ? D'ailleurs lorsque Cedella, émigrée dans le Delaware (États-Unis), quelques années plus tard, s'occupera de procurer un passeport à son fils pour l'inciter à la rejoindre, le fonctionnaire lui conseillera d'inverser les deux prénoms, Nesta faisant décidément trop « fille[4] ». Pour l'heure, c'est Nesta Robert qui vient au monde. Le père a l'air vraiment heureux de ce petit *pickney* (c'est-à-dire « enfant » dans le patois jamaïcain). Il prend même le temps de s'attarder. Une semaine. Le pont comme le ciel peuvent attendre. Parmi les Marley, il est le seul à savoir que l'enfant est né. Il aurait aimé partager. En même temps, et sans qu'on puisse se l'expliquer, on devine que c'est un secret mal gardé.

Entrée des *duppies*

C'est un territoire gorgé de présence où l'enfant Nesta évolue. Il faudrait être un peu fou pour penser que tout s'arrête à ce qu'on voit. Omeriah, Yaya, la grand-mère de Cedella, Mme Isaacs, l'institutrice, quelques âmes qui squattent ici les collines de Nine Miles montrent les portes et l'enfant les ouvre. On dirait un monde à double ou triple fond. Peut-être que la violence des coups reçus, l'extrême humiliation, le définitif abandon ont fait à jamais de ces gens des êtres à fleur de peau. Mieux disposés à prendre en compte la part manquante de tout, ils ont l'oreille tendue aux imperceptibles murmures. Les arbres bruissent et ce n'est pas seulement que le vent joue dans les feuillages. Allons ! il faut avoir des yeux pour voir s'agiter les deux petits calebassiers au pied du chemin qui monte à Rhoden Hall. Des yeux pour voir. William Edward Burghardt Du Bois, l'une des premières voix écoutées du peuple noir, explique cette disposition :

Toutes les puissances haineuses du monde souterrain s'étaient liguées contre [l'esclave], et un sentiment de révolte et de vengeance emplit son cœur. Il convoqua toutes les ressources du paganisme à son aide — l'exorcisme, la sorcellerie [...] et cette vague tendance à la superstition qui caractérise encore aujourd'hui le Noir sans éducation prit du corps et atteignit alors son apogée[1].

Il faut sans cesse se remémorer cette profondeur du champ. Les êtres qui l'habitent, les *duppies*, les esprits dans le patois jamaïcain, qui peuvent vraiment vous pourrir la vie. Bob Marley semble en avoir fait l'expérience, peut-être déjà dans ces années où il foule pour la première fois les terres de St. Ann. Face aux esprits moqueurs, frappeurs, pas d'autres choix que de devenir un « *Duppy Conqueror* », titre présent sur l'album *Burnin'* (1973), mais déjà enregistré par Lee Scratch Perry en 1970, auquel on attribue parfois les paroles ; rien d'étonnant à cela, Perry étant lui-même plein d'esprit et de mordant, une surnature orageuse et géniale et, comme on s'en apercevra dans ces pages, pas de Bob sans Lee.

Pour Omeriah, les signes sont patents. Enfant-buvard, Nesta est une proie facile. À quatre mois, il est gravement malade et le grand-père doit puiser dans l'herbier de la nature pour le tirer de là. Cedella s'insurge. Pourquoi son unique Nesta plutôt qu'un autre ? Pour le protéger contre celui qui le harcèle, Yaya fabrique tout exprès une amulette qu'elle place autour de son cou, comme un vêtement pour un hiver de l'âme. C'est une époque de grande intranquillité. Tout vient à se dévoiler. Cedella déménage vers Stepney et Nesta est admis à l'école du village. C'est le fief de Mme Isaacs qui a tout de suite un œil sur cet enfant débarqué avec sa mère. Elle au pied de la colline, dans son épicerie, Nesta dans son école, enfant appliqué et curieux que l'institutrice accompagne dans son éveil. Il y a quelque chose à faire avec ce gosse qui, une fois échappé de l'école, suit les sentiers, les invente et s'enfuit. Où court-il pieds nus dans ce jardin ? L'alibi, ce sont ces chèvres qu'Omeriah a placées sous sa responsabilité et qui guettent, c'est certain, l'heure de la sortie d'école. Les sentiers sont escarpés, les hôtes innombrables qu'il faut parfois chasser au lance-pierre, les fruits sauvages rarement plus éloignés que la longueur du bras, les chèvres pas toujours au rendez-vous. La surprise, c'est l'inachèvement du monde. Les portes se succèdent, les sentes et l'impression que toute exploration creuse l'espace sans fin. Mais lorsqu'il faut regagner, le soir venu, la maison de Cedella, celle-ci paraît carrément minuscule. Elle est posée en équilibre à flanc de colline. On dirait un peu la baraque à bascule dans *La Ruée vers l'or*. Le sort peut s'amuser à faire tanguer les jours comme il l'entend. En fin de compte, on se retrouve toujours penché. Il y a ainsi une lente inscription dans ce vert paradis de l'enfance. Nesta l'épouse. Il convoque ici des images qui traverseront son ciel mental sa vie durant. Comme cette brume dont il parle dans « Misty Morning » (*Kaya*, 1978), qui masque, au matin, les crêtes des montagnes Bleues et tout le « pays des sources » qui se donne et en même temps se soustrait et dans lequel il faudra pourtant descendre. Un pacte est établi avec cette terre parcourue en tous sens durant ces années où l'enfant est abandonné moins à lui-même qu'aux hôtes attentifs et versatiles qui peuplent les îles du Ponant. Ni les succès de Marley, ni ses infidélités, peut-être ses trahisons, ne briseront cela.

Et Norval, là-dedans, le notre père qui êtes ailleurs, affecté à son chantier ? Le pont enjambe-t-il l'espace qui sépare Kingston la gueuse de ces terres où les enfants d'esclaves lentement se redressent ? Mais certainement. Le voilà de retour, la bouche en cœur, les hommes savent faire les beaux quand les intérêts « majeurs » l'exigent. Il a inscrit l'enfant à l'école, mais à Kingston. La cour des grands. Il est temps de lui donner une éducation, dit-il. Il parlemente avec Omeriah, il fait semblant car on sent que, pour une fois, il ne s'en laissera pas conter. Mme Isaacs est très défavorable. Pourquoi perdre un si bon élément, un garçon si gentil, en pleine année ? Inutile de parlementer. La question est tranchée. Le père reprend les rênes. C'en est même touchant. Cedella s'est complètement laissé faire. C'est elle qui a toujours défendu le « capitaine ». Contre vents et marées. Contre Bob lorsqu'il aura fait son choix. Contre l'histoire. Alors, quand Norval parle de mettre l'enfant dans une école digne de ce nom, il n'y a pas de raison de lui tenir tête. Ce sera le premier contact de Nesta-Bob Marley avec Babylone. Une première bouffée de cigarette, mais sans avaler la fumée. Une façon d'évaluer l'ampleur de la tâche. En ce sens, Norval n'a pas été mal inspiré. On ne prend pas Kingston en un jour, ni même en cent. On fait le siège. Elle fait le vôtre. Et puis, c'est au premier qui cède.

« Misty Morning », bis. Le père et l'enfant prennent la route et disparaissent. Il y a encore une lettre du « capitaine » pour dire que l'enfant s'acclimate, que tout se passe bien et puis plus rien. Pour l'heure, la distance qui sépare Stepney de Kingston se creuse au fil des jours. La baraque à bascule est du coup terriblement vide et plus bancale que jamais. Comme si l'enfant avait fait contrepoids, contredésespoir, toutes ces années. Cedella a bien une adresse à Kingston, et elle écrit (on verra combien Cedella, qu'on appelle aussi Ciddy, n'a jamais cessé d'écrire à son fils, bien que n'ayant jamais reçu de réponse). Elle garde au fond d'elle-même un peu de crédit pour le contremaître. Les choses s'arrangeront. Mais d'autres jours, c'est le malheur total. Peut-être que l'adresse n'est pas la bonne. Les lettres s'amoncellent quelque part, comme les prières lorsque les dieux se sont éloignés des hommes et ont repris leur liberté. Et d'ailleurs cette nouvelle que rapporte Maggie James, une voisine débarquée de Kingston où elle a vu l'enfant traîner seul dans Spanish Town Road, semble le confirmer. Elle l'a interrogé. Nesta a expliqué qu'il travaillait pour une certaine Mme Grey et que c'était chez elle qu'il habitait, désormais, Heywood Street — mais Maggie a oublié le numéro. Nesta n'avait pas l'air trop malheureux. Il a demandé des nouvelles de sa mère et Maggie lui en a donné. Puis il a ajouté : « Pourquoi elle vient pas me chercher[2] ? » Et c'est la question qui tue Cedella. Oui pourquoi ? Il va lui falloir combien de temps pour comprendre que la saison du « capitaine » est passée ? Maintenant, elle court, à perdre haleine, pour attraper ce camion qui descend sur Claremont et de là — comme la raison est libre d'agir quand le cœur l'éclaire, le guide —, cap sur Kingston, bus à travers la montagne qui déverse, quelques lacets et frayeurs plus loin, sa cargaison humaine sur la Parade, un des cœurs battants du vieux Kingston. À présent, il faut juste trouver la petite aiguille dans tout ce foin. Les femmes qui se bousculent, qui piaillent autour de Coronation Marquet. Cette cohue indescriptible. Comment passe-t-on de la nudité de Nine Miles à cette apocalypse ? Par chance, Merle, la nièce de Maggie James, est venue lui prendre la main et la conduire vers Heywood Street, à l'ouest de la Parade. Il faut tâcher de se frayer un chemin au milieu de cette faune d'où surgissent d'extraordinaires figures. On dirait des mages ou des perdants hirsutes, des hommes-lunes. Puis la maison de Mme Grey et Nesta, qui ne cache pas sa joie et même si la rue lui a enseigné à refouler ses sentiments. Il y a un bref échange, mais tout est joué. Norval a amené son fils à cette amie de la famille Marley en imaginant que non seulement, Mme Grey, qui n'a pas d'enfants, le prendrait sous son aile, mais qu'elle ferait de lui son héritier, une manière pour lui de réparer ce que son mariage avec Cedella avait irrémédiablement brisé. Il y a toujours chez le « capitaine » des velléités d'équité qui sont belles, mais il s'essouffle en chemin. Son mal de dos le rattrape. Cette douce inertie qui a l'air, sous ces climats, d'avoir raison de tout. Norval a posé son fils là, puis s'en est allé. Il faut se rendre à l'évidence, l'entrée de Marley Bob Nesta dans Kingston la métisse est à refaire. Une autre prise. Avec plus de conviction. Mais ce n'était pas mal quand même. Si, si. Il ne faudrait pas grand-chose pour avoir ce que l'on recherche. Peut-être quelques années de plus dans les montagnes, avec le grand-père, sorcier *myal-man* qui n'a pas délivré encore tout son message. Quelques années pour se préparer à la confrontation.

La vie aux champs reprend. Cedella retrouve sa boutique et le petit commerce à crédit. Cette existence apavide. Comme chez Nesta, l'entrée par effraction dans l'arène de Kingston a généré dans son être un conflit douloureux. Elle ne sait plus très bien où elle habite. Les rythmes paraissent désormais trop lents, cette façon qu'ont les gens de Stepney de laisser tout filer entre leurs doigts. La mère et l'enfant communient en secret autour de cette acmé de bruit et de fureur que la ville, de l'autre côté des montagnes, symbolise. Une porte des Enfers mais pavés de louables intentions et d'ambition. Tout ce qui justifie que le petit peuple des campagnes finisse par décrocher et glisser vers le monstre tentaculaire. Alors Cedella fait des plans. Il se trouve que Jonathan, son frère aîné, installé à Kingston, lui écrit pour lui demander de venir lui donner un coup de main, le temps que sa femme achève à Londres ses études d'infirmière. L'aubaine est inespérée. D'autant qu'Omeriah ne s'y oppose pas non plus. Il n'est pas mécontent d'assumer l'éducation de Nesta. Il n'a jamais caché sa *préférence*. Avec un enfant si doué, il faut être généreux de son temps, de ses enseignements. Amy, la sœur aînée de Cedella, accepte de le prendre, lui et son copain Sledger, avec elle, contre de menus services. Il y a une conjonction bienveillante sur la terre comme au ciel. Si ce n'est que la tante Amy, qui vit à Alderton, à quelques kilomètres de là, a la réputation d'avoir la main un peu leste et que le séjour sera loin d'être une sinécure. Dans les cas extrêmes, les enfants demanderont l'arbitrage du grand-père, toujours de bonne justice. Un patriarche de soixante ans, au sommet de son art, qui vient tout juste de se remarier avec une jeune couturière de Lucky Hill, Lurline Brown[3]. Il est plus que jamais le *Custos*. Pourtant l'histoire se joue ailleurs.

Arrivée à Kingston, Jamaïque, Cedella ricoche de provisoire en précaire. Elle a quitté son frère Jonathan pour s'installer dans une chambre sur Nelson Road et Nesta l'a rejointe, par étapes. Nous sommes en 1957. L'enfant a douze ans. C'est le moment où la Jamaïque fait son happening. Dormante plantation de cannes à sucre que les esclaves affranchis ont commencé à lâcher, un siècle plus tôt, l'île a connu quelques mémorables coups de semonce. La terre a tremblé. Rien de plus explosif que ces îles où les apprentis docteurs

Frankenstein ont cherché à métisser toutes les misères du monde pour obtenir le serviteur parfait. L'esclave au carré. Mais rien n'a pris vraiment et la créature, comme dans le roman de Mary Shelley, poursuit son créateur de ses assiduités débordantes. « *Fool deeds will rise* », disait Shakespeare. Les criminels sont peut-être simplement ceux qui pensent que quelque chose peut échapper à la mémoire. Et dans cette île, tout particulièrement dans ce confinement de l'histoire, rien ne s'est jamais perdu. Et d'abord le souvenir de ceux qui se sont dressés contre les Blancs, qui ont eu ce courage, qui l'ont payé au prix fort mais que le peuple des *sufferers* n'oubliera évidemment jamais. Quelque chose, peut-être une révolte de vaste ampleur, doucement gronde, partie des plantations, des lieux d'affrontements et d'humiliation familiers, quotidiens, d'abord imperceptible et puis, avec les premières audaces prises, les tardives manifestations d'orgueil, désormais assourdissantes. Quand Cedella et Nesta s'installent sur Nelson Road, il est impossible de ne pas les entendre. Dans la cour des miracles de Kingston, les humiliés de l'histoire sont venus demander des comptes.

La genèse de l'esprit de révolte passe ici comme ailleurs par les faits d'armes et le martyr de quelques-uns dont les esclaves et fils d'esclaves égrènent *in memoriam* les noms. Au moment de roquer avec l'Angleterre, l'Espagne redonne à la Couronne des esclaves en cavale, ces fortes têtes dont les négriers se sont débarrassés avant de repartir. On les appelle les Marrons. Le mot viendrait de l'espagnol *cimarron*, un animal sauvage qui a fui la vie domestique pour retourner à sa sauvagerie originelle. Peut-être le cochon sauvage est-il le premier exemple qui vienne à l'esprit des négriers. Or ces esclaves ont trouvé refuge dans les contreforts des montagnes Bleues, au nord de la paroisse de Clarendon d'où les Espagnols n'ont pas su les déloger. La possession de l'île, de toute l'île, est évidemment un enjeu capital au moment où l'Europe est entièrement tributaire du commerce de la canne à sucre développé dans tout l'espace caraïbe. Et cette poche de résistance fait tache lorsqu'il s'agit de domestiquer les hommes et les animaux aux fins de conquérir le monde avec ses arrière-bans, ses sous-sols et tous ses ciels. Les Espagnols ont bien essayé de s'en faire des alliés à l'époque où ils affrontaient les Anglais. Mais ces Marrons sont peu fiables, décidément indomptables, et la Jamaïque est passée de main en main avec ses habitants, *sauf* ces rebelles retirés sur les hauteurs de l'île et qui n'ont été les sujets ni des premiers colons, ni des suivants, ni de personne. De ces guerriers farouches, la mémoire de la Jamaïque a retenu quelques noms et les rastas, plus sélectifs, un plus petit nombre encore, mais ceux-là vénérés comme le premier levain de la conscience noire. Parmi eux, il est de tradition de citer le général coromante Cudjoe, auteur d'un traité fameux, signé avec le colonel Guthrie, représentant de la Couronne, le 1er mars 1738, accordant aux Marrons un statut d'hommes libres et leur allouant quelques hectares de terre dans les montagnes. Au loin. Une chose énorme, en somme. Cudjoe, le général, originaire lui aussi de l'une de ces ethnies présentes sur le pourtour du golfe de Guinée et désignées sous le nom de Akan (appelées Coromantes ou Koromantee dans les Antilles anglaises, du nom du port — Koromantyn — d'où les esclaves étaient embarqués[4]), n'agit pas seul. Il a des lieutenants, des alliés dont l'histoire a conservé aussi les noms. On cite Queen Nany, sœur ou épouse de Cudjoe, qui a fondé avec Quao, autre figure du panthéon, Nany Town, dans les montagnes, dont l'organisation, nous dit-on, rappelait en tout point celle qu'adoptaient les tribus ashanti ghanéennes. Ce traité, c'est toute l'ambiguïté de cette île. Plaque tournante de la traite pendant deux siècles, elle est aussi le ferment de toutes les révoltes qui vont secouer l'espace caraïbe et dont procède le syncrétisme rastafari.

À cela s'ajoute le fait que l'arrivée des Églises et sectes protestantes sur l'île, à partir des années 1730, ne rend pas la tâche des colons blancs beaucoup plus aisée. Voilà que les planteurs comptent désormais dans leurs rangs des brebis douteuses qui parlent de prêter main-forte aux esclaves, de les aider à redevenir des « cochons sauvages » ! Moravians, méthodistes, baptistes, presbytériens, et à la marge de ceux-ci, quakers prennent donc résolument le parti des *sufferers*. Une prise de conscience s'est même fait jour en leur sein en faveur de l'abolition et, même si l'horizon de ces débats est encore bien lointain, la cause est, pour certains qui débarquent en Jamaïque, entendue. Du même coup, les forces de résistance à l'occupation blanche n'en paraissent que plus palpables à ceux qui ambitionnent encore de réduire ces « maronnades » par la force, de mettre le petit peuple jamaïcain à genoux. Pendant ce temps, les missionnaires arrivés sur l'île évangélisent à tours de bras, convaincus que c'est là la seule façon de ramener ces âmes errantes dans le giron de l'humanité. Il s'agit moins de prosélytisme que d'une simple assistance à personne en danger. L'Église offre une première reconnaissance à ces êtres transparents. Et le fait d'être vus pour la première fois semble les faire bel et bien apparaître. L'île se peuple d'un coup de ses habitants fantômes. Alors la London Baptist Mission, dirigée par des missionnaires blancs, et la Native Baptist, fondée par George Liele (ou Lisle), un ancien esclave venu de Savannah (Georgie) en Jamaïque au lendemain de la Révolution américaine se partagent les « entrants ».

Mais les cartes se brouillent, dans la mesure où les Noirs, du moins certains d'entre eux, ont commencé à se convertir. Les lignes habituelles se déplacent à l'exemple de ces affrontements de Montego Bay (1830-1831) qui vont hâter la décision de rendre à ces êtres serviles leur âme et peut-être, qui sait, leur salut. Sam Sharpe est un esclave converti qui, après la Noël 1831, incite ses frères et sœurs à ne pas retourner travailler. La méthode est non violente, Sam Sharpe, déjà pétri de l'esprit évangélique que les missionnaires baptistes lui ont inculqué, souhaitant simplement faire pression sur les planteurs pour obtenir pour ses semblables des conditions de survie plus décentes. Mais le mouvement gagne toute l'île et lui échappe : ce qui devait apparaître comme une manifestation pacifique tourne aux affrontements, épinglés dans les livres d'histoire sous le nom de *Baptist war*. Le peuple tient alors son martyr : dans Montego Bay (paroisse de St. James), le 23 mai 1832, Sam Sharpe, au soir d'une vie offerte à Dieu, se balance au bout d'une corde dans un paysage dévasté. Le fait qu'un esclave baptisé ait été à l'origine des affrontements de Montego Bay interroge les lords à la cour de Guillaume IV. Les Noirs seraient donc aussi les enfants de Dieu ! Il faut mâchonner cette chique des jours durant et tâcher de ne pas s'étouffer. L'histoire tourne. C'est alors un peu avec le sang de Sam Sharpe qu'on signe, le 1er août 1834, l'abolition de l'esclavage dans l'Empire britannique. Il y a loin, comme on l'a vu, entre l'abolition et la liberté, mais ces révoltes énergiques, organisées, portent avec le temps de petits fruits moins amers, bientôt délicieux. L'effort n'est pas terminé, soit. D'autres martyrs attendent. Mais la voie est ouverte. Impossible de ne pas citer encore, avant de conclure, les noms de George William Gordon et Paul Bogle de la Native Baptist Church of Jamaica, héros l'un et l'autre de la rébellion de Morant Bay en 1865. Peut-être chaque baie a-t-elle sur cette île son épisode sanglant et son martyr. Bogle, lui, plus chanceux, a son mémorial au parc national de Kingston, juste à côté de celui de Marcus Mosiah Garvey. Mais, mieux que cela, il a trouvé droit de cité dans les couplets de musiciens et de groupes comme Burning Spear, Steel Pulse où dans ceux de Nesta Robert Marley. On salue sa mémoire, celle de ces grands anciens qui se sont battus. Que serait-il advenu sans ce sursaut ? Leur révolte recommencée ?

Back'O'Wall

Sur la route qui mène à Kingston, il y a cette douloureuse et peut-être salutaire épreuve d'élagage-émondage par laquelle passent toutes les petites gens dégringolés de leurs campagnes. Mieux qu'une désillusion, une punition pour ceux qui auraient conservé encore quelques lambeaux de rêves après tant de déculottées. Une immense tombola qui ne compte que des perdants. « *Welcome to Trench Town* » est ici une autre façon de dire ghetto, *slum*, *shantytown*, ces lieux naufragés que nos modernités égrènent à la surface du monde. Car c'est dans Trench Town que Cedalla s'enfonce, au sortir de la paroisse de St. Ann, et tenant par la main, fermement, son petit Nesta, enfant abysse, qu'elle est allée chercher chez le patriarche Omeriah et qui va tenter désormais de partager avec elle les miettes d'un festin imaginaire. Il est même saisissant de constater combien les *sufferers* conservent, à travers tant d'épreuves, cette aptitude à repeindre inlassablement leurs chaînes aux plus libres couleurs.

Trench Town, c'est d'abord, pour Ciddy, un

réduit minuscule sur Regent Street où elle se tient avec Nesta, tout au fond d'une cour, derrière le bar où elle a trouvé du travail. La rue est un mince affluent de Spanish Town Road, l'artère en presque bordure de l'océan, qui relie Spanish Town* à Kingston. Encore une histoire de roque entre les Anglais, les Espagnols et les hors-la-loi qui ont toujours eu décidément un faible pour cette île. Spanish Town Road, qui a l'air de ceinturer un authentique « immonde » ou « amonde » où personne n'imaginerait abandonner, l'espace de quelques heures seulement, fût-ce son plus parfait ennemi. Et voilà que ces ombres s'accrochent au sol et demeurent. On se demande bien en vertu de quelle stupide obstination. En tout cas, pour qui sait voir, le ghetto est un point de vue saisissant sur les prétentions du prédateur blanc à défigurer le monde et à s'excuser *a posteriori*, presque déjà à *post-mortem(ori)*, en envoyant ses dévoués légionnaires de l'humanitaire.

Au moment où Ciddy et Nesta s'installent sur Regent Street, à Trench Town, la Jamaïque a tout l'air de sortir d'une très cuisante torpeur. Sans doute la grève des coupeurs de canne en 1938, réprimée dans le sang, a-t-elle joué le rôle de réveille-matin ou de détonateur. L'économie de l'île, qui ronronnait au rythme des exportations de sucre et de bananes, s'est trouvée tout d'un coup bouleversée

* Capitale de l'île avant Kingston et après que Port Royal, le repaire caribéen des flibustiers et corsaires, la ville la plus corrompue du monde, disait-on, a disparu avec le tremblement de terre de 1692, celui-ci regardé comme une illustration sans appel de la justice de Dieu.

par l'arrivée des premiers touristes et la naissance d'une industrie de loisirs à la mesure de ce qui s'annonce comme étant un véritable et durable engouement pour ce paradis vert ; puis par l'exploitation de la bauxite entreprise par quelques-uns des majors de l'aluminium (Alcan, Reynods, Alcoa), et dont la Jamaïque restera quelques années encore le premier producteur mondial. De quoi troubler ceux qui, en grand nombre, avaient prévu de plier bagage, ou qui l'ont déjà fait, pour se rendre au Royaume-Uni, au Canada et aux États-Unis. Et si l'avenir pouvait s'écrire ici, tout simplement, sur cette terre que les esclaves eux-mêmes ont fini par adopter ? Voilà maintenant que les fiertés s'exacerbent, comme les « Big Bamboo(s) » qu'évoquait Lloyd Bradley, et voilà que les nationalismes s'éveillent. Les velléités autonomistes de l'île font naître de neuves ambitions. Or il se trouve que les affrontements de 1938 ont révélé le leadership et le charisme de deux hommes à poigne, prêts à servir les nouvelles destinées du pays, Norman Washington Manley et Alexander Bustamante, cousins et complices sur ce coup, mais désormais résolument opposés, opposition qui va déterminer une bipolarisation assassine et tout à fait stérile de la scène politique jamaïcaine jusqu'à nos jours. Unis dans la lutte au sein du PNP (People's National Party) contre les planteurs d'un autre temps, les voilà prêts à en découdre au moment où l'île sent le moment venu de prendre ses responsabilités et de se libérer de ses tuteurs. Deux partis, peut-être deux visions du monde, mais avec les mêmes dispositions forcenées au clientélisme, vont ainsi régner sans partage sur la vie des Jamaïcains et réactualiser les anciennes lignes de fracture séparant oppresseurs et opprimés. On dirait qu'à chaque épisode de l'histoire un scénariste réécrit les dialogues, mais que les rôles demeurent inchangés.

La guerre de tranchées démarre vraiment avec les premières élections au suffrage universel, en 1944, remportées par Bustamante (appelé simplement « Busta ») et son parti le JLP (Jamaican Labor Party), représentant de la classe coloniale qui n'entend évidemment pas renoncer à un seul des avantages que lui ont octroyés presque trois siècles de domination de la Caraïbe. Le syndicat dont le JLP est issu, le BITU (Bustamante Industrial Trade Union), pour mettre les indécis de son côté, a recruté parmi le petit peuple qui décline le mot servitude à tous les temps, ses hommes forts qui vont faire régner la terreur dans le ghetto. L'économie jamaïcaine s'ébroue, les offres d'embauche se multiplient comme les petits pains sur les rivages du lac de Tibériade, mais le partage est inégal, le BITU et ses sbires adoptant « des méthodes musclées, recrutant les voyous et les gangs de chômeurs pour empêcher les jeunes de l'autre bord d'accéder aux bureaux d'embauche. La baston a commencé[1] ». Le leader du JLP a désormais les coudées franches et son investiture comme ministre en chef, en 1953, contribue davantage à lui faire accroire qu'il règne sur cette île comme autrefois le boucanier pirate gallois Henry Morgan (1637-1688) — que la reine avait nommé gouverneur pour simplement l'autoriser à continuer à racketter pour son compte. Parmi ses priorités, l'aménagement des espaces insalubres au sud-ouest de la ville où s'entassent les paysans chassés par les nouveaux chantiers ouverts au nord de l'île, et du fait du retrait des classes aisées vers les contreforts des montagnes Bleues, toujours soucieuses de demeurer à bonne distance des vapeurs pestilentielles qui montent des *shanties*. Une ambition de père de la nation jamaïcaine qui sent venir l'indépendance et qui veut marquer l'histoire.

Le chantier s'ouvre en même temps que cette guerre des gangs que les cousins se sont déclarés. La cité-jardin imaginée par Busta s'élève lentement au milieu des cabanes en carton, des eaux croupies, des cafards, des rats crevés et des déjections en tout genre. On perce une première rue (1st Street) à proximité de Spanish Town Road, puis on remonte vers le nord-est, rue après rue, jusqu'à 7th Street pour constituer, explique Hélène Lee, la première *garrison constituency* (circonscription garnison), c'est-à-dire un quartier tout entier à la botte d'un parti, en l'occurrence le JLP de Busta[2]. Multiplication des pains, oui, et surtout après que la Couronne eut lâché 250 000 livres sterling pour aider à la reconstruction de la ville après le terrible cyclone de 1951, mais pour quelques bouches seulement. Un Christ qui rassemble ses pauvres avant de partir à Dalmanoutha, qui fait assaut de prodigalité mais qui, au dernier moment, dit :

« Non, pas pour ceux-là. » C'est ce qu'on appelle la politique. Un système obscur de dons et de contre-dons avec une basse-cour innombrable de dindons et de farce. Mais c'est pourtant dans ce maelström que Ciddy Malcolm Marley et Nesta s'installent. Le fils aîné d'Omeriah, Salomon Malcolm, vient de jeter l'éponge et de s'embarquer pour l'Angleterre où il espère un meilleur enfer. Les rixes entre JLP et le PNP, les armes employées, ont fait craindre le pire, qui est en train d'arriver. Partant, il libère un deux pièces minuscule sur 2nd Street, au numéro 19, qui fait évidemment figure, pour Cedella, de terre promise. Comme on l'a compris, les places ici sont chères et le tourniquet de la chance peut vous rejeter à tout moment vers vos terrains et destinées vagues. Pour ces êtres qui croient que le sort des vivants est entre les mains de ceux qui ne le sont pas, ou d'une autre manière, nos *duppies* déjà croisés, la décision de Salomon est une aubaine, un cadeau tombé du ciel. Bien naturellement, chacun d'entre nous regarderait ces deux pièces au milieu des décharges et des égouts de Kingston comme une injure céleste, nullement ceux qui se sont retrouvés, par des arbitrages qui dépassent nos forces d'entendement, dépossédés de tout et d'abord d'eux-mêmes. Ce qu'on nomme, d'une autre manière, des esclaves.

Trench Town, c'est-à-dire le « quartier du fossé », s'organise au beau milieu d'un vaste champ d'immondices et de ruines que composent Back'O'Wall (« derrière le mur [du cimetière] »),

Dung Hill ou The Dungle (la « colline des crottes » ou « tas de merde »), Salt Lane et Ackee Walk, tout ce hors-monde qui sépare le cimetière de May-Pen du centre-ville et que Norman Washington Manley, arrivé aux commandes en 1955, va tâcher d'interdire quelques années encore aux démolisseurs et à leur cortège d'oiseaux rapaces. Pour l'heure, une humanité bigarrée s'entasse là, venue des improbables bans de l'histoire et qui tente de prendre pied, fût-ce dans cet innommable que parfume le contenu des pots de chambre que les habitants des ghettos alentour viennent discrètement y répandre, peut-être comme un engrais de renouveau. C'est là que Nesta traîne à la sortie de l'école, intimidé peut-être par ces hommes hirsutes qu'on appelle déjà les rastas, chassés du Pinnacle, au nord-ouest de Spanish Town, au-dessus de Bog Walk, où Leonard Percivall Howell les avait rassemblés, à l'image de leurs ancêtres guerriers marrons retirés dans les montagnes Bleues. Le projet n'était pas ici de guerroyer, ni de réclamer la part que l'histoire ne donnerait de toutes les manières jamais à ces parias. Il s'était agi de réveiller au tréfonds des consciences vagissantes l'estime de soi. Mais les choses ont mal tourné et la communauté du Pinnacle est redescendue sur terre, c'est-à-dire dans ce champ d'épandage que même les charognards ont déserté. Les hommes portent désormais* de longues mèches sérieusement emmêlées (*locks*) qui ont fini par former de

* Ils n'ont été d'abord que barbus et c'est comme cela qu'on les nommait.

biens curieux cordages qui s'agitent sur leur tête, comme autant de Gorgone qui effraient les bonnes gens*, autrement dit la vision de l'hirsutisme par les *baldheads* et toute la peur qui s'ensuit. Impossible de ne pas songer ici aux Jatadharas ou porteurs de *jata* (*locks*), ces sâdhus indiens, adorateurs de Shiva, avec leur chevelure en cordes à nœuds, leur *tilak* sur le front (trois raies horizontales symbolisant l'anéantissent des trois impuretés que sont l'égoïsme, le désir et l'illusion) et leur canne à laquelle est attachée le *damaru* à double face, emblème des ébats du dieu avec sa *shakti*. Ce qui n'est d'ailleurs pas sans lien puisque, comme nous le rappelions, les *coolies* sont venus remplacer en Jamaïque les esclaves après l'abolition. Autrement dit, si la prédation est un universel, l'aspiration à s'en prémunir l'est tout autant et c'est cette double aspiration que traduit parfaitement un certain climat orageux à la fin des années 1950 au-dessus de l'« île aux sources ». Les uns envoient les bulldozers pour refondre le monde, de fond en comble, les autres cherchent déjà dans l'« espace du dedans » les portes de plus sensationnelles perceptions : en somme, une nouvelle ligne de partage dans ce monde qui les sécrète avec une aisance désarmante.

Que font alors ces perdants magnifiques, fumeurs de ganja, oisifs, asociaux, crasseux-affreux réunis autour des tambours *nyabhingi* ou *burru* ? Font-

* D'où le glissement de *locks* à *fearlocks* puis *dreadlocks* (*fear*, peur et *dread*, effroi).

ils quelque chose plutôt que rien ? Et que fait-on lorsqu'on reste assis toute la sainte journée à se refiler le *spliff*, herbe du diable ou antidépresseur local riche en tétrahydrocannabinol, réputé en Jamaïque et ailleurs pour ses vertus planantes ou libératrices (l'herbe ou la fin des servitudes) ? On écoute les musiciens et les conteurs qui repeignent et décorent un peu les murs de la prison. Parmi eux de drôles de prophètes qui annoncent le « rapatriement ». Le mot est lâché. On évite alors de demander de qui vers quoi. Qui se souvient ici de la Côte-de-l'Or qui ne s'appelait pas comme cela lorsque les aïeux, les chevilles enferrées, l'ont quittée ? Pourquoi parlent-ils de l'Éthiopie ? Qu'est-ce que l'Éthiopie vient faire dans cette galère où, bon an, mal an, on continue de ramer ? Il faudra peut-être y revenir. Il y a surtout quelques insolents magnifiques qui ne sont pas là pour touiller le vide, mais pour braver le danger et qui n'ont pas l'intention de croupir longtemps dans les eaux mortes de Back'O'Wall. Se croisent ici, aux confins de la nouvelle Kingston, dans ses marges invisibles, tous ceux qui préparent le grand réveil du peuple noir, c'est-à-dire, toutes proportions gardées, le second retour de Lazare. Il faut du souffle, une divine inspiration et ces manants célestes n'en manquent pas. Ils débarquent du Costa Rica, du Panamá, autres alambics précieux, de Grande-Bretagne, des États-Unis, ou bien sortent de nulle part pour communier ensemble à travers le rêve d'un Exode dont les chemins vont s'esquisser ici, dans ces bidonvilles de fin du monde. Ce sont donc les premiers prophètes illuminés d'une Bible noire qui commencent à mobiliser le grand peuple captif dans la perspective d'une sortie d'Égypte. Parce que l'Égypte est toujours recommencée. Il y a là des personnages extraordinaires. Peut-être l'enfant Nesta les a-t-il croisés, entendus, tandis qu'ils haranguaient les gueux de Back'O'Wall.

Le franc-maçon et occultiste Joseph Nathaniel Hibbert en est un. Membre de l'Ancient Order of Ethiopia Masonic Lodge, rentré en Jamaïque au lendemain du couronnement de Hailé Sélassié, le 2 novembre 1930, et désormais *shepherd*, « berger » d'une petite communauté regroupée au sein de l'Ethiopian Coptic Church, il clame à qui veut l'entendre la divinité de l'empereur consacré Roi des Rois d'Éthiopie, Seigneur des Seigneurs, Lion conquérant de la tribu de Juda, Lumière du Monde, élu de Dieu. Né Täfäri Mäkonnen*, Hailé Sélassié a engendré cette attente messianique de la part de tous ceux qui s'étaient mis à attendre puis à espérer. On a alors appelé ces adeptes, l'esprit tourné vers la Mecque éthiopienne, les rastafarites (« ras » pour « seigneur » ou « leader »), puis les rastafariens. On en est venu à parler donc de rastafarisme qui, pourtant, selon les codes rastas, est un pur non-sens vu que le « isme » est quelque

* *Täfäri* voulant dire, en ge'ez, langue parlée en Éthiopie jusqu'au XIVe siècle (elle est un peu à l'amharique, la langue actuelle, ce que le latin serait au français), « celui qui est craint », Mäkonnen étant le prénom de son père, signifiant « grand, noble ».

chose comme le signe de la Bête. De là on est passé aux rastas, avec leur tignasse réfractaire au peigne, symbole d'un ordre exécré.

Les fils et filles d'esclaves se cherchent des héros, des modèles, des figures de proues et voilà que surgit cet empereur noir qui prend place sur le trône des nations, dignement, et qui se fait respecter de tous. Et si l'histoire maintenant basculait ? Autre figure, celle d'Archibald Dunkley. Bourlingueur, dévoreur de Bible, talmudiste à sa manière, quelques fois pensionnaire de l'hôpital psychiatrique de Kingston*, Dunkley qui s'est associé à Hibbert pour fonder la section jamaïcaine de l'Ethiopian World Federation (EWF), autrement dit l'organisation qui, sous la coupe de l'empereur Hailé Sélassié, assure la liaison entre la terre promise d'Éthiopie et une diaspora imaginaire que ces leaders essaient de constituer. L'empereur a même promis d'abandonner à ceux qui désireraient retourner vers leur *motherland* une parcelle de terre à Shashamane, dans la vallée de Goba, à deux cents kilomètres au sud d'Addis-Abeba. Ne dirait-on pas que le rêve s'incarne ? Le EWF s'est installé au 22, Bond Street, à Smith Village et tente de rassembler les forces « éthiopianistes » éparses. Citons aussi le garveyiste** Robert Hinds (mort en 1950) qui fut un temps dans la mouvance de la comète Alexander Bedwar (1859-1930), autre prophète de ces époques

* Comme Leonard Percival Howell, d'ailleurs, le fondateur du Pinnacle, comme quelques autres dont on ne sait plus que faire, trop fous, trop enthousiastes, dans le sens de *possédés*.

** C'est-à-dire disciple de Marcus Mosiah Garvey.

obscures, ayant essaimé des groupuscules dans toute la Jamaïque, jusqu'au Panamá, et ayant reproché aux fils d'esclaves d'avoir élevé un mur noir à l'intérieur de l'enceinte blanche, dressée par les oppresseurs. Hinds a repris le flambeau à une époque ou les bedward[istes] se tournaient vers Garvey ou vers Howell et les premières expressions de la foi rasta naissante. Il s'est imposé peut-être comme le plus talentueux des leaders religieux à la tête de sa King of Kings Mission (6, Law Street), baptisant à tours de bras le peuple sur le départ, sur le retour. Hibbert, Dunkley, Hinds sont des prêcheurs non violents qui entonnent le refrain bientôt sur toutes les lèvres du retour vers l'Afrique. De belles âmes avec des têtes pleines de brouillard. Mais les accents peuvent se faire à l'occasion plus guerriers, comme par exemple avec le prêcheur Joseph Myers qui, à la tête de l'Unified Ethiopian Body, ouvre chacune de ses sessions en déclarant : « Mort à l'homme blanc[3]. »

Il faut citer encore deux autres personnalités du premier rastafari pour compléter le tableau. Dans l'histoire des rastas, il y a ceux qui sont de dos sur la photo et ceux qui font face à l'objectif. Parmi ces derniers, le Cubain Mortimer *Kumi* Planno, débarqué lui aussi dans ces bas-fonds jamaïcains pour y épouser la foi nouvelle. Il a été de tous les rendez-vous et notamment du premier que nous évoquerons plus loin. Il a pris l'habit, dirait-on, étant parmi les premiers à avoir laissé libres ses cheveux d'aller en mèches que le vent et la sueur tressent et sculptent, à avoir défendu les valeurs du mouvement « en herbe », et à avoir fait figure très tôt, aux yeux des dirigeants jamaïcains*, de « bon rasta » : il est celui avec lequel on peut dialoguer et qui assure le lien entre les franges extrêmes du mouvement et le monde où les bureaucrates votent, sans état d'âme, des lois. Chargé d'accueillir l'empereur noir à Kingston en 1966, puis investi de différentes missions censées contribuer à la reconnaissance officielle des rastas (enquête universitaire sur le mouvement rastafari en 1960 et mission sur le rapatriement des Noirs vers l'Afrique, l'année suivante), il a été pour beaucoup le « bon sauvage », y compris dans son rôle de guide et peut-être de maître rasta de Nesta, alias Robert, alias Bob.

En mars 1958 a lieu à Back'O'Wall un événement singulier qui va déclencher un nouvel élan de mobilisation dans les rangs des éthiopian[istes]. Charles Edwards (1915-1996), qui a fréquenté Garvey à son retour des États-Unis et œuvré à ses côtés à différents projets de rapatriement, fait preuve d'un zèle extrême et finit par rejoindre les premières communautés dévouées à l'esprit rastafari dont il incarne aussitôt une tendance pleine de couleurs, parfois un peu criardes. Il se présente devant ses fidèles regroupés au sein de l'ordre des Bobo Dread ou Bobo Ashanti dans le quartier de Ackee Walk, rompus à l'observance stricte des

* Norman Washington Manley est aux commandes de 1955 à 1962, c'est-à-dire durant les années où se cristallisent les velléités des rastas à quitter Babylone, symbole de la corruption qui gangrène le cerveau de l'homme blanc.

règles émises par leur champion, comme une incarnation divine, avec toutes les attentes dévotionnelles, tout le miel que cette posture génère et appelle, comme une bouche jamais repue.

Les bobos, reconnaissables à leur haut turban, sont donc des soldats fidèles, des *brethren* engagés solidaires dans l'odyssée que conduit Prince Emmanuel Charles Edwards* : des moines soldats. D'abord décriés, conspués du fait de ces extravagances par lesquelles ils se signalent en tout lieu, cette affreuse apparence de groupe sectaire à la solde d'un homme-dieu encombrant, les voilà bientôt sanctifiés, du fait de la longévité de leur roi et de la discipline qu'ils s'imposent : impossible désormais de nier la part que les bobos ont prise dans la naissance d'une foi noire dans l'athanor jamaïcain. Or Prince Emmanuel, sûr de sa force et de sa légitimité, propose à tous les *elders* et leaders rastas de se rencontrer au sein de la première convention ou *groundation* de l'histoire de rastafari. Un véritable trait de génie. L'invitation circule d'un coin à l'autre de l'île et très vite ce sont quelque trois cents barbus et chevelus qui se rassemblent à Back'O'Wall durant trois semaines pour communier et danser au rythme des tambours, et pour doper leur foi naissante. Il y a là des mages, quantité de prophètes, des dieux inconnus qui se passent le chalice et chantent déjà, avant même que Bob n'ait eu l'idée de les écrire,

* Lui qui signera ses lettres adressées dans les années 1980 aux puissants de la terre, ses presque-égaux, « Monarque de la Suprématie noire ».

ces notes comme échappées de l'album *Kaya* (1978). On dirait que les ombres reprennent espoir.

Maintenant que le décor est planté, avec les fumées et les odeurs, il faut s'intéresser au cas Nesta qui va connaître, dans les années que nous ouvrons, ses mues les plus singulières.

L'école de Joe Higgs

Une œuvre au noir, si on ose le jeu de mots. À Back'O'Wall, qui fait figure d'épicentre du tremblement de terre qui se prépare, une expérience singulière est en cours pour laquelle différents composés, ingrédients, concoctions, précipités sont requis. Et, dans la mesure où nous essayons de rendre compte de la manière dont Nesta en est venu à incarner cette résurgence, cette renaissance, cette *metanoia* des fils et filles d'esclaves, il nous faut impérativement prêter attention à tous ces facteurs qui, mis ensemble, contribuent à créer l'onde de choc. Un immense chaudron à la taille d'une île un peu plus étendue que la Corse (325 km de long), mais une Corse renversée, avec, à l'intérieur, un brouet fait de tout un ensemble de choses assemblées et ajoutées, et qui va venir à ébullition puis explosion. Que Nesta et Cedalla aient décidé de venir s'installer sur 2nd Street, en plein Trench Town, dans ces années où les charismatiques leaders noirs commencent à donner de la voix, ou bien qu'« on » ait choisi pour eux, n'est pas sans conséquence, bien évidemment. Car l'enfant Nesta fait partie de ceux qui, par l'histoire personnelle qu'ils véhiculent, par le génie propre qu'ils mettent au service de la communauté qui tâtonne et se cherche, contribuent à renouveler de fond en comble le regard qu'on peut projeter sur ces épisodes de l'histoire de la conscience noire. Alors comment s'y est-il pris pour venir perturber le concert des *brethren*, des « frères », et le réinventer ?

N'allons pas laisser croire pourtant que l'antidépresseur ganja qui circule dans le ghetto parvienne à calmer et anesthésier le peuple des *sufferers* qui s'éveille, par le biais des prêches musclés de ses *shepherds*, au sentiment de l'injustice, à la conviction d'une maldonne métaphysique. Ne donnons pas l'impression non plus que ces prophètes parviennent à contenir les aspirations des anciens esclaves à retrouver quelque chose dont ils n'ont même plus le goût, la mémoire, et qui s'appelle peut-être la « libre disposition de soi ». Ne suggérons pas que les bobos nettoient ces quartiers perdus de Kingston à l'aide de leurs célèbres balais et que tout aille résolument pour le mieux. Ne brossons donc pas un paysage angélique de ces années où, en réalité, tout se fissure, et les têtes et les cœurs avec, car en même temps que les uns cherchent à se mettre en paix, à revenir dans le palais intérieur, dans une Afrique des origines, une Afrique avant l'Afrique, les autres fourbissent des armes et, comme nous le rappelions dans le chapitre précédent, c'est la guérilla qui règne plutôt dans les ruelles des *shanties*, que le *peace & love*.

Du coup, l'enfance jamaïcaine se cherche entre deux modèles. D'un côté, les Planno planant de Back'O'Wall, avec leur air de léviter loin des réalités dures de la taule, hiératiques et orgueilleux comme des mendiants qui ne tendraient la main qu'à Dieu. De l'autre, les méchants, ceux qu'on appelle déjà les *rude boys*, des enfants qui ont quitté l'école à quatorze ans, comme tous les enfants peuvent le faire en Jamaïque, et qui traînent dans les rues, livrés à eux-mêmes, qui tâtent un peu des armes du ghetto, les mots crus, les insultes, les pierres, les menaces, les petits ou grands larcins, et qui ne vont pas tarder à hausser encore le ton. Et, puisqu'il faut se trouver des modèles, il y a ce jeune tonton flingueur de vingt-quatre ans qui a commencé à faire parler de lui, un certain Vincent « Ivanhoé » Martin, qu'on appelle communément Rhyging (« furieux », « sauvage » en patois jamaïcain), débarqué de la paroisse de St. Catherine quelques années plus tôt, et qui a fait la nique à la police, s'est enfui du Pénitencier Général en avril 1948, et a fait savoir qu'on ne le prendrait jamais vivant[1]. Le candidat parfait. Les stars du cricket ou du foot, par exemple. Bragga (« Vantard ») est de ceux-là. C'est encore un rasta adolescent, mais ses exploits au *soccer* lui valent déjà l'admiration des apprentis *rudies*. Il s'est pris d'affection pour Nesta qu'il pressent porteur de toutes les grâces qui permettent d'orienter un destin. Il n'est pas seulement un maître de jeu pour l'enfant (foot, ping-pong, dominos), mais également un maître de musique et de chant. Il a rejoint le club de Boys' Town, créé à l'initiative d'un père de l'Église méthodiste, le père Sherlock, joueur de cricket renommé, y compris en dehors de l'île, dans l'idée de canaliser cette violence des *rude boys*, de la faire servir à autre chose qu'à de mauvais et obscurs larcins[2]. Les éducateurs rassemblent les gamins à l'église de Jones Tones ou d'Ebenezer Street et tentent l'impossible, c'est-à-dire de les sortir de leurs passe-temps stériles, avec des résultats certains. Bragga prend donc soin de Nesta. Il pressent, il flaire chez lui, un nouveau Delroy Wilson, ce gamin qui convoque les éclopés du ghetto au lieu-dit « The Bump » (« la bosse ») pour faire son show. C'est évidemment l'époque où d'autres révolutions se préparent. Les politiciens se trucident par le biais de leurs hommes de main, mais l'enfance jamaïcaine, elle, tend l'oreille vers de nouveaux sons qui montent de derrière les planches et les cartons des taudis.

Lorsque Hélène Lee l'interroge à propos de sa relation avec l'enfant Marley alors âgé de dix-douze ans (Cedella avait quitté Stepney, seule, et Bob, encore sous la coupe d'Omeriah, venait de temps à autre à Kingston la visiter avant de la rejoindre définitivement), Bragga veut bien accepter le titre de « découvreur[3] ». Pourquoi pas ? Tant de gens ont découvert Marley, et si peu l'ont détourné vraiment de ce qu'il est venu faire là avec sa mère, à Trench Town, au milieu de tout ce cirque. Échapper aux cercles de l'enfer. Des murs à l'intérieur des murs, comme disait Bedwar. Tout un programme pour tous ces manants de Dieu qui s'y emploient avec une inefficacité qui force le respect ! En même temps, comme chacun sait, les enfants sont des pâtes tendres, pas si *rudes* que cela, assez prêts à tenter leur chance si on veut bien faire l'effort de les guider. Ici chacun veut être un joueur de cricket ou de foot professionnel, chacun rêve d'abattre un *deputy*, ou de monter sur scène. « Au milieu des années 1950, écrit Lloyd Bradley, on aurait pu croire que tous les jeunes de Kingston étaient chanteurs[4]. » Et, pour stimuler ces ardeurs chantantes, on organise des radiocrochets, des concours amateurs et chacun se dit qu'il a sa chance, laquelle est peut-être pour la majorité de ces enfants la seule porte de sortie du ghetto. Mais le must pour ces bébés chanteurs qui s'évertuent à singer les monstres sacrés du rythm and blues américain débarqué ici avec les GI's pendant la guerre, puis par le biais des premiers transistors, c'est naturellement le tremplin que représente la *Vere Johns Opportunity Hour*, formidable mécanique à découvrir les jeunes talents imaginée par le journaliste et producteur Vere John à Savannah, en Georgie, puis rapatriée en Jamaïque en 1939 lorsque celui-ci regagne son pays. Le nombre des candidats qui s'y affrontent, leur motivation de tous les diables, le système de sélection mis en place, qui est, en réalité, entre les mains du public, garantissent à quelques gamins ayant franchi tous les barrages de briguer, même fugacement, quelques honneurs ; à eux, ensuite, d'exploiter leur trophée. Lorsque Nesta a treize ans, Bragga l'incite à tenter sa chance au Queens Theatre, sur Spanish Town Road, où Vere Johns a établit provisoirement son show. Alors Nesta monte sur scène. Les gars du quartier que Bragga a rassemblés font la claque à merveille et le succès en est, bien évidemment, retentissant. L'enfant gagne une livre anglaise ! Un tournant. Il descend de scène et pleure. Lorsqu'il revient beaucoup plus tard pour des journalistes sur cet épisode fondateur de ses jeunes années, il dit simplement : « *I started out crying*[5] » (« Je me suis mis à pleurer »).

Peut-être les choses sont-elles mieux perceptibles maintenant. Nesta appartient à cette mouvance de jeunes laissés-pour-compte qui rêvent de se faire emporter par le fleuve musique loin du ghetto. Il ne montre pas d'originalité en ce sens. C'est probablement le sujet de conversation favori de tous les gamins de Trench Town qui s'apprêtent à quitter l'école et à déambuler en quête de laisser-passer, de laisser-partir. Après avoir fréquenté les écoles Ebenezer, Wesley, St. Aloysius et Model Private School, Nesta se prépare au grand saut et nul doute que Cedella y songe aussi, mais de son côté avec terreur. Faire le chanteur, ce rêve partagé, mais aussi, pour quelques-uns d'entre eux, plus graves que les autres, plus attentifs, s'interroger sur ce qui se trame de l'autre côté de Spanish Town Road, dans les terrains vagues empuantis où une étrange musique venue des temps très anciens commence à scander la marche des vaincus. Une double aspiration que la musique va peut-être synthétiser mais qui reste, à cette heure où le jeune Marley s'essaie à inventer sa vie, une manière de cacophonie qui hérisse le poil des bonnes gens sur les hauteurs de la ville. En attendant que Nesta se trouve ou se perde, Ciddy s'est sérieusement rapprochée de « M. Taddy » qui loge aussi au 19, 2nd Street, avec quelques-uns de ses sept garçons et neuf filles que lui a donnés Margaret Freckleton, demeurée à Stepney, paroisse de St. Ann, où Ciddy et Nesta les fréquentaient. Il semble que des considérations économiques et quelques autres aient présidé à ce rapprochement. Le fils aîné de Thaddeus, Neville O'Riley, désormais Bunny, est, depuis Stepney, un proche ami de Nesta, un frère qui fait comme lui, avec une semblable aisance, le rat des champs et le rat des villes. La présence de Bunny à Trench Town a changé radicalement la donne. L'enfant Nesta, tellement en retrait de tout, a trouvé en lui, son cadet, l'audace qui lui manquait face au mur du ghetto où il va bien falloir s'ouvrir une porte. Le duo fonctionne à merveille dans la mesure où l'esprit d'entreprise du jeune Livingston rencontre et épouse l'esprit de dissidence et d'errance de Nesta, et leurs sensibilités s'éduquent ainsi et se charment. Ils traînent ensemble dans les *shanties* à la recherche de bonnes occasions d'exercer leur talent en herbe, et Taddy, Bragga, les grandes ombres de Back'O'Wall sont des complices plus compréhensifs que ne l'est Ciddy à cette époque, qui se demande (et sans doute Margaret Freckleton en fait-elle autant à Stepney) si la musique vaut qu'on délaisse ses livres et ses cahiers d'école et qui ne voit pas très bien comment ces deux oiseaux vont trouver encore à picorer demain. Une peur de mère.

Bunny est un as. Avec une boîte de sardines fixée à une planche préalablement évidée, un morceau de bambou et des fils électriques dénudés, il a fabriqué une première guitare qu'on pourrait dire « électrique », et commencé à gratouiller. Nesta s'en amuse, mais ce sont des micro-initiatives de la micro-entreprise Livingston & Marley qui force à présent l'imaginaire. À partir de ces galéjades, le duo s'essaie à des imitations, des impros, bien sûr à l'insu de toutes les oreilles. On se prend à rêver à l'étape suivante, à se croire déjà inscrit dans un itinéraire, certes obscur, laborieux, mais qui débouche pour finir au grand jour. Pour pimenter la chose, on cherche à se rapprocher un peu des professionnels et il se trouve que Trench Town est un repaire de musiciens, d'interprètes explosifs, de génies méconnus qui tous basculeront à la postérité ou que celle-ci a déjà renvoyés dans les cordes. Joe Higgs est de ces élus, qui accueille, dans sa cour sur 3rd Street, les néophytes et veut bien mettre son expérience au service des bébés chanteurs. C'est-à-dire, non loin, quelle aubaine, de la maison de Cedella et Taddy. Joe a donc de sacrées lettres de noblesse. Il a offert avec le musicien Roy Wilson au producteur d'origine libanaise, Edward Seaga, et à sa maison de disques WIRL (West Indies Recording Ltd.), leur tout premier hit avec « Manny-O », et un hit force toujours le respect. De plus, pour préparer peut-être ces épousailles que nous prédisions entre les rastas avec leur calumet de la paix près du cimetière et les chanteurs très amateurs qui satellisent autour du show de Vere Johns, Joe Higgs s'est fait lui aussi rasta et offre le *spliff* aux jeunes gens qui viennent appendre le métier et qu'il a à cœur d'éduquer. Il y a là quelques futurs cracks de la scène jamaïcaine, comme Alton Ellis, d'un an plus âgé que Nesta, ou Lascelles Perkins, mais ceux-là ne viennent pas pour apprendre les rudiments, mais pour avoir l'oreille du maître qui l'a, de l'avis de tous, très juste. Il y a en plus chez Joe Higgs un anticonformisme qui séduit ces gentils *rudes boys*, et puis si on ne l'est pas vraiment, on feint de l'être, on joue les durs, les hors-la-loi. Et voilà qui s'accorde donc assez bien avec l'univers que Joe a créé où le langage est cru, la liberté de ton entière et la propension insistante à prendre fait et cause pour les pouilleux qui crèchent dans les terrains vagues derrière Spanish Town Road. Nul doute que Higgs ait influencé Bunny et Nesta dans leurs choix à venir — le premier s'engageant bien longtemps avant le second.

C'est aussi chez Joe que se pointe, un soir où les gamins s'époumonent, un grand échalas avec une guitare, ce qui a le mérite de mettre aussitôt tout le monde de son côté. Il est passé là quelques fois mais sans se prêter vraiment au jeu, plutôt sur la défensive. On sent que ce n'est pas le type à s'en laisser conter et, du coup, personne ne l'aborde. Il est né Winston Hubert McIntosh, mais on l'appelle, si on veut que les choses se passent bien, Peter McIntosh ou Peter Tosh. Il a débarqué avec sa mère à Kingston, comme Nesta, et commencé ses pérégrinations de lion en cage. Tout a l'air en effet trop petit pour lui. Comme Nesta encore, comme la plupart de ces gamins efflanqués, il a été élevé sans père, sans autorité. Raison pour laquelle, sans doute, ces gosses se retrouvent chez Higgs qui ne dédaigne pas, bien qu'il n'ait que cinq ou six années de plus qu'eux, de jouer au paternel. Les « notre-père qui êtes absent » sont le credo de ces tendres voyous. Absents ou morts, quelle différence ? Et d'ailleurs, quelque temps plus tôt, Cedella a appris que son « capitaine » avait quitté ce monde. La rumeur affirme que c'était un cancer. Est-ce que cela a bouleversé Nesta ? Oui. Non. Les pères sont faits pour partir et mourir. Tosh est un sacré lascar qui s'est mis à chanter avec eux ce soir-là. Forcément, ça a créé des liens. Un jour, plus tard, dans la rue, Nesta l'aborde. La discussion met un peu de temps à s'amorcer. Trop de réserve, de prévention de part et d'autre, peu d'inclination pour le langage, mais, c'est assez clair, il y a quelque chose à faire ensemble. Peter, qui domine Nesta de la tête et des épaules, n'est pas contre tenter le coup. On va s'essayer à des formules pour jouer ensemble, pour former un groupe, pour défier la chance. Très vite, on sent le besoin de compléter la formation, deux filles pour les chœurs (Cherry Smith et Beverly Kelso) et un petit gars qui s'appelle Junior Braithwaite, avec un brin de voix joli. Joe Higgs est encore là pour accompagner les premiers pas du groupe. Nesta-Bob s'est mis à la guitare et Joe lui donne des cours particuliers. C'est un conseiller toujours disponible, bienveillant. Comme Bragga, il a aussi découvert Bob. Mais le « capitaine » aussi, à ce compte, a découvert Bob… Et le vent du soir appelé en Jamaïque l'*undertaker* (le « croque-mort »), également. Et le mahot bois-bleu, l'arbre national de la Jamaïque, aussi, pourquoi pas ?

Naturellement Cedella ne sent pas l'évolution de son fils de la même manière. Le *yard* de Higgs, c'est la porte d'un monde où elle n'aimerait pas que son fils s'aventure. Pas question en tout cas qu'il traîne, la journée entière, dans les rues du ghetto. Cedella a mobilisé les troupes pour lui chercher un emploi. Or, il se trouve que l'un de ses amis, un certain Errol, pas chanteur et pas rasta pour un sou, mais soudeur à l'arc, lui a dégoté une place à South Camp Road. Nesta a un peu de peine à manifester sa joie. C'est en général le moment où le *rude boy* sort son couteau ou son flingue et envoie sa mère au diable. Mais Nesta n'est pas de cette espèce. Il part en apprentissage quelques jours dans un atelier de soudure entre South Camp Road et Emerald Street, puis se met au turbin. Comme le hasard conspire, il se trouve que travaille aussi à l'atelier de soudure un certain Desmond Dekker qui vient d'enregistrer chez le producteur Kong un morceau qui a fait danser toute la Jamaïque : « Honor Your Father and Mother ». Les circonstances sont plutôt cocasses.

Ayant reçu une poussière de métal dans l'œil, Desmond a été obligé d'arrêter son job passionnant ; et immédiatement lâché dans la nature, il s'en est allé voir les gens de Federal Records, le label du Chinois Leslie Kong, pour ce tube qu'il mitonnait déjà dans son atelier, un tube sucré comme un fruit mûr (il est arrivé à peu près la même chose à Fats Domino à La Nouvelle-Orléans). Or, par une sorte de répétition du sort, Nesta va connaître exactement la même « mésaventure », laquelle consiste à avoir la cornée éraflée par un minuscule morceau de fer projeté lors de l'opération de soudure et à *devoir arrêter*. Un vrai grand malheur, dit Cedella, et Nesta est bien d'accord. Si ce n'est que les journées de convalescence qui lui sont accordées vont lui permettre de prendre avec une très grande ambition, une absolue attente, ses petites affaires en main.

« *Wheel and come again !* »

Nesta est né à Rhoden Hall, au pied de la colline de Nine Miles. Bob, lui, est né très certainement dans les studios d'enregistrement de Leslie Kong. Nous touchons donc à l'un de ces épisodes par lesquels une vie se réinvente, se réoriente et parfois même se réenchante, offre de toute manière à celui qui l'habite un nouvel aperçu qui va déterminer des réflexions et des actions neuves, inattendues. Une étape qui mérite une petite pause. Juste pour souffler et savourer. Profitant de cette halte, il nous faut dire un peu comment le mot « musique » pouvait se décliner en Jamaïque à la fin des années 1950, alors que celle-ci s'apprêtait à briguer un mandat d'île indépendante après de si bonnes et loyales et atones journées au service de la Couronne (« la plus longue période de colonisation qu'ait connue l'empire d'Angleterre[1] »). Il est bien connu qu'on n'est jamais aussi excité, fiévreux, perturbé qu'à la veille de s'émanciper même si l'émancipation ne signifie en rien l'aboutissement qu'on avait supposé. Il est vrai aussi qu'on ne reconnaît le paradis qu'après l'avoir quitté.

Une franche excitation, une parfaite innocence caractérisent alors ces ultimes années qui précèdent l'« abolition » de l'île, si l'on peut dire. Et c'est très précisément de cette exaltation et de ces illusions que sont nées les improvisations et trouvailles les plus singulières qui vont contribuer à faire de la Jamaïque un des champs d'expérimentations musicales les plus incomparables de la planète. Et c'est là qu'intervient le troisième « dénicheur » du talent Marley. Vous verrez que la liste ne va cesser de croître.

Commerçant dans l'âme, Leslie Kong tient un restaurant avec ses frères dans Kingston, le Beverley's, qui sert de façade à une loterie clandestine. Les deux frères placent aussi leur argent dans une maison de disques qui, ces années-là, prend son élan, le label Berverley's, auquel s'ajoutera Federal Records. La musique est à la mode et les affairistes, ce qui est un peu normal, s'affairent. Kong a donc déjà mis la main sur Desmond Dekker, le miraculé de la soudure et, dans la foulée, sur un certain James Chambers, passé aux disques sous le nom de Jimmy Cliff, qui lui a apporté quelques jolis succès (« Daizy Got Me Crazy », « Miss Jamaica », « The Lion » et « Hurricane Hattie », sortis en 1962). Kong s'est même offert les talents de Cliff, cette fois en tant que rabatteur ; les vagissements de l'industrie musicale jamaïcaine suggérant qu'on prenne rapidement position, qu'on recrute les meilleurs, qu'on découvre les vrais talents de demain. Jimmy Cliff et Derrick Morgan, un autre gamin musicien propulsé comme tant d'autres par le *Vere Johns Opportunity Hour Show*, tendent l'oreille, arpentent le ghetto et donnent en général rendez-vous aux amateurs dans un bar du vieux Kingston où l'on sait qu'on peut toujours les trouver. La rencontre déterminante a lieu en 1962, c'est-à-dire à une date où Nesta vient tout juste d'avoir dix-sept ans ou bien va les avoir (il est du 6 février), et son découvreur quinze ! Bébés chanteurs pour bébés rabatteurs. Il faut avoir ce dispositif présent à l'esprit pour comprendre qu'on ne prête ici non pas aux *elders*, mais aux plus déterminés, à ceux qui menacent, si on ne souscrit pas à leurs revendications et impatiences, de faire sauter la baraque tout entière. Cliff et Marley sont de ceux-là. Cliff va être le premier musicien jamaïcain à faire connaître le reggae sur la scène internationale, avant Marley. Grâce à des tubes comme « Many Rivers to Cross », « Wonderful World, Beautiful People », « Vietnam », ou à sa prestation dans le film de Perry Henzell, *The Harder They Come*, en 1972, où le personnage d'Ivan Martin qu'il interprète, un jeune musicien à la recherche d'une écoute et audience, incarne parfaitement les aspirations de toute une génération en Jamaïque qui cherche à percer et à marquer. Quant à Marley, il faut avancer encore dans ces pages pour voir comment le gamin de Nine Miles parvient à épouser la princesse et à lui faire beaucoup d'enfants.

Quand Bob débarque au Beverley's, en février 1962, Jimmy est en train de chercher un arrangement au piano pour une de ses chansons. Le patron n'est pas encore là. Il y a beaucoup de timidité chez l'un et chez l'autre, et peut-être que Jimmy, pourtant le cadet, est moins coincé que Bob qui s'est déplacé sans sa troupe. Il est venu avec cinq morceaux en tête qu'il a répétés avec ses amis et qu'il est prêt à donner.

Juste le temps de rompre la glace et de se lancer. Jimmy propose de l'accompagner au piano. Des cinq morceaux, Jimmy en retient trois pour Kong, qu'il juge assez bien tournés. Rétrospectivement, il est sidéré par le côté programmatique de ces trois premières chansons que Bob ira, une semaine plus tard, enregistrer chez Federal, cette fois avec la formation au complet, laquelle s'est appelée Teenagers puis Wailing Rudeboys, ensuite Wailing Wailers, puis enfin Wailers tout seul. *Wail*, c'est la plainte, le gémissement et donc un *wailer* est un gémissant, voire un hurlant. Dans « Judge Not », Bob proteste déjà contre l'injustice ambiante, sur le thème, il a beaucoup à dire et il le dira ; avec « One Cup of Coffee », il entame la longue série des chansons d'amour à propos desquelles le compositeur de « Is this Love » (album *Kaya*, 1978) n'a jamais vraiment démérité ; enfin avec « Terror », il anticipe sur le constat d'amertume de « Concrete Jungle » (album *Catch Fire*, 1972). Pour Jimmy Cliff, dès l'audition de février, avec ces trois seuls textes, tout l'univers de Bob est planté[2]. Les premiers enregistrements chez Kong ne cassent pas la baraque, mais ils permettent d'entrouvrir la porte et, à partir de là, les mises en garde de Cedella ne suffiront plus à freiner l'attelage. Dans quelle langue les Wailing Wailers s'expriment-ils en 1962 ? À propos de « Judge Not », Hélène Lee écrit : « Propulsé par un ska bondissant, c'est un titre moralisateur comme Bob en écrira des douzaines, brodant autour d'un proverbe ou d'un verset de la Bible : "Ne juge pas autrui avant de te juger toi-même..."[3] » Mais le ska, qu'est-ce ?

Il est utile de rappeler ici que la Jamaïque, en quelque cinquante ans, mettons la seconde moitié du XXe siècle, a produit quelque cent mille disques ce qui, rapporté aux deux millions et demi de Jamaïcains que comptait l'île à ces époques, fait un assez joli ratio par habitant — sauf que tous les Jamaïcains n'ont pas enregistré ou même chanté, enfin peut-être. Un petit village de Jamaïcains irréductibles mais qui ne compterait que des bardes. Et personne pour les faire taire. La musique est née ici avec le premier lever de soleil, ou peu après, et elle a attrapé tout ce qui passait dans les parages, sans distinction, pour remettre toute découverte à sa sauce. Chaque bourg, hameau, a son orchestre qui puise dans un registre étendu qui emprunte au quadrille français, à la samba brésilienne, à la rumba cubaine, au calypso venu de Trinidad et Tobago, et ainsi de suite. Peut-être l'insularité a-t-elle, et certainement, inventé d'autres formes de contagion, plus lentes, mais laissant de plus définitives imprégnations ? Ainsi le mento jamaïcain apparu au XIXe siècle (dans sa version country puis, plus tard, dans sa version urbaine), qualifié de calypso rural jamaïcain, « avec une syncope soulignant le dernier temps de chaque mesure[4] », offre-t-il un tout premier exemple de ce génie propre aux insulaires consistant à synthétiser et à porter plus loin. L'orchestre composé d'une guitare, d'un banjo, d'une *rumba box* (appelée aussi *marimbula* à Cuba et *sanza* en Afrique, sorte de gros piano à pouces sur lequel le musicien est assis), d'un instrument à vent et de percussions de fortune (râpe à noix de coco, djembé, bout de tuyau, conga, bouteille de bière, flûte en bambou, etc.), égrène un folklore issu des mémoires paysannes, mais non dépourvu d'allusions explicites et bien salaces qui sont une autre marque distinctive de l'île (à la source du *slackness*). Naturellement, aucune forme musicale, aucune cellule ne peut prétendre s'affranchir de la compagnie plus ou moins immédiate, à la fois dans le temps et l'espace, de ses semblables et dissemblables. Aussi, quand il parvient à sa propre formulation musicale à partir des emprunts originels, le mento est déjà sous d'autres influences, voire menacé de servir à son tour de combustible pour alimenter d'autres feux qui ne manquent pas.

L'industrie musicale jamaïcaine fait ses premiers pas avec les enregistrements de mento et de calypso, déjà dopée par les succès d'un Caribéen de cœur, Harry Belafonte (né à Harlem, mais grandi en Jamaïque) qui contribue à sa façon à rapprocher les îles entre elles et celles-ci du continent, une belle âme qu'il faut saluer, en passant.

Ce *golden musical bridge* est évidemment à l'avantage des États-Unis qui débarquent dans les îles en force avec une pléthore d'artistes qui ont déjà acquis une renommée internationale et qui séduisent, naturellement, les bébés chanteurs fourbissant encore leurs instruments et leurs armes dans les *shanties* de Babylone. C'est encore à une nouvelle greffe qu'il faut procéder pour marier les folks insulaires aux vagues de rhythm and blues qui déferlent maintenant sur la Caraïbe, mot-valise dans lequel on fait traditionnellement rentrer tout ce que l'Amérique noire conçoit d'expériences musicales novatrices et délectables : c'est-à-dire le premier rhythm and blues de Cecil Grant et Louis Jordan, les ballades raffinées de Nat King Cole, le doo-wop de Frankie Lymon et des Teenagers ou de Earl Lewis and the Channels, le rock'n'roll de Little Richard ou Little Willie John, la soul music de Ray Charles, Otis Redding, Sam Cooke, Jackie Wilson, Aretha Franklin et même et surtout, pour la jeune génération de chanteurs jamaïcains, le funk intempestif de James Brown. La musique noire atteint les îles de mille façons et c'est un peu comme s'il s'agissait simplement de tendre l'oreille en direction des foyers où elle s'invente, comme si l'air était contagieux, complice.

Rappeler d'abord qu'il est demeuré longtemps après la guerre deux bases militaires en Jamaïque, à Sandy Gully et à Vernon Fields, lesquelles ont certainement constitué une sorte de poste avancé pour la musique *made in USA*. Il suffit alors d'un transistor ou d'un tourne-disque pour propager une bonne nouvelle autour du camp et bientôt à travers tout le pays, car rien de ce qui touche la musique ne peut échapper durablement aux Jamaïcains. Propager la musique qui fait danser, c'est exactement aussi le mot d'ordre des propriétaires des *sound-systems*, ces installations de fortune qui permettent de rassembler, autour d'un tourne-disque et de deux enceintes, une population toujours encline à se défaire en dansant de tous les fardeaux hérités de l'histoire. Les transistors ou les meubles radios étant encore fort rares ou inaccessibles, les *sufferers* n'ont alors pas d'autres moyens d'accéder à ce qui est ici une autre ganja, pas moins décapante, ces dancehalls, cette sueur de l'oubli. Mais l'enjeu excède ici ceux d'une simple piste de danse :

> Pour les foules qui se rassemblaient dans les endroits où le « gros son » résonnait, ces soirées étaient tout à la fois une agence de rencontres en direct, un défilé de mode, une bourse aux informations, une parade où se mesurait le statut social des gens, un forum politique, un centre commercial. Et à partir du moment où les disc-jockeys prirent le micro pour parler d'autre chose que de leur sound-system, de leurs disques, de leurs femmes et d'eux-mêmes, elles devinrent le journal quotidien du ghetto[5].

En réalité, comme le montre Lloyd Bradley, c'est tout un bourdonnement de ruche que génèrent ces sound-systems qui vont, durant ces années où la Jamaïque parie encore sur sa virginité, au lendemain de l'indépendance, symboliser le moyeu d'une vaste roue qui s'est maintenant mise à tourner. Un ballet de vendeurs, petits et grands, s'anime autour du lieu choisi pour rassembler les danseurs qui vont débarquer d'un instant à l'autre, en habits du dimanche. Des stands s'improvisent aux carrefours des chemins qui mènent à cette piste en plein air à laquelle le DJ est censé mettre le feu (mais au début avec une seule platine, ce qui va l'obliger à faire le Sioux le temps de changer de disque et qui va révéler chez certains de véritables aptitudes à l'improvisation et au show). Sur ces stands sont proposés quelques-uns des plats nationaux comme le *jerk pork* (porc ou poulet mariné dans une sauce pimentée), le poisson frit, des pâtés en croûte chauds, le tout arrosé de l'incontournable gloire locale, la Red Stripe, dont la suprématie sera bientôt contestée par les Guinness et Heineken comme chaque fois que la messe se fait populaire. Sans oublier les vendeurs de *collie weed*, qui est un autre nom de l'herbe de la conscience, sans laquelle la fête n'aurait pas le même parfum. Ce dispositif ne peut se déployer, bien entendu, que si la musique est bonne, ce qui oblige le *sound-man* à travailler avec des DJ's capables de tenir et de chauffer une salle qui ne possède, en l'occurrence, ni mur ni toit, ce qui implique par voie de conséquence encore que ces DJ's aient à leur disposition, et tous les soirs, car ces rassemblements se tiennent tous les jours de la semaine, du bon gros son qui tache — et c'est de cette course aux hits qu'est née l'empoignade entre les caïds des nuits de la Jamaïque. Mais quand le public est satisfait, ce qui arrive plus d'une fois, il gueule : « *Lick it back* ! » (« Remets-en une couche ! ») ou « *Wheel and come again !* » (« Refais-le tourner »)[6].

L'industrie du disque est née de cette impression que donnent les DJ's de mourir de faim, de manquer toujours de ce qui empêchera les danseurs d'aller à la concurrence qui, dans ces années où l'île s'émancipe, bat son trop-plein. Le mento a fait long feu et le peuple réclame à présent autre chose. Les sound-men les plus audacieux, ou commerçants, vont faire sur le continent leur marché et reviennent avec de quoi enflammer leurs sounds pour quelques nuits supplémentaires, à la condition de protéger furieusement leurs trouvailles, par exemple en effaçant avec le côté d'une pièce de monnaie les infos données sur l'étiquette centrale du 78 tours, ou bien en attribuant un hit à un chanteur imaginaire dont tout le monde immédiatement s'entiche. Pour les propriétaires moins fortunés, qui ne peuvent se payer le billet, il faut se résoudre à parlementer avec ceux qui débarquent à Kingston avec les bagages remplis de musique. Le troc a lieu sur le quai même. Le « Good Rockin' Tonight » de Wynonie Harris, qui date pourtant de 1948, contre un bon petit paquet d'herbe. Fats Domino et The Platters pour un lot de cigares, café (et filles si nécessaire). Avec toujours une préférence pour la musique noire qui danse mieux et pour le premier choix. Mais à partir des années 1960, on sent que les hits importés de Chicago ou de La Nouvelle-Orléans ne parviennent plus à étancher la soif d'un peuple qui a entamé son coming-out. Il est d'usage de parler de cette époque comme de celle de la « West Kingston Sound System War of the Mid-1950's[7] », autrement dit une guerre de tranchées dans un périmètre minuscule de la ville qui rend les affrontements, les surenchères, les compromissions, les trahisons inévitables, et, comme un bonheur n'arrive jamais seul, la guerre promeut d'elle-même, avec une belle autorité, ses généraux. D'abord le tandem *selecter-toaster* qui représente les deux piliers du temple à ciel ouvert, les deux autres, invisibles, étant le sound-man, il est propriétaire du matériel, et c'est lui qui paie mal, ses DJ's, et son garde du corps, indispensable si le propriétaire veut faire autre chose que de jeunes os. Parce que la compétition est ici vraiment rude et qu'il est assez naturel de tuer pour un *single*. Le *selecter* fait donc en sorte d'alimenter le *toaster* (devenu bientôt DJ) toute une soirée et sans temps faibles ou morts qui seraient fatals au sound-system, la concurrence ne le permettant pas. Ces artistes qui s'imposent sur cette scène sont alors les icônes de ces foules qui attendent la nuit pour reprendre âme et corps. Il faut citer le nom de Tom Wong, alias Tom The Great Sebastien qui officie sur Luke Lane et Charles Street et qui, de l'avis des désormais vieux danseurs qu'il a fait danser, possède alors le meilleur équipement, et rien ici qui porte à confusion : nous parlons bien de la taille de ses baffles, appelées « maisons de joie[8] », et du bruit qu'elles génèrent dans les quartiers où bat le cœur de sa petite entreprise. D'autres noms viennent en mémoire des *elders* : Admiral Cosmic, King Edwards... et d'autres dont on ne se souvient plus.

Nous étions censés répondre à la question : « Et qu'est-ce que le ska ? », sans doute faut-il remettre au lendemain ce qu'on ne peut pas faire le jour même. C'est un peu comme si vous essayiez de raconter à la personne assise dans le fauteuil à côté du vôtre un seul plan du film que vous êtes en train de visionner tout en essayant de ne rien perdre du propos d'ensemble. Et la bobine, entre-temps, s'est déroulée. Les sound-systems, nous l'avons compris, assurent les transitions nécessaires du continent à l'archipel caribéen, du mento au ska naissant (nous y venons), du R&B aux premiers rock'n'roll, des *rude boys* aux apôtres de Jah, du protectorat à l'indépendance, de la servilité, donc, à des formes de réactions d'orgueil qui furent les prémices d'une gigantesque volte-face de la part des *sufferers* qui, en Jamaïque comme ailleurs, avaient fini par penser que le temps seul finirait par éteindre leur plainte, que la mer effacerait sur le sable la mémoire des anciennes blessures — mais que la musique et le *beat* ont réveillés. Aux sound-systems, il convient d'ajouter deux radios locales qui commencent à émettre dans les années 1950 et attendent que les Jamaïcains se dotent de suffisamment de transistors pour établir leur règne (mais l'histoire s'accélère puisque, au début des années 1960, on compte que 90 % des foyers possèdent un poste de radio), l'ancienne RJR (Radio Jamaica Rediffusion) et la JBC (Jamaica Broadcasting Corporation) — ainsi que les puissantes stations qui émettent depuis Miami, Nashville ou La Nouvelle-Orléans. Le dispositif est donc en place et l'air saturé de bonnes ondes. Reste à faire entrer sur la scène ceux qui vont impulser à cette industrie enfantine de nouveaux rythmes et contribuer à faire de la Jamaïque l'un des creusets musicaux exemplaires des années 1960. Alors peut-être faut-il regarder l'île entière comme un vaste sound-system, et si c'est le cas, présenter les trois gars qui produisent le show.

Reid, Dodd et Buster

Trinidad, Cuba, Jamaïque : les îles s'animent à tout-va et les oiseaux de proie rappliquent à toute vitesse avec des contrats plein leur ramage. Les plantations de cannes à sucre, les profondes bananeraies, les gisements de bauxite, les infrastructures hôtelières, tout ça est oublié au profit de l'acétate. Deux costauds de la première heure y gravent maintenant ce disque démo unique à partir duquel il va être possible de répandre la bonne parole comme la bonne chanson. Le pentecôtisme version jamaïcaine. Stanley Motta et Ken Khouri, sont les leaders incontestés du marché du mento et du calypso à la fin des années 1950. Ils se sont alliés à de grandes maisons américaines ou britanniques auxquelles les démos en acétate sont envoyées contre pressage en série et distribution ; ce qui constitue pour les bébés chanteurs la seule possibilité de prendre date avec l'histoire. Ainsi, Kong, qui auditionne Nesta début 1962, a-t-il passé un accord avec Khouri, propriétaire de Federal Studios (sur King Street) et d'une usine de pressage, et déjà en affaire avec Mercury Records

(Chicago), tout simplement pour avoir la matrice et se tenir prêt à fournir au cas où « Judge Not » s'envolerait — ce que « Judge Not » ne fit pas. Même animés des meilleures intentions (gagner de l'argent et faire connaître la musique de l'île, l'un allant intrinsèquement avec l'autre), les hommes d'affaires Motta et Khouri n'appartiennent pas au ghetto et ne voient pas toujours d'un bon œil, ni d'une bonne oreille, ce qui s'y trame, autrement dit, ces subtiles mutations que génère la rencontre des extrêmes dans ce si petit lopin de monde. L'*apatheia* noire, forgée au long des siècles, combinant résignation et exultation intérieure, mais bien cachée, d'un côté. Les accents de révolte, de menace, de revanche de l'autre, que véhiculent les *protest songs* des aspirants chanteurs, lesquels ne doutent pas de faire tomber Babylone. Il faut donc d'autres nautoniers pour embarquer tous ces bardes et leur prêter l'oreille et la main durant la traversée.

Alors revenons à nos sound-systems, car c'est là que cela se passe et se passera pour longtemps encore, et admettons que ceux qui ne peuvent pas s'approcher de ces discothèques improvisées ne peuvent non plus prétendre participer à la fête. Motta et Khouri, aussi habiles presseurs soient-ils, méconnaissent donc la musique qui s'invente dans les quartiers et au rythme de laquelle le pays tout entier se met à bouger. Clement Seymour Dodd est, dans ces conditions, le candidat parfait à la reprise. Il a déclamé très tôt et sur tous les tons sa passion pour tous les jazz dont il a commencé à collectionner quelques standards (Coleman Hawkins, Charlie Parker, Dizzy Gillespie, etc.) et voudrait servir autrement la musique qui se fait sur le continent ou aider à faire naître sur l'île quelque chose de plus engageant que ce bon vieux mento qui a fait long feu. Personne ne sait quoi. Sa mère, comme Cedella pour Nesta, a flairé l'embrouille et exigé qu'il apprenne le métier de charpentier et lui, aussitôt, s'est mis à construire des baffles. Un sacré entêté, ce Clement, qu'on appelle maintenant Coxsone, du nom d'un champion de cricket dans le Yorkshire. Voire même Sir Coxsone's Downbeat. Si Hailé Sélassié n'avait pas fait tout ce tapage du fin fond de son Afrique, peut-être que c'est Dodd qui aurait pris la couronne et qui l'aurait gardée sur son crâne dégarni. Maintenant il a des fourmis dans les oreilles, parle à sa mère de faire le saisonnier en Amérique en songeant, dans son petit for intérieur, qu'il aura alors tout le loisir pour aller dénicher là-bas les nouveaux Chuck Berry. Et le détour par les États-Unis lui profite si bien qu'il revient avec une sacré cargaison de nouveautés (boogie-woogie, R&B, soul, etc.) qui vont alimenter quelque temps les platines du Sir Clement Downbeat ou Sir Coxsone Downbeat, au choix, qu'il ouvre dans le ghetto, au coin de Beeston Street et Love Lane. Du sound-system pur jus et qui ne va pas tarder à se constituer comme l'une des toutes premières références dans le domaine. Mais, pour cela, il faut encore ramer car la houle, autrement dit la concurrence (on fait les présentations tout de suite après), est sacrément forte. Ramer et trouver les rameurs. C'est le génie de ces hommes qui lancent l'industrie du disque en Jamaïque que de repérer, au milieu d'une faune de bons et de moins bons à rien, ceux qui vont permettre de changer de braquet, de flairer les âmes, surtout quand elles sont douées d'une oreille mélomane. À la tête du Sir Coxsone Downbeat, les champions des platines se relaient, des *toasters* déjantés que ces technologies lilliputiennes stimulent et qui sont donnés comme les inventeurs du *spoken word* et du rap. La Jamaïque n'a pas fini de nous étonner. Parmi ceux-ci Count Machuki (né Winston Cooper), regardé comme le vraiment premier *toaster* ou DJ de l'histoire — vous imaginez — et peut-être même le premier rappeur. D'abord colistier du Great Sebastian, que nous avons croisé, il fait maintenant cavalier seul chez Coxsone et est le premier à tchatcher et à *chater* pendant que la musique tourne, le premier gouailleur qu'on vient vraiment écouter et qui pourrait empêcher le disque de tourner, ce qu'il fait de temps à autre, et qu'on écouterait quand même. Peut-être que c'est la musique qui joue sur Machuki, car on ne sait plus très bien qui sert et qui domine l'autre. On ne sait plus qui « toaste » sur qui. C'est en tout cas avec un énergumène comme Machuki que Dodd marque des points face à la concurrence, et même chose lorsqu'il a l'idée de recruter un chef de petit gang qui officie dans le quartier de Luke Lane, un certain Cecil Bustamente Campbell qui se fait appeler Prince Buster, c'est-à-dire Prince « Brise-tout », surnom que lui vaut sa pratique de la boxe en amateur et son goût de la baston relevée. Coxsone ne s'y est pas trompé, qui l'embauche comme videur de son sound, garde du corps, maître du service d'ordre, homme à tout faire et que sa très fine intelligence met bien au-dessus du panier, avec à l'intérieur les crabes aux pinces recouvertes d'or et de misère. Parce que ici c'est vraiment la zone de la zone, avec tout ce que cela comporte de petites et grandes brimades, d'intimidations et de provoques, de descentes musclées pour rafler les derniers tubes importés et briser les platines de la loi. Bien entendu, Buster et ses semblables sont armés jusqu'aux dents.

Face à Coxsone, un autre titan, Duke Reid, un ancien flic de West Kingston qui connaît toutes les ficelles du milieu et compte bien les utiliser pour promouvoir son sound à lui, le Duke Reid The Trojan (Trojan est la marque de sa camionnette), installé aux coins de Bond Street et Charles Sreet, un quartier où il faisait autrefois ses rondes et où il a gardé quelques « amis ». Il a une manière bien à lui de faire son beurre en terrorisant la concurrence qui aurait dû le laisser loin devant, si ce n'est que celle-ci s'organise et qu'on peut tenter de briller face à la force par le talent, ce que l'écurie Coxsone s'emploie à démontrer. Mais le Duke n'est pas qu'une brute épaisse qui envoie ses gars détruire le matériel de ses principaux challengers, défonçant même les baffles à coups de hache, réquisitionnant les disques, voire les piétinant, et terrorisant les danseurs pour longtemps. Il est aussi, indéniablement, un découvreur de quelques-uns de ceux qui vont inscrire leurs noms au générique de l'île, par ordre d'entrée en scène ou par ordre de galettes vendues, cette passion contemporaine de compter et de classer. Quand ses rondes ont pris fin, il a ouvert un débit de boissons (Treasure Isle Liquor Store) avec sa femme et profité de ce qu'elle avait raflé le gros lot à la loterie (comment le destin, si délicat au demeurant, aurait-il pu encourager un ancien flic sans scrupule si le Duke n'avait été que cela ?) pour lancer son affaire. La création de l'émission Treasure Isle Time sur RJR qu'il anime un temps lui-même et son sens inné des affaires et de la manière de les conclure lui assurent très promptement une solide notoriété de producteur des meilleurs artistes du ska naissant. Avec Reid se met aussi en place une curieuse pratique au niveau des enregistrements : il s'agit de distinguer le propriétaire de la séance au cours de laquelle on a gravé l'un ou l'autre des morceaux, du propriétaire des morceaux enregistrés. De telle manière que celui qui conserve la précieuse matrice, sous forme d'acétate ou de bandes enregistrées, peut toujours prétendre l'exploiter et quand bien même le « producteur » aurait poursuivi l'exploitation du ou des titres :

> Ce système devait constituer le cauchemar des éditeurs musicaux, une très grande quantité de chansons se voyant *versioned* [réenregistrées] un nombre de fois illimité. Dans chaque cas, les possesseurs d'une ou de plusieurs bandes masters pouvaient se poser en ayants droit. Certains avocats en font encore leur beurre[1].

Prince Buster est trop artiste pour faire longtemps le videur. Il quitte Dodd pour monter son propre sound-system, Voice of the People, qui lui permet de montrer et faire vibrer tous ses talents de chanteur, DJ, producteur et qui ne va pas tarder à se positionner de la plus menaçante façon face à ses adversaires. Car, non seulement il innove dans tout ce qu'il touche et prétend même au titre d'inventeur du ska, mais il est un homme qui ne se contente pas de faire tourner les disques, même avec talent, tel un Machuki, brodant à l'infini sur les morceaux réinventés. Il est de ceux, rares encore, qui commencent à parler aux Noirs de leur négritude, à utiliser la musique à d'autres fins, à donner, en somme, une dimension politique à l'affaire, engagée et à faire le lien avec ce que nous avons laissé volontairement de côté pour nous atteler à relater la naissance de la scène jamaïcaine, c'est-à-dire les camps de rastas derrière Spanish Town Road. Mais ceux-là ont poursuivi leur exploration de chemins de traverse, se sont regroupés, rassemblés et entrepris le travail de réhabilitation intérieure. En somme, Buster appartient à cette catégorie d'artistes-prophètes dont fait partie aussi Nesta Robert Marley, capables de produire à partir de toutes les composantes de l'âme jamaïcaine une synthèse qui fasse sens bien au-delà des rivages de l'île. Mais pour l'heure, il n'est encore qu'un simple boxeur-charmeur qui presse les disques des musiciens en herbe (Derrick Morgan, qui travaillait pour Leslie Kong,

Bobby Aitken, Toots and The Maytals, Owen Gray, etc.) et qui va de succès en succès. Reid, Dodd et Buster sont les trois grands noms de la jeune industrie musicale jamaïcaine et les maîtres absolus du jeu, mais d'autres prétendants cherchent à grappiller quelques miettes du festin. L'Anglo-Jamaïcain Chris Blackwell, qui reviendra dans notre histoire, mais cette fois dans un premier rôle qui lui sied davantage, se contente pour l'heure d'enregistrer sur son label Island Records le premier hit de Laurel Aitken (frère de Bobby qui signe chez Buster), « Little Sheila » (on dit aussi que Lance Hayward, pianiste aveugle, serait son vrai premier enregistrement, avant Aitken). Mais, encore une fois, il faudra attendre quelques années pour voir Blackwell vraiment entrer en scène. Et puis, autre outsider, mais pas dépourvu non plus de pugnacité, le sociologue et anthropologue Edward Seaga. Né en Jamaïque avec une ascendance libanaise, sincèrement passionné par les anciens cultes africains toujours en activité dans l'île, il souhaite rencontrer les adeptes du kumina, du burru et les premiers rastas et pressent peut-être ce supplément d'âme que ces adeptes vont puiser dans une Afrique qui, pour autant qu'elle s'est désincarnée, n'en a pas cessé d'exister pour eux. En 1956, sur son label WIRL (West Indies Records Ltd), il produit un album de musique folklorique noire indigène puis, très vite, quelques-uns des ténors du ghetto comme Slim Smith, Jackie Edwards, Owen Gray, déjà croisé, et Joe Higgs, l'un des innombrables découvreurs de Nesta Marley, installé sur 3rd Sreet et qui a signé avec Seaga son « Manny'O ». À Nine Miles, on l'aurait appelé *Custos*, comme Omeriah. Quant à Seaga, d'autres aventures l'attendent. Lorsqu'il vend son label à Byron Lee, au milieu des années 1960, c'est pour entrer en politique au sein du JLP, au moment où Alexandre Bustamante quitte la scène après une longue période de « vertueux » (« Vert tue eux ») agissements.

Qu'est-ce que le ska ? Il est plus que temps de s'expliquer. À la fin des années 1950, ce même Byron Lee qui rachète WIRL, un de ces jeunes musiciens qui, dans ces années-là, font monter le son et qui officie au sein des Dragonnaires, revient des États-Unis avec la première *electric bass guitar* (basse électrique) jamais vue sur l'île. Le nouveau son fait l'effet d'une bombe et quelques prophètes annoncent, sans se tromper beaucoup, que plus rien désormais ne sera comme avant. Immédiatement d'autres musiciens adoptent l'instrument, comme Lloyd Brevett, du groupe des Skatalites, convaincus que la basse permet de mieux marquer le rythme, mais pas forcément pour l'accélérer, tout au contraire, qu'elle va maintenant prendre le pas sur l'orchestre et on ne voit pas très bien qui lui résisterait. En réalité, à partir du « Manny Oh » de Joe Higgs et Roy Wilson, la musique en Jamaïque ne va pas cesser de se jouer sur un rythme de plus en plus lent, certains mauvais esprits ou esprits clairvoyants disant que ces évolutions sont à mettre directement en relation avec l'adoption à grande échelle de la ganja par la jeunesse jamaïcaine à cette époque, et donc par les bébés chanteurs — comme on peut expliquer aussi quelques-unes des étapes notoires qui séparent le R&B et la musique country du rock'n'roll par l'adjonction dans l'alambic de quelques stupéfiantes substances. L'idée n'est pas neuve, mais il faut la garder à l'esprit. Higgs avait produit avec « Manny Oh » (chez Seaga qu'on appelle aussi Ska-aga), une sorte de « boogie jamaïcain d'obédience rhythm'n'-blues, doté de ce beat très en vogue typique de La Nouvelle-Orléans », mais qu'on avait volontairement et subtilement modifié en « y ajoutant un élément pris au mento, substituant au temps habituellement marqué par le piano une légère accentuation sur le contretemps au moyen d'un accord de guitare, comme le ferait le banjo dans le mento[2] ». Le virage est encore léger, peut-être, mais les pros du ghetto se doutent déjà que, plus on se rapprochera d'un son authentiquement jamaïcain, plus le public donnera le change. C'est Dodd, semble-t-il, qui fait l'apprenti sorcier et réunit le guitariste Ernest Ranglin, qui travaille déjà pour lui, et le bassiste Cluett Johnson, aux fins de ficeler quelque chose. Et c'est ainsi que ces lascars, dans l'arrière-boutique d'un *liquor store* appartenant au clan des Dodd, un dimanche matin, précise Bradley, tout en cherchant à conserver le *shuffle*, c'est-à-dire le fait de marquer l'accentuation légèrement en arrière du temps, décident de déplacer celle-ci sur l'*afterbeat* (second et quatrième temps de la mesure) et « jusqu'à inverser complètement l'arrangement. À la place du *Chinnk*-ka… *Chinnk*-ka… *Chinnk*-ka habituel, on s'est retrouvé avec un ka-*chinnk*… ka-*Chinnk*… ka-*Chinnk*. Les gens désignaient les tout débuts du ska par l'expression "rhythm'n'blues renversé". Et puis la guitare s'est calée dessus pour forcer un peu le trait, et cet accent sur le contretemps est devenu la caractéristique de toute la musique jamaïcaine qui a suivi[3] ».

Pour tout ce qui touche à la musique, on le sait, les secrets sont toujours mal gardés, car comment les garder, en effet ? Dès qu'un son nouveau est produit, il est entendu et aussitôt répandu comme par la main d'un semeur invisible. C'est exactement ce qui s'est passé à partir de cette séance de travail chez Dodd. Le lendemain, on avait l'impression que l'île tout entière s'était convertie à l'*afterbeat*. Buster, toujours avec une longueur d'avance, en embuscade, qui cherche à produire une musique qui participe de l'émancipation de la Jamaïque, puisqu'elle accède à l'indépendance, fait un pas dans ce sens avec l'enregistrement de « Oh Carolina » dans les studios de la JBC, en présence du pianiste Owen Gray, des trois membres des Folkes Brothers et du maître percussionniste rasta Count Ossie, dont nous allons forcément reparler, et qui s'est laissé embarquer dans cette galère sans trop savoir pourquoi, peut-être à cause de l'enthousiasme de l'électrique tout jeune propriétaire de Voice of the People. Tout ce beau monde, représentant toutes les tendances musicales et mystiques du moment, coincé dans un fourbi minuscule va bientôt se mettre à danser sans modération : « Dès que j'ai emmené le dub de « Oh Carolina » à Count Machuki, explique Buster, il a pigé, il m'a dit que désormais, Coxsone, Reid, et Edward étaient morts et enterrés[4]. »

« Dem 'ave no manners »

La relation entre Bob et Cedella se ressent maintenant de cet acharnement que l'adolescent met à vouloir se faire entendre, à en être. Une incompréhension de fond qui peut s'expliquer par le fait que la fille d'Omeriah a grandi avec le ciel au-dessus de sa tête et qu'elle a rendu grâces de mille façons aux lumières qu'il prodiguait aux petites gens qui bricolaient, aux marges du Livre, leur existence. Bob est méconnaissable. Avec Peter Tosh, rouleur de mécaniques, et Bunny plus intériorisé et qui a commencé à fréquenter les anciens barbus, de l'autre côté de Spanish Town Road, ils se sont glissés dans une ornière où on ne les voit plus. Bob, qui a déjà enregistré avec Kong, s'affiche comme le chef du groupe, il en a la carrure, il la travaille en tout cas, montrant un naturel ascendant sur les jeunes du quartier — même si Peter, de temps à autre, le lui conteste. Probablement que Peter essaiera, sa courte vie durant, même lorsqu'ils se seront séparés, de reprendre cette place symbolique que Bob a occupée dès ces années-là. Il y a, au moment où le groupe se forme chez Joe Higgs, où celui-ci commence à les entraîner, à repérer les mérites des uns et les faiblesses des autres et à vouloir les compenser*, une rivalité fondatrice entre les deux garçons que les événements à venir vont contribuer à tendre comme une corde de guitare basse. De l'explosif, mais qui va servir la dynamique du groupe et contribuer, pendant un temps, à faire tenir ensemble ces fortes et rugueuses personnalités nouées dans le mouchoir de poche baptisé Wailing Wailers.

Mais on ne trace pas son chemin au milieu du ghetto sans emprunter à sa loi. On surnomme désormais Bob « Tuff Gong », c'est-à-dire « dur comme un gong », parce qu'il sait obtenir le respect dans un monde qui, précisément, a choisi de l'enterrer. Demandez un peu aux *gunmen* qui patrouillent dans Trench Town pour le compte du PNP ou du JLP et de leurs syndicats si quelques-uns des dieux qui accompagnaient autrefois leurs parents et ancêtres dans leur invisible agonie sauraient retenir maintenant leur bras. Les gangs se sont organisés et font régner dans la ville une authentique terreur. Les Vikings sévissent sur le front de mer (zone de Newport Est) et se sont fait une spécialité de pêcher le poisson à la dynamite, encore elle, et d'arraisonner les bateaux de pêche lorsque les poissons ne se laissent pas prendre. Les

* Par exemple, il comprend que la voix de Junior Braithwaite est plus mature que celle de Bob — qu'il n'est d'ailleurs plus question d'appeler Nesta — mais que ce dernier incarne vraiment l'âme, pour l'heure belliqueuse, ardente, de la formation. *Cf.* Timothy White, *Catch a Fire. The Life of Bob Marley, The définitive edition*, New York, Henry Holt & Company, 2006.

Parks font dans la dérobade et le vol à la tire. Les Spanglers, sur Charles Street, toujours impeccablement sapés et armés, travaillent pour le vieux Reid et son sound-system, et travailler pour lui nécessite de savoir pointer très vite et de viser juste. Puis viennent les Salt City qu'on appelle ainsi parce qu'ils ont pris leur quartier à Salt Lane, et qu'on redoute pour leur goût immodéré des couteaux pliants à lame incurvée qui viennent d'Allemagne (marque Okapi), et même des machettes (les Skatalites les ont immortalisés à travers leur titre « Phoenix City[1] »). Il existe, bien entendu, d'autres prétendants au titre de mauvais garçons, voire anarchistes des rues, *desperados* à la solde de ceux qui paient et qui baissent les yeux quand il s'agit de savoir comment on a fait le travail. Pour ces *rudies*, Rhyging reste une valeur refuge — ce jeune caïd déjà rencontré qui défia la police et fit parler de lui dans les journaux — et le rhum blanc et la ganja, des carburants nécessaires. Ces bandes ont d'abord officié dans leurs zones d'influence respectives, se partageant la ville, et n'ont pas cherché la confrontation directe avant que les partis avec leurs syndicats ne s'en mêlent. Maintenant la guerre est ouverte et rien ne peut plus faire reculer ces enfants qui croient que l'avenir est au bout de leur flingue, ou plutôt qui savent qu'ils n'en ont pas, que ces jours armés dans les *shanties* ne sont qu'un bref sursis avant d'aller retrouver les autres allongés de l'histoire. En même temps, cette proximité des petits malfrats du ghetto avec les bébés chanteurs paraît contagieuse. La mode *rude boys* fait des adeptes et inspire les jeunes compositeurs qui font le lien entre la figure du mauvais garçon qui dicte sa loi dans les taudis et celle du petit gars qui va tenter sa chance au *Vere Johns Opportunity Hour Show*, ou bien qui toaste chez Coxsone. Cette perméabilité s'exerce aussi en direction des bruits de la rue, de ses habitants, de leurs conditions de vie et survie et de la manière dont la politique a commencé à structurer la vie du ghetto. Le ska tend donc l'oreille et s'ouvre aux âpres réalités du moment. Les premiers *protest songs* jamaïcains datent de ces années où la violence a fini par se retourner contre le peuple comme un boomerang. Il est de coutume de citer le « Freedom » de Clancy Eccles, enregistré en 1959, comme tout premier du genre. Mais Buster, comme on l'a vu, avait amorcé autrement l'affaire en se mettant à haranguer les hôtes de Voice of the People à partir de hits subtilement choisis (« Rough and Tough » de Stranger Cole, « Money Can't Buy Life » de Monty Morris, ou « Come Down » de Lord Tomato et les Skatalites).

Bob tourne mal. C'est Cedella qui le dit. Elle vit une romance avec Taddy, le père de Bunny, et met au monde une petite Pearl qui se trouve donc être, en toute logique, la sœur de Bob et la sœur de Bunny. De quoi tisser des liens de sang. La maison de 2nd Street est devenue pour les apprentis musiciens, dans ces conditions, assez irrespirable. Bébé brailleur, roucoulements, engueulades, promiscuité. D'ailleurs, l'histoire d'amour avec Taddy tourne court et Cedella s'éprend d'un certain

Edward Booker qui se trouve appartenir à une petite communauté d'immigrés jamaïcains qui vivent dans le Delaware, aux États-Unis donc. À partir de là, le projet de rejoindre Edward, qui lui offre de l'accueillir plus généreusement que ne l'a fait Kingston, la travaille. Fin 1962, Cedella obtient deux passeports, le second étant pour Bob afin qu'il puisse, le moment venu, la rejoindre. C'est à cette occasion que le fonctionnaire propose d'intervertir les deux prénoms de l'adolescent, Nesta faisant, selon lui, « trop fille ».

Bob a donc son passeport en poche, au cas où, et le cas se présentera mais, dans l'immédiat, pas grand-chose de plus. Cedella a rejoint Edward et a laissé Bob et Pearl à la garde de Enid, une sœur aînée qui s'empresse aussitôt de regagner Nine Miles. C'est le sauve-qui-peut. Kingston est devenu vraiment irrespirable. Bob dort alors chez Taddy qui vient de démarrer une nouvelle histoire et l'ambiance est désormais volcanique. Le Tuff Gong n'étant bien évidemment pas du genre à parlementer, et la nouvelle amie de Taddy pas décidée à le retenir, l'affaire est entendue. Bob fait donc sa petite valise et va s'installer dans une cuisine désaffectée de 1st Street que lui a trouvée Vincent « Tata » Ford, dit Tartar (ami fidèle que Bob créditera plus tard des paroles de « No Woman No Cry »). Cedella l'a déraciné de St. Ann pour le planter là et mettre l'océan entre elle et lui. Il va falloir apprivoiser la taule avec son régime *light*. Il y a bien un certain Georgie qui fait bouillir un porridge qui, pour être improbable, a le mérite d'exister et auquel Tartar et Bob rendront donc hommage dans « No Woman No Cry ». Il y a là, tout autour, une faune avec laquelle il faut composer. Les Skeen avec leurs treize enfants. Plus loin un certain Woody, ainsi que l'a baptisé Bob, c'est-à-dire « l'homme des bois », « parce que son pénis était tellement gros qu'il lui fallait toutes les filles, et les filles étaient toutes après lui » (propos de Dorette, une des filles des Skenn, rapportés par Hélène Lee[2]).

Bob s'en souviendra sa vie entière, de ces années passées à manger de la vache enragée, mais très maigre. Marche ou crève, version ska. Cette page vide que Cedella a ouverte en prenant le chemin du Delaware en assurant à son fils qu'il pourrait toujours l'y rejoindre. Alors qu'attend-il ? La baston est partout, mais d'abord entre les producteurs et les musiciens qui se font plumer sur pattes. Les traîtres sont partout qui guettent vos faiblesses comme le requin la chair sanguinolente. C'est peu dire que c'est un monde qui ignore la pitié et le pardon. Un seul genou en terre et votre mort est certaine. Seuls les vraiment fourbes, les vraiment saints ou les tout à fait créatifs survivent dans les marécages de Western Kingston, autrement dit les politiciens et leurs sbires, les orpailleurs, les âmes embarquées dans le *great revival*, entendu ici dans le sens d'une seconde naissance sans laquelle on remâche pour jamais l'herbe d'amertume, et enfin ces bébés chanteurs, les plus doués et entêtés d'entre eux, qui ont même fini par prendre un peu de poids et d'âge.

Parmi les potes de Bob, Bunny et Peter, il y a un certain Alvin « Seeco » Patterson, descendu lui aussi de St. Ann pour faire le chercheur d'or dans ce boxon babélien et qui a fini par se mettre à l'école du burru, une des écoles de rythme issues de l'Afrique et discrètement sauvegardée par les esclaves. Alvin Seeco a sur les jeunes gens qui suivent l'enseignement de Joe Higgs un impact considérable dans la mesure où il est de ceux qui font entendre, à côté du son nouveau, reconnaissable désormais entre tous par son contretemps souligné par la guitare basse ou les claviers, les rythmes venus de la commune et obscure mémoire des enfants d'esclaves. Il est un de ceux qui préparent la synthèse, pour le dire un peu abruptement, entre l'Afrique, l'Amérique et la Caraïbe. Certes, la synthèse tâtonne encore à l'heure où la Jamaïque goûte à son indépendance, mais elle est déjà, pour toutes les têtes chercheuses, la grande affaire. Et que ceux qui ont des oreilles pour entendre, entendent. Et que la musique soit bonne.

Le mérite de Seeco, dans l'histoire, c'est aussi d'avoir conduit les trois *rudies* chez Clement « Coxsone » Dodd. Il est installé depuis 1962 entre le quartier des affaires de Cross Roads et Trench Town, exactement au 13, Brentford Road, et la localisation n'est pas sans révéler quelque chose du positionnement de Studio One, le studio monopiste où il accueille les petits durs du ghetto. La mode est désormais au 45 tours, évidemment facile à commercialiser, et les candidats se bousculent aux portes des studios d'enregistrement. Peut-être est-il difficile d'appréhender la petite révolution que constitue la création de la Jamaican Recording & Publishing Studio Limited, plus simplement Studio One :

> Dodd était alors le seul Noir à posséder un studio d'enregistrement en Jamaïque et le premier sound-man à utiliser les profits accumulés grâce aux soirées dansantes et à la vente de disques pour les investir dans quelque chose d'aussi durable que des équipements pour l'enregistrement (Duke Reid n'ouvrirait pas le sien avant deux ans et Prince Buster investit son argent dans les juke-boxes et les mosquées)[3].

Chrétien baptiste, Buster a en effet récemment rallié les Black Muslims. La zone s'organise donc. Les audaces et insolences des uns rejoignent les calculs des autres, et peu importe au fond puisqu'il s'agit d'inventer ensemble un présent : avec l'outil de Studio One, Dodd est le maître incontesté et c'est chez lui qu'on doit se rendre.

Ils sont légion ceux qui se réclameront d'une première audition et d'un premier enregistrement et pressage chez Studio One, après quoi une échelle descend du ciel et vous n'avez plus qu'à monter : Bob Andy, les Heptones, Toots and the Maytals, Clancy Eccles, Joe Higgs, Laurel Aitken, Alton Ellis, Delroy Wilson, et les Wailing Wailers. L'invitation de Seeco, on l'appelle aussi Franseeco ou Pep, est donc une invraisemblable aubaine dans la carrière de Bob, Bunny et Peter. À Brentford Street, ils sont tout bonnement au cœur du dispositif qui pulse au cœur de la Caraïbe une musique encore feutrée, mais qui ne va pas tarder à être entendue. Or, des initiatives comme celle de Coxsone équivalent à inventer des baffles vraiment géants, à les poser aux quatre coins de l'île et à les orienter vers ces nouveaux publics qui ne savent encore rien du ska, du rocksteady ni du reggae. À ce stade de notre récit, il faut bien l'avouer, nous non plus.

Rarement les conditions avaient paru aussi favorables. Pourtant ce premier essai chez Dodd ne donne rien. Ils sont trop empotés, voilà tout. C'est bien beau de faire les marioles avec Higgs, mais l'heure de vérité vous redonne la juste mesure de ce que vous avez acquis ou non et, à la vérité, les six Wailers (Bob, Peter, Bunny, Junior Braithwaite, les choristes Beverley et Cherry) sont un peu en dessous de tout. Dodd le dit très aimablement. Il faut travailler encore. Seeco a fait la retape et le producteur sent bien le potentiel du groupe, notamment celui de Bob, mais c'est encore trop laborieux. La concurrence est maintenant plus rude et le ticket d'entrée plus cher. Il semble qu'au moment de partir Peter ait fait des siennes. Esclandre, ronchonnements, on ne sait pas, toujours est-il que Dodd a accepté un dernier essai. Peter prétend qu'il leur reste encore des munitions. Par exemple « Simmer Down », même si le groupe ne l'a pas assez travaillé. *Simmer down*, c'est mettre la pédale douce, baisser le feu sous la marmite : le message est adressé à la racaille des rues par des jeunes gens qui savent évidemment de quoi ils parlent. Il y a là des accents de vérité indéniables qui touchent le producteur. Et quand

Dodd aime, rien n'est censé traîner. Ils ont auditionné un dimanche et, le jeudi suivant, ils sont dans le studio d'enregistrement en compagnie de ce qui est donné comme la meilleure formation (en 1963) en Jamaïque, celle qui va régner sur la période ska sans partage. Il faut imaginer cette confrontation dans le studio, bocal à peine plus spacieux que la cuisine où vit Bob. Il y a là quelques-uns des très grands noms de la musique préreggae rassemblés sous la houlette d'un génial inventeur de destins. Rendez-vous compte : au trombone Don Drummond, au sax tenor Roland Alphonso et Tommy McCook, au sax alto Lester Sterling, à la trompette Johnny Moore et Leonard Dillon, à la basse Lloyd Brevette, au piano Jackie Mittoo, à la batterie Lloyd Knibbs et Jah Jerry à la guitare, auxquels pouvaient s'adjoindre encore Ernest Ranglin (guitare), Arkand « Drumbago » Parks (batterie), et autres réservistes de talent[4]. Quelque chose comme une flopée de rois mages autour du berceau où nos Wailers tentent de parader un peu, mais guère, qui mouillent chemise et pantalon et entrent maintenant dans l'histoire.

Ce n'est pas tout. Le 45 tours, sorti fin 1963 sur le label Downbeat (l'un des labels de Dodd qui en possède plus d'une dizaine), est classé bientôt numéro un au hit-parade de la JBC et cela pendant deux mois consécutifs ! Pour la Jamaïque qui les découvre, ces Wailing Wailers (c'est le nom que Dodd a finalement retenu) apparaissent plutôt comme des *rude boys*, ils en ont les manières, la dégaine, même si les paroles de leur chanson ont l'air de prêcher l'apaisement. Feinte de l'ennemi ? Méfiance. Mais le succès est là, indéniable, qui transforme du jour au lendemain le destin de trois gamins rescapés des *shanties* et lancés comme trois boules sur le billard. Le succès doit beaucoup aussi, non seulement au maître de cérémonies, l'inénarrable Clement Seymour Dodd qui, décidément, a du coffre, mais également à ces musiciens rassemblés au sein de la formation des Skatalites. Ces gars-là ont été, dans ces années, à peu près de tous les coups, accompagnant la naissance d'artistes qui vont s'imposer dans le paysage jamaïcain et auxquels ils communiquent un indéniable supplément d'âme. Bradley le confirme :

> Les Skatalites, en formation instrumentale, n'avaient rien à envier au sérieux d'un orchestre tel que celui de Duke Ellington se préparant à jouer à Carnegie Hall[5].

Élite de la musique inventée sur l'île en ces années 1963-1964 et pilotée par le génial tromboniste Don Drummond, les Skatalites ne se contentent pas d'accompagner ; quand le temps leur en est donné, ils créent aussi et cette musique qu'ils proposent traduit avec insistance le besoin de la jeunesse jamaïcaine de se connecter à la terre noire des origines, de faire pulser un rythme (*beat*) plus en accord avec le ressenti des danseurs. La trajectoire des Skatalites est brève, quelque dix-huit mois, mais leur empreinte sur l'histoire de la Jamaïque (avec des titres comme « Man in the Street », « Addis Ababa », « Eastern Standard Time », etc.), indélébile. Et ce taquin de Bradley de nous inviter à conclure, très provisoirement, par cette remarque : « Une musique qui, de manière aussi surprenante qu'opportune, se joue essentiellement sur les touches noires du piano[6]. »

Mort à l'homme blanc

Revenons maintenant dans le fourbi de Back'O'Wall. Toasters inspirés, DJ's en fièvre, graines sauvages de musiciens, producteurs alchimistes cherchent le nouveau son capable de résumer une expérience commune vécue sur cette île et le font avec une passion hirsute, nous l'avons vu. Mais le dispositif apparaîtra comme complet lorsque nous aurons rendu compte de ce qui commence à émerger de cette boue dans laquelle on a poussé les *sufferers* qui, étrangement, parviennent encore à broder sur le thème du « Ça ira », ce qui, à force, irrite les bonnes gens. C'est un peu normal. En principe c'est le « Sois pauvre et tais-toi ! » qui fait loi. Ces bonnes gens, qui avaient d'abord fermé les yeux, se demandent maintenant si on ne devrait pas nettoyer les *shanties* à grandes eaux. Et cela d'autant plus que les intentions de ces marginaux n'ont pas toujours été très claires. Les brimades, humiliations, altercations entre la police et les rastas ont commencé dès que ces derniers se sont installés, à la fin des années 1950, dans le ghetto, après Spanish Town Road, dans un capharnaüm que Kingston ne voulait même pas reconnaître pour sien. Puis deux événements sont venus nourrir la défiance qui s'installe progressivement vis-à-vis de ces clochards orgueilleux, et que Bustamante et son JLP arrivés au pouvoir en 1962, avec l'indépendance, sont bien décidés à exploiter à fond.

D'abord, c'est l'histoire d'un prophète du nom de Claudius Henry, nous avons vu que la Jamaïque n'en manquait pas. Celui-là est rentré d'un long séjour aux États-Unis avec l'intention de préparer le Grand Retour, ou Rapatriement, et s'est mis à vendre des passeports pour l'Afrique en recommandant aux intéressés de se tenir prêts pour le 5 octobre 1959. Évidemment, lorsque vous proposez une date, lorsque vous vous avancez de cette manière, vous donnez l'impression de maîtriser votre affaire et quelques Jamaïcains s'embarquent mentalement. C'est-à-dire qu'ils achètent leur droit de passage (un shilling). L'Afrique est toujours un rêve qui pulse au creux de l'estomac, même si pas un seul n'est allé y voir. Henry pas davantage. En plus, Henry n'a pas vraiment froid aux yeux en se présentant au sein de la Sainte Trinité rastafari(enne), Sélassié dans le rôle du Père, Garvey dans celui de l'Esprit et notre prophète dans celui du Fils. Mais les choses tournent court lorsqu'on intercepte un courrier adressé à Fidel Castro où Henry lui recommande de s'emparer de l'île aussitôt que ceux qu'il appelle les « Éthiopiens » l'auront quittée. Il ne doute donc de rien. La police perquisitionne alors l'antenne de la

EWF (Ethiopian World Federation) que Claudius Henry dirige avec sa femme et trouve une cache d'armes : le prophète en prend pour dix ans. L'histoire ne s'arrête pas là. Hélène Lee la raconte très bien. Le plus jeune fils de Claudius Henry prépare une riposte à la mesure de l'affront. Les rastas sont entraînés à la guérilla urbaine quelque part au-dessus de la ville. Il s'agit de prendre la place ou, au minimum, de venger le père qui est ici un Fils. La police, là encore, prend les insurgés de vitesse, débarque dans leur retraite et règle l'affaire à bout portant. Il y a quelques fuyards, qui sont rattrapés. Le fils du prophète ainsi que trois de ses camarades sont pendus.

Le second détonateur est appelé dans l'histoire locale le « massacre de Coral Gardens » et les choses ne semblent donc pas devoir vraiment s'arranger entre la Jamaïque et ses rastas. De quoi s'agit-il ? La Jamaïque veut tirer avantage de ses atouts touristiques et a lancé avec des financements étrangers une politique de grands travaux, notamment dans le nord-ouest de l'île. Les rastas zonent depuis quelques années dans cette région qui n'avait accueilli à ce jour que les moustiques. Personne n'avait cherché à les en déloger jusqu'à l'arrivée des premiers bulldozers. Ici comme dans les bas-fonds de Kingston, les rastas font problème, et la classe politique est bien décidée à tout entreprendre pour hâter sa résolution. Et voilà que des marécages avec leurs colonies d'hôtes indésirables monte le signal de la curie. Un rasta du nom de Rudolf Franklin fait halte à la station-service de

Coral Gardens pour demander de l'eau. Ces gens-là, par choix, ou pour avoir été rejetés du *shitstem*, vivent dans un extrême dénuement et, même si leurs leaders les enjoignent à forger leur indépendance, ils en sont bien souvent réduits à mendier leur survie. Le pompiste plaisante, s'énerve et asperge Rudolf d'essence. L'affrontement dégénère, la police débarque et « casse » littéralement du rasta. Mais Rudolf n'est pas mort ; il revient, cette fois avec ses copains que l'affaire a tirés de leur légendaire indolence. Après avoir purgé hôpital et prison, Rudolf revient se faire justice, ce qui n'est pas dans le credo rastafari. Inutile de décrire plus avant. La bonne société jamaïcaine tient alors son *casus belli* et une bonne raison de passer à l'offensive. L'épisode de Coral Gardens s'achève dans le sang et ces terribles doutes que la colère et la violence des *brethren* ont maintenant engendrés. Bustamante expédie ses troupes d'élite, « armées de fusils modernes offerts par John F. Kennedy dans un geste de "générosité" envers une nation en développement (c'est son dernier cadeau, car il va mourir)[1] ».

On dirait que les rastas sont sortis sans espoir de retour du jardin d'Éden. Sortis de leur jardin ou retraite intérieure, terriblement visibles dans le ghetto, ils sont sous les projecteurs et il est temps de se demander ce qu'ils veulent et qui ils sont. Un peu comme un champignon ramassé dans la forêt. Qui vous dira s'il est comestible ou mortel ? Il faut faire appel aux professionnels. L'initiative revient à ce « bon rasta » déjà croisé, Mortimer

Planno avec lequel les autorités croient pouvoir s'entendre — dans la mesure où l'on peut s'entendre avec ces gens-là. C'est lui qui a l'idée d'aller voir la direction de l'université des West Indies afin qu'elle diligente une équipe de chercheurs, prêts à enquêter à même la bête, qui sauront dire à quoi servent ce qu'on nomme les rastas. Que font-ils ? Pour qui roulent-ils ? Les chercheurs se mettent donc à fouiller dans la tourbe des mauvais quartiers où personne n'avait eu le culot de se rendre au préalable. Leurs notations, leurs entretiens, leurs conclusions sont rassemblés au sein d'un rapport remis à Norman Manley (nous sommes en 1960) qui, de toute évidence, révolutionne le regard qu'on pouvait porter sur l'expérience rastafari[2]. Nous allons forcément entrer dans le détail de ces pratiques et croyances qui caractérisent ce mouvement sur lequel on vient de porter pour la première fois un regard un peu objectif. En même temps, qui lit vraiment ce rapport ? Qu'est-ce qu'un rapport rédigé par trois chercheurs face aux faits purs et durs qui viennent de la rue ? Ces rastas interpellent, dérangent, inquiètent et cela d'autant plus qu'ils commencent à éveiller la curiosité de la jeunesse qui se lasse déjà des *rudies* et qui cherche d'autres expédients. Mais nul doute que, pour les rastas eux-mêmes, cette considération inespérée de la part de l'université a pu produire une sorte de sidération. Comme si vous vous présentiez pour la première fois devant un miroir.

D'une manière générale, on pourrait regarder les rastas comme les « renonçants » dans la société jamaïcaine, en nous référant ici aux Sannyasis qui marchent en marge des castes indiennes, avec leur petit baluchon sur l'épaule et dont la vie est offerte en sacrifice sur l'autel du monde. Nous avons mentionné déjà les Jatadharas ou porteurs de *jata*, adorateurs de Shiva, à cause de leur étonnante ressemblance avec les rastas porteurs de *locks*. Mais allons plus loin. Venus remplacer les esclaves affranchis, les Indiens ont débarqué en Jamaïque en 1845 et ont transporté avec eux, dans leurs maigres bagages, leur extraordinaire métaphysique avec tout l'éventail de leurs us et coutumes qu'elle colore si fortement et, comme pour toute population expatriée, il s'est agi pour elle de les perpétuer avec un zèle dont les gens de l'exil sont seuls parfois capables. Or, parmi ces nouveaux travailleurs embarqués avec leur famille, se trouvaient ces Sannyasis qui sont en Inde ceux qui ont renoncé. À quoi renonce-t-on ? À tout ce qui ici-bas nous attache et nous détourne de notre « soi », lequel demeurera toujours assez sceptique quant à la nécessité de participer à un jeu aussi mal ficelé. Un jeu que dictent des peurs et des souffrances auxquelles le théâtre social offre un espace d'expression très singulier. Le Sannyasi a arraché toutes les racines qui le retenaient au monde, c'est-à-dire qu'il a vaincu les peurs qui justifiaient et légitimaient son appartenance à ce monde. Du coup, libéré de ses anciennes attaches, il peut commencer le voyage. À lui de découvrir, sous la conduite d'un maître, ce que ce voyage sera (le maître n'est alors que celui qui le précède sur la voie). Ainsi les très vieux de Jamaïque, ceux qu'on appelle respectueusement les *elders*, se souviennent que les *locks*, lorsqu'elles firent leur apparition la première fois sur des têtes qui n'étaient pas indiennes, ressemblaient étrangement à celles que les Sannyasis installés eux aussi à Back'O'Wall (« parias de tous les pays, unissez-vous ») arboraient.

Dans le même temps, il ne s'agissait pas seulement de leur voler leur attirail, comme on l'aurait fait en emportant leur scalp, mais de s'interroger sur le sens profond de ce retrait qu'ils vivaient, qu'ils *étaient*, et de la sérénité qu'il semblait engendrer au plus profond d'eux-mêmes. Il est vrai que cette sérénité trouvait réconfort et avantage dans la consommation régulière de ganja et dans les discussions, méditations, ascèses et diètes que les Sannyasis expérimentaient au sein des *satsang* ou assemblées de sages — autant d'éléments qui ne sont pas sans rappeler certains des traits caractéristiques des communautés rastas. De telle sorte qu'il apparaît résolument impossible de nier l'influence des uns sur les autres, et de ne pas être tenté de regarder les rastas comme des sortes de Sannyasis ou sâdhs jamaïcains, dévolus à leur vie intérieure et victorieux, comme les autres, de leurs peurs. Certainement ce que Bob essayait de traduire à travers son « *Duppy Conqueror* ». La grande affaire : vaincre ses peurs. Ayant embrassé, d'une certaine manière, la cause et la vie des Sannyasis jamaïcains, et ceci en dépit de tous les signes extérieurs parfois contraires, il est difficile d'ignorer que la musique, comme la scène où Bob évoluait, comme le monde dans lequel Norval et Cedalla l'avaient invité à prendre place, n'était qu'un moyen et que tout se jouait ailleurs.

Il y a une façon d'expliquer comment une partie du milieu musical de Kingston va littéralement se brancher sur le secteur rastafari. Une façon simple. Au sein de leur *satsang* ou *groundation*, les rastas de Kingston et de n'importe quelle partie de l'île s'essaient alors à concilier les percussions, qui tiennent lieu chez eux de simple pulsation accompagnant le trip induit par la prise continue de ganja, avec les rythmes que leurs ancêtres ont importés d'Afrique et maintenus sous le boisseau. Et, bien évidemment, tout ce qui peut être de nature à enrichir la formule musicale qui s'invente dans les studios est bon à prendre. Les bébés chanteurs tendent l'oreille. Et lorsqu'on habite l'une des sept rues de Trench Town, impossible de ne pas se lever, marcher, dormir au rythme des tambours. Et qu'entend-on ? Deux traditions de rythmes sont à la source de l'inspiration des batteurs rastas, lesquels ont débarqué dans ces bidonvilles sans percevoir encore très bien la taille du chantier qu'ils entreprenaient.

À côté des communautés de rastas se sont installés d'autres fugitifs ou apatrides, décrochés eux aussi de quelque Pinnacle dont on les a chassés, ou simplement curieux de rencontrer dans ces marges de la ville d'autres esprits frondeurs. On les nomme les gens du « burru » ou adeptes du « burru », lequel désigne des rites de purification pratiqués en Afrique de l'Ouest, au sein desquels les tambours occupent la place de trois cœurs qui battent les rythmes ancestraux de la mère patrie : le *bass drum* (grosse caisse frappée avec une mailloche), le *funde* (ou *fundeh*, long et étroit, bloqué entre les genoux, frappé avec le poing) qui construisent le substrat rythmique, enfin le *repeater* qui improvise (semblable au *funde* mais frappé ou caressé la main ouverte). Les batteurs burru sont associés à différents événements de la vie des personnes ou des communautés, se déplacent au gré des sollicitations, comme les rastas sont sans attache et, comme eux, peu estimés, voire tout à fait craints. Pas étonnant que les dépotoirs du Dungle, de Back'O'Wall et de Trench Town aient constitué, pour ces parias, des asiles à peu près sûrs, car personne n'aurait songé à les en déloger. Entre les burru et les rastas, le courant passe aussitôt et sans doute voient-ils tout l'intérêt d'une alliance, d'un échange. Si vous occupez les marges de rien, il n'est pas inintéressant de demander à votre voisin de misère quelle mouche l'a un jour piqué pour qu'il se retrouve comme vous assis dans la boue. Vous pouvez avoir toutes sortes de raisons d'être assis dans la vacuité sans fond. Vous pouvez avoir été frappé par le destin et attendre de vous refaire. Vous pouvez ne pas savoir où se trouve la porte du château. Vous pouvez aussi avoir choisi de venir vous asseoir dans cette précarité et prétendre vous y installer, et pas vraiment en attendant de recevoir un message du ciel qui vous sortira de toute cette fange, mais de manière *philosophiquement définitive*. Il est ainsi toujours vital d'interroger les intentions de vos compagnons de détention. Vous verrez que certains attendent simplement de sortir. « Pour aller où ? », seriez-vous tenté de leur demander. Ils ne savent pas très bien. L'autre affluent du fleuve rastafari qui se constitue est appelé « kumina », une religion afro-jamaïcaine qui doit beaucoup à l'ethnie bantoue localisée dans la région que forment l'actuelle République démocratique du Congo et l'Angola. Or, c'est par le moyen de la danse et des tambours au cœur des pratiques et cérémonies kumina qu'un dialogue s'élabore avec le monde des esprits, et seule la maîtrise des danseurs et des batteurs peut permettre ou non le contact. À la différence des batteurs burru, les batteurs kumina sont accroupis sur leur tambour et frappent à main nue, le *kibandu* donnant la mesure et le second tambour, le *playing cast*, laissant libre jeu aux improvisations.

Les percussions rastafari apparaissent ainsi comme une greffe qui a pris. Les rastas ont emprunté aux deux écoles en ajoutant simplement de nouveaux sons, des petites fantaisies qui leur ressemblent assez bien. Chacun des tambours burru a, par exemple, dans la mythologie rastafari, une signification particulière et l'herbe, sans doute, aide à nettoyer les fenêtres de la perception. Le *bass drum* ou le *kibandu*, avec leur rythme d'horloge suisse, ouvrent un espace au sein de l'oppression. Dans ce cercle nu, magique, les esprits, les *duppies*, les ancêtres sont convoqués. Et une fois convoqués, c'est le *funde* qui donne la mesure d'un cœur dont les battements sont parfaitement réguliers. De l'espace ouvert monte alors une pulsation lente et constante qui doit rassurer les protagonistes, visibles et invisibles, sur les intentions de chacun. Là-dessus vient, soliste qu'inspire la puissante symbolique d'un espace maintenant libre, le *repeater* qui chahute l'ordre rythmique, le défie comme la révolte qui, sourdement, gronde. Aux tambours burru, les rastas ont ajouté le tambourin, les maracas et l'harmonica, parfois des chants religieux issus de la tradition protestante, mais adaptés à leurs besoins. Il n'y a pas non plus de raison de s'en-sinistrer davantage. C'est le mérite aussi de ceux qui s'assoient de leur plein gré dans la boue que de pouvoir rire de tout. Pas d'assise durable sans rire. Mais l'intention des maîtres des percussions nyabinghi, ainsi qu'on appelle maintenant les rythmes rastas, c'est de reproduire ce schéma de l'ouverture au sein des consciences assoupies de ceux venus se passer le *spliff*. Les tambours ouvrent au sein de la servitude de chacun un espace où la pensée va tâcher de se déployer librement. Ganja et burru marchent ici de concert, pourrait-on dire. Rastafari est une ascèse au sein de l'aliénation de l'homme noir. Je n'ai pas de chaîne aux pieds, mais je ne suis pas libre, chantait Bob. Laissez faire les batteurs qui de leurs mains creusent la nuit.

De ces tambours rastas, le maître incontesté s'appelle Count Ossie, c'est-à-dire le Comte. C'est lui que Prince Buster avait traîné dans ce studio de poche pour l'enregistrement avec les Folkes Brothers, un groupe de mento, de « O Carolina ! ». C'est une histoire de déshérités, de fiers mendiants, de célestes clochards, mais qui en réalité cachent sous leurs guenilles des princes et des comtes. Une histoire *made in Jamaica*. Une île avec ses puits de musique comme d'autres ont des puits de pétrole. Ossie, en rasta, est un Monument Valley à lui tout seul. Oswald Williams est né en 1926, c'est-à-dire qu'il a vingt ans de plus que Bob et ses potes et, pour une fois, quelqu'un peut les regarder du haut de son âge. Il n'est pas du coin des barbus, mais il fréquente les camps de pestiférés à Salt Lane, avec leur calumet de la joie douce, parce qu'il aime les discussions qui s'y tiennent et ce qui s'y dit et qu'on entend nulle part ailleurs. On y cause race, Garvey, Ras Tafari, conscience noire et cela a le don de mettre le jeune Oswald dans tous ses états. Mais ce dont il raffole, vous l'aurez compris, c'est des tambours. Il s'est trouvé un maître burru, Brother Job, qui l'aide à se mettre au *funde* et à épouser les rythmes. Le maître n'est pas mécontent de son élève, très constant, très appliqué, et décide de l'amener chez Watto King, peut-être le seul à Kingston à savoir comment confectionner ces tambours, puisque Oswald, devenu Ossie, doit posséder désormais son propre instrument.

Watto est une figure du ghetto, un patriarche doux dans le contact mais rugueux dans l'apprentissage, qui en a formé plus d'un, à commencer par Brother John. Il s'est d'abord installé entre Kingston et Spanish Town avant de venir sur Trench Town ouvrir son atelier et son école. Le « camp » de Watto est alors le repaire de tous les apprentis batteurs et même des musiciens qui commencent à sniffer rastafari, une vibration nouvelle dans le ghetto et qui n'a pas l'air d'apporter que des ennuis. Count Ossie a passé toutes ses journées à tambouriner sur son *funde* ; à écouter les enseignements de Brother Love, car la musique est ici l'habit des pensées échappées de leurs cercles vertueux, et on frappe en même temps qu'on médite et qu'on prie. Et qu'on fume. C'est la formule magique du nyabinghi : un rythme et un son qui libèrent l'esprit de ses anciennes servitudes et, en même temps, comme par voie de conséquence, un rythme et un son qui s'affirment comme la voix de cette conscience libre.

Pourquoi nyabinghi ? Dans l'une des deux cents langues « ethniques » parlées dans la République démocratique du Congo, « nyabinghi » signifie « mort à l'homme blanc et à ses alliés noirs ». C'était déjà le cri de Joseph Myers, nous en avons parlé. Le mot fait référence aux forces de résistance qui, dans ces anciennes colonies, ont mené la guérilla contre les Blancs et réussi à contrarier leur avancée et leur prétention sur le sol africain. On mentionne aussi une princesse ougandaise du nom de Nyabinghi ou Nayingi qui aurait pris la direction des opérations de commando et mené les représailles. Dans tous les cas on comprend pourquoi les rastas se sont emparés du logo et du symbole et comment les bases des rythmes propres aux *brethren* rastas ont été ainsi posées. À la fin des années 1950, le Comte ouvre sa propre boutique au 32, Adastra Road et les rastas rappliquent à toute vitesse. Ce sera, après celui de Watto, l'autre port d'attache pour les batteurs de Kingston. La fin des années 1950, c'est exactement l'époque où Prince Emmanuel a l'idée de rassembler les leaders des mouvements qui brodent autour des thèmes désormais à la mode : Ras Tafari, éthiopianisme, nyabinghi, rapatriement. Count Ossie en est et il apporte avec lui, bien entendu, ses tambours. On cite aussi Pa Ashanti, surnommé « King of the Kongo », Brother Rubba, Brother John, Skipper, Monarch[3]. Il semble d'ailleurs que le nyabinghi, plus adapté désormais aux *satsangs* ou *groundations* rastas qu'à la guerre à l'homme blanc, soit la création de deux hommes de génie, même si l'un d'eux seulement semble avoir raflé la mise : notre comte, qui crée une formation de choc avec laquelle il va falloir compter, la Mystic Revelation of Rastafari, et Pa Ashanti (né Claudius Barrett), l'un de ceux qui sont de dos sur la photo, qui aurait enregistré treize titres avec Lee Perry — mais ni le chiffre treize ni Lee Perry ne sont ici des références tout à fait rassurantes.

Mort du *Custos*

Nous descendrons plus avant dans l'expérience engagée par les adorateurs de Jah, le dieu qui rayonne maintenant dans le ciel jamaïcain, mais pour cela il nous faudra faire un détour inattendu par l'Éthiopie. Nous découvrons cet Orient à mesure que Bob, Bunny et Peter le dévoilent, à mesure que des liens se tissent entre studios et *groundations*, entre *beat* et *trip*, entre *ruddies* et rastas, entre les quartiers ennemis de Kingston. L'initiation est ici progressive, chacun venant du plus loin qu'il est possible de venir et la « vision des choses cachées » restant, comme chacun sait, « un aveuglement ». Et sans doute d'abord pour nos jeunes gens qui, dans l'urgence où la vie les a jetés, cherchent encore et toujours d'impossibles lunes.

Tout reste à confirmer. Tout d'abord ce premier hit des Wailing Wailers, « Simmer Down », avec lequel Dodd a rempli ses caisses et qui devrait annoncer, en toute logique, d'autres succès. La pression est sur leurs épaules. Après la séance d'enregistrement mémorable avec les Skatalites, il a fallu se remettre au travail, se bousculer, s'engueuler, retrouver les anciennes rivalités, désormais exacerbées, les frustrations, les mauvais plans et comprendre que la zone ne délivrait aucune sorte de titre honorifique. Par chance, Dodd a l'air d'y croire. Il a décidé d'investir dans les Wailers. Bob est autorisé à s'installer dans un cagibi derrière le studio, autrement dit pas très loin de l'endroit où se fait la musique. C'est un privilège extravagant. Dodd l'a même promu adjoint à la direction artistique, ce qui veut tout et rien dire : il est chargé de sélectionner parmi les disques de soul et de R&B importés des Amériques ce qui passera au Sir Coxsone Downbeat, le sound-system où Machuki fait le crétin. C'est l'époque où le label Mowton*, créé par Berry Gordy à Detroit, bat tous les records, avec des artistes comme Marvin Gaye, Little Stevie Wonder, les Marvelettes, The Supremes, et cette phalange de créateurs d'exception, anonymes ou pas, qu'on désigne sous le nom de The Funk Brothers. Bob fouine et se constitue ce que serait aujourd'hui sa playlist idéale, mais de mémoire, comme le hit des Drifters, « Under the Boardwalk », conduit par Rudy Lewis, qui tourne sur une platine imaginaire.

Figure paternelle pour Bob, Dodd bichonne donc ses Wailers, il les habille en costume noir près du corps, trop près (le pantalon de Peter lui arrive en haut des chevilles), chaussettes blanches

* Mowton est la contraction de « Motor » et « Town », Detroit apparaissant dès le début du XXe siècle comme la capitale galactique de l'automobile.

et chaussures Clarke's, quand ce n'est pas la veste « Beatles* » et la chemise à poids, organise les tournées, maintient la pression et reste, en dépit de sa bonhomie, un patron qui paie peu ou mal — de quinze à vingt livres pour chacun et pour chaque enregistrement, et trois livres par semaine pour les frais[1] —, qui vous fait travailler sans contrat, ne vous offre aucune royalty et qui flique.

La concurrence au sein du ghetto est impitoyable et Dodd est non seulement conscient de participer à une expérience musicale inouïe, mais il est ambitieux. Il ne veut ni jouer les seconds rôles, ni partager un succès qui fait des envieux. Comme on est en général un agneau mort parmi des loups, il est toujours armé et toujours prompt à balancer son poing quand la menace se précise, ce qui ici n'est jamais une simple façon de parler. Du coup, il ne pardonne pas l'amateurisme, l'à-peu-près, la désinvolture et il a cru trouver en Bob une semblable rage de bien faire, de mieux faire, de surfaire. Certains musiciens s'en plaignent qui trouvent le régime un peu sévère. Ne pourrait-on pas desserrer un peu le garrot ? Pourquoi se mettre martel en tête ? Produit-on des hits simplement en adoptant les recettes du vieux Coué ? Et puis, si le bon son est lent à venir, c'est que le ventre crie famine et de ces borborygmes-là, Dodd ne veut rien entendre. Il n'a pas, pour les bébés chanteurs, l'oreille très secourable :

* Après *Please Please Me*, sorti le 23 mars 1963 en Angleterre et surtout « She Loves You », cinq mois plus tard, la Beatlemania est en marche.

Tous avaient si faim que, pendant la saison des mangues, lorsque les musiciens entendaient un fruit mûr tomber du manguier sur le toit de tôle du studio, ils s'arrêtaient de jouer pour aller le manger[2] !

La contrainte produit, bien entendu, d'autres fruits et les Wailers enregistrent à tour de bras et toujours accompagnés par les Skatalites qui sont à Studio One ce que The Funk Brothers sont à Motown : quelque chose comme un très estimable placenta. On est alors étonné de retrouver, dès les années 1963-1966, soit les années qui précèdent le départ de Bob pour le Delaware, où il rejoint Ciddy afin de se renflouer, une déjà belle moisson de ce qui constituera l'identité musicale des Wailers. Juste pour picorer (adaptations et créations) : « Cry to Me », « Put it On », « I'll Keep On Moving » (de Curtis Mayfield, réenregistré sous le titre de « Walk the Proud Land » sur l'album *Talking Blues*) ; « I'm Still Waiting » et « One Love » sont déjà là et seront maintes fois repris par la suite ; mais encore « And I Love Her » des Beatles ; « Like a Rolling Stone » de Dylan, « Do I Love You » des Contours, « Ten Commandments of Love » des Neville Brothers ; enfin quelques cantiques, comme « Let the Lord Be Seen in You », et vous avez une pâle idée de ce qui s'est mitonné là, dans les poêlons de Studio One.

L'émergence des Wailers sur la scène musicale correspond à la percée des *rude boys* dans le ghetto et Bob, Bunny et Peter apparaissent bien comme les représentants de ces durs à cuir avec lesquels le pays va devoir compter. Comme nous l'avons dit, Bob en Tuff Gong cultive cette image assez éloignée de la mystique du *peace & Jah* qui va faire, quelques années plus tard, sa mondiale renommée ; mais sans doute est-il toujours bon de rendre hommage aux matrices qui vous ont fait, comme le chantait Gérard Manset : ainsi des titres comme « Rude Boy » et, plus corrosif encore, « Jail House », qui sont de gros succès dans les sound-systems, consacrent-ils définitivement les Wailers comme faisant partie du clan des méchants. Ce qui a l'avantage de procurer à certains et certaines de délicieux frissons, mais qui va quelque peu perturber la trajectoire du groupe au moment où la Jamaïque se lasse de ces desesperados de discothèques qui dévalorisent l'image d'un pays qui se cherche depuis qu'il s'est affranchi de l'Angleterre.

C'est très exactement le projet d'Edward Seaga, l'ancien propriétaire de WIRL (West Indies Recording Ltd) — ayant passé la main à son ami Byron Lee qui le renommera Dynamic Sounds Recording, Inc. —, désormais député des pires immondices de Kingston (Back'O'Wall et Dungle), voire même ministre du Développement au sein du gouvernement JLP qui s'est mis en place*. Seaga connaît donc la musique, comme on dit, et sait, de plus, jouer sur tous les claviers. Lorsqu'il s'est agi

* Alexander Bustamante est devenu Premier ministre en avril 1962 et le restera jusqu'en février 1967.

de célébrer la mémoire blessée des habitants de l'île et de leurs ancêtres à travers les rythmes, les rites, les cultes qu'ils ont légués au pays, il l'a fait avec le zèle et l'obstination du chercheur qu'il a été, et sans doute faut-il dans ce domaine rendre à Seaga ce qui lui appartient. Mais quand il fut question, quelques années plus tard, de promouvoir une identité jamaïcaine sur la scène internationale, il a préféré prendre un gros tamis et filtrer. Et ce fut précisément le moment où les parias, *rudes* et rastas, comprirent qu'ils l'étaient et que le pays leur tournait le dos. C'est ce jeu entre le pouvoir et les marges qui fait alors tout le levain de ces années ska, rocksteady et reggae, y compris pour ces chanteurs qui doivent sans cesse moduler leurs aspirations intimes en fonction de considérations de réussite et de survie. En bref, vous pouvez faire le malin, le voyou, le hors-la-loi, le fumeur de calumet de l'amour jusqu'à un certain point seulement, c'est-à-dire tant que votre marginalité reste une valeur d'échange. Sitôt que vos écarts de conduite et de pensée ne sont plus cotés, vous n'êtes plus en situation d'échanger et un certain nombre de gringos se rangent. C'est ce qui est arrivé aux Wailers, lorsque la bonne société jamaïcaine a paru en souper de ces garnements et commencé à préférer, en tant que marge altière, la superbe des rastas, même si les travaux d'approche, reconnaissons-le, ont été laborieux. Mais la *rudeness* ne faisait plus recette.

Seaga l'a compris qui sélectionne un certain nombre d'artistes censés représenter, pour l'année

1964, ce qui se fait de plus excitant sur les différentes scènes de la Jamaïque, et s'apprête à les envoyer à la Foire mondiale (World's Fair) qui va se tenir à New York, au Flushing Meadows-Corona Park. Choix difficiles à ce moment de l'histoire de la musique jamaïcaine où tout est en devenir, insaisissable, où les lignes de démarcation sont si floues que même les revirements de bord, les retournements de vestes restent inaperçus et, par suite, peu commentés — comme de sacrés non-événements. Comment choisir parmi cette faune ? Chris Blackwell, qui se rapproche du moment de faire son entrée, a vendu avec Island Records, six millions de 45 tours de « My Boy Lollipop », hit ska d'une jeune fille qu'on baptise Millie Small et qui déclasse de très loin tous les succès de l'île. Ce Blackwell a décidément la main verte. Impossible de ne pas compter avec cette gamine de quinze ans qui a éclipsé les déjà « vieux routiers » du ska qui ont entre dix-sept et dix-neuf ans comme Bob. Les *rude* musiciens sont écartés et, par conséquent, les Wailers, jugés en 1964 les plus « rudes » d'entre les *rudes*, ne sont pas du voyage. Même chose pour les rastas dont Seaga (comme toute la Jamaïque) a désormais honte y compris cette formation de génie que sont les Skatalites qui aurait été l'ambassadeur idéal, mais qui compte dans ses rangs des musiciens passés à rastafari. Reste pourtant quelques belles cartouches : Byron Lee et les Dragonaires, Prince Buster, Jimmy Cliff, Eric Morris et Roy Willis. Le casting eût été meilleur si… Mais de si, il n'y en eut point, et nos compétiteurs s'en tirèrent comme ils le purent et, de l'avis des chroniqueurs qui rapportèrent cette première confrontation des artistes jamaïcains avec le public américain, fort honorablement. Sur la scène du Shepheard's Nightclub, à Manhattan, Prince Buster chanta « Tongue Will Tell » et « Wash Wash » ; Eric Morris « Sammy Dead » et Jimmy Cliff « King of Kings », un morceau pourtant, comme le dit Timothy White, imprégné de saveur rasta, mais non détectée par les officiels du tour[3]. Et naturellement Millie revint avec son « My Boy Lollipop ». Si Seaga, semble-t-il, ne fut pas déçu, les musiciens rentrèrent au pays, eux, tout à fait consternés : « La tournée n'a pas du tout marché, expliqua Jimmy Cliff. Ça ne sonnait pas comme ça aurait dû — pas naturel. Simplement, la musique ne passait pas[4]. » Peut-être, au fond, n'y avait-il rien à regretter.

Non invités, mais maintenant fiers de ne pas l'avoir été, les Wailers creusent leur sillon en Jamaïque. Leurs disques se vendent, leur formation se détache grâce à cette créativité inventive, ce flot ininterrompu auquel Dodd donne forme et moyens. Les Wailers sortent même de leur tanière, Studio One, et commencent à se montrer. Les *Opportunity Hours* de Vere Johns sont toujours de saison : les joutes se tiennent maintenant au Palace, à South Camp Road, et les performances restent entre les mains du public, de plus en plus exigeant, compte tenu que la ville a l'air d'enfanter des musiciens par quintuplés, et de les laisser s'entre-dévorer après. Les Wailers sont le must des sound-systems, car c'est encore là que la température se prend et que les tendances s'esquissent, celui de Dodd, celui de Sir George. Ils sont programmés dans des concerts au Success Club ou au Odd Fellows Hall, en même temps que toutes les stars de la scène jamaïcaine du moment : Skatalites, Clarendonians, Gaydals, etc. Puis sur cette pente ascendante, un peu folle, trois coups d'arrêt. Trois événements qui viennent tour à tour révolutionner cette dynamique que les Wailers ont su insuffler, aidés en cela par de bonnes âmes comme Higgs, Ossie ou Dodd.

Pour comprendre cette première rupture, il faut rappeler que dans les années dont nous parlons, Dodd préfère encore Junior Braithwaite à Bob en tant que chanteur des Wailing Wailers, même si Bob, voire Peter, plus rarement Bunny arrivent de temps à autre à s'emparer du micro. Il faut imaginer combien cette distribution voulue par le boss a dû travailler nos jeunes gens qui sont moins *rudes* qu'ils ne sont ambitieux, sûrs de leur force créatrice, de leur bonne étoile, et rêvant chacun d'un avenir en première ligne. Mais il faut encore patienter et céder la vedette à Junior. Bien qu'on ne sache à qui attribuer ce soudain éclaircissement, Junior lève l'ancre ! Il part pour Chicago avec sa petite famille. La nouvelle est tout à fait inespérée. À moins qu'on ne lui ait fait la peau, on ne voit pas très bien ce qui aurait pu décider Junior Braithwaite à lâcher une affaire qui semblait assez idéalement engagée. En même temps, on sait aussi très bien ce que de tels incidents peuvent entraîner en terme d'homéostasie. L'équilibre qu'on avait fini par trouver à six (les quatre garçons et les deux choristes) est perdu et doit être retrouvé sur des bases nouvelles — les filles s'étant également envolées. Ce qui fait que les Wailers sont ramenés à trois et qu'ils n'ont pas à tirer vraiment à la courte paille pour savoir qui fera, presque exclusivement, le chanteur. Tuff Gong prend très naturellement la direction des opérations. Dire que cela le rongeait, jour et nuit, serait peu dire. Il nous reste donc, en réalité, si on compte bien, six moins un (Junior), moins deux (les filles), moins un encore (Bob) : deux Wailers. Bob s'étant mis en avant. Il déclare dans un entretien de 1974 :

> Junior avait enregistré aigu. C'est maintenant que je me rends compte qu'il chantait comme l'un des Jackson Five. Lorsqu'il est parti, il a fallu qu'on trouve un son adapté à nos trois voix[5].

L'autre événement est plus considérable. Là encore, pour bien l'apprécier, il faut se remettre dans le tempo. Depuis la disparition programmée de Norval, le « capitaine » et sa mort ; depuis l'arrachement à Nine Miles et sa paroisse-jardin ; depuis qu'Omeriah est loin ; depuis l'installation de Ciddy dans le Delaware, Nesta est dans une solitude sans fond, claquemuré avec lui-même dans un silence que ses potes n'ont jamais vraiment réussi à percer. Il parle peu ou pas et se protège sous son déguisement de *rude boy* qu'il n'est pas. Les gens le trouvent bizarre, insaisissable à tout le moins. Il a l'air de faire la gueule, à tout bout de champ, de s'emmerder ferme, d'attendre toujours ce que le jour ne donne pas, d'être ailleurs, on ne sait pas où. Les succès accompagnent les efforts des Wailers pour se réinventer, mais on a bien l'impression que Bob n'en a cure. On se dit alors que le départ de sa mère l'a mis dans une position d'intranquillité capitale, qu'il est trop seul à faire le caïd dans cette jungle de carton-pâte, qu'il ne parvient pas à partager son cœur gros de toutes ces absences. Pourtant Ciddy ne cesse de lui écrire et ses lettres s'entassent dans son gourbi miniature de Studio One.

La vérité est qu'il ne sait que répondre. L'insistance qu'elle met à lui demander de la rejoindre prouve au moins qu'elle n'évalue pas la percée de Bob sur la scène jamaïcaine, ou alors que cela ne prouve rien pour elle. Et ce malaise se communique à son entourage qui ne sait pas très bien comment prendre ce garçon, avec quelles pincettes. *Rude*, dans ce sens, précisément, d'une inaccessibilité dont Bob est la première victime. En bref, personne n'est venu vraiment frapper à cette porte close, voire blindée. Il faut dire que chacun a ici son lot de casseroles, de blessures en tout genre et ne se sent pas d'investir le territoire du Tuff Gong qui reste donc isolé, inaccessible. Sans doute n'est-il pas sans charme, mais il faut aimer les bunkers. Cette situation est entrée dans sa crispation maximale le 12 septembre 1964, jour de la mort du *Custos* Omeriah Malcolm, décédé d'un cancer — annoncée deux jours plus tôt à Bob en rêve. La disparition de l'ancêtre marque pour tous les Malcolm qui se réunissent à Nine Miles, ainsi que pour les locaux, quelque chose comme une fin de règne, car Omeriah a vraiment régné sans partage sur cette communauté ; notamment grâce à son étonnante clairvoyance et à sa capacité à replacer toujours les êtres, et quelle que fût leur bonne ou mauvaise fortune, dans d'autres courants, plus profonds, plus libres des écueils du quotidien. En ce sens, les pleurs qui le pleurent sont sincères. Mais pour Bob, l'affaire est plus délicate. S'il n'a pas réussi à trouver quoi répondre à Ciddy, il n'a jamais cessé de correspondre avec l'ancêtre qui est demeuré pour lui l'allié capital, le seul avec lequel l'incertitude trouve une sorte d'identité. La famille réunie est d'ailleurs étonnée de découvrir la manière dont Omeriah a laissé des instructions en faveur de Nesta, le petit-fils « préféré » est le seul dans l'esprit de l'ancêtre à pouvoir briguer cette place que lui-même vient de laisser vacante.

Les Malcolm sont un peu ahuris de découvrir ce que le petit Nesta est devenu après quelques années passées dans les *shanties* de Kingston. Personne n'avait deviné la profondeur de cette relation et compris qu'Omeriah avait fait depuis longtemps son choix. On hésite vraiment à s'en féliciter. Mais il faut bien se faire une raison. Il y a eu entre Omeriah et son petit-fils ce qu'on pourrait appeler une transmission. Omeriah l'a jugé apte à percevoir le monde où lui-même évoluait. Il a su que Bob avait des dispositions et que la vie lui offrirait de les éveiller. Il faut lire les pages que

Timothy White a écrites sur la mort d'Omeriah Malcolm qui sont parmi les plus belles de son étude consacrée à retracer avec une minutie de détective l'itinéraire de Bob[6]. La mort l'a donc privé du seul appui qui, dans un certain ordre de réalité, comptait. Il est donc, et en toute logique, plus seul que jamais. C'est précisément au moment où la forteresse assume son destin d'irréductibilité, que le destin, toujours moqueur, envoie un messager, plutôt une messagère, pour parlementer avec le séquestré volontaire — et que celui-ci se rend.

Bob chez Chrysler

Il semble que la rencontre se situe sur le chemin qui sépare West Street, où vit Peter Tosh, de Studio One, sur Brentford Road. Peter, Bunny, Bob et Alvin « Seeco » Patterson, qui les a mis entre les pattes de Dodd, débattent pour savoir comment pimenter le son des Wailers. Les groupes se livrent une compétition acharnée et, au moment où les Wailers sont ramenés à un nouveau format, il convient de choisir de nouvelles options sans tarder. En ces matières, Seeco est toujours de bon conseil. Il leur vante les mérites d'un musicien comme Don Drummond, pilier de la formation des Skatalites, regardé par certains comme l'un des cinq meilleurs trombonistes au monde. Les Wailers doivent compléter leur dispositif dans ce sens. Et c'est lorsque la bande emprunte Greenwich Park Road, qui traverse Ghost Town, qu'Alpharita Constantia Anderson surgit devant eux. Née à Cuba, elle vit avec sa fille Sharon (un an) chez Auntie Viola, depuis le départ de ses parents pour l'Angleterre, et, comme tous les enfants de Kingston, elle invente sa vie au jour le jour. Les trois garçons, auréolés déjà de quelques faits musicaux notoires et d'une mauvaise réputation, l'intéressent d'abord parce qu'elle cherche à faire valoir les qualités d'un trio qu'elle a formé avec son cousin Constantine « Dream » Walker, le fils de la sœur de Viola, et une amie, Marlene « Precious » Gifford, et qu'ils ont baptisé les Soulettes. Elle s'imagine que les Wailers sont bien placés pour leur obtenir une audition. En plus de cela, elle ne cache pas une tendre curiosité pour ce grand dégingandé qu'est Peter, nonobstant sa réputation de *lash LaRue*, en patois jamaïcain, autrement dit de *oversexed playboy* — qui se passe assez bien de traduction. Quant à Bunny et Bob, elle avoue volontiers ne pas les avoir réellement aperçus. Elle dira plus tard que Bob lui apparaissait décidément comme un bien étrange garçon, assez peu enclin à s'attirer la sympathie. Elle en aura la confirmation lorsque Dodd, ayant finalement auditionné les Soulettes et leur ayant trouvé quelques mérites, les confiera à son homme de main. Constantine, Marlène et Rita travaillent alors sous la houlette de l'adolescent taciturne et découvrent maintenant ses méthodes, sa rigidité, cette austérité qui découragent les tentatives d'approche. Alpharita explique :

C'était lui qui nous faisait répéter et nous avions toutes peur de lui parce qu'ils nous imposaient une discipline très dure et qu'il était très strict sur les harmonies que nous devions chanter. Alors on ne l'aimait pas beaucoup. On se disait : ce type a un problème. Il n'a pas de femme, rien du tout. Rien que la musique. C'est vraiment un type bizarre[1].

Mais, contre toute attente, Bob l'impavide n'est pas le cœur de pierre qu'on dit ; le voilà même sensible aux charmes de Rita, elle qu'on appelle « Goddie » dans le quartier de Greenwich Park Road, c'est-à-dire « Marraine », à cause de sa capacité à prendre en charge la vie des autres. C'est Bunny qui fait le pigeon voyageur et préside aux rapprochements. Et c'est probablement cette qualité de Goodie qui l'aide à deviner que quelque chose ne tourne pas rond chez l'adolescent, qu'il faut le délivrer du mal qui l'oppresse. En effet, la situation du Tuff Gong n'est pas des plus idéales. Il se plaint de maux de tête constants et d'être en proie à d'affreux cauchemars. Il n'est pas difficile de diagnostiquer un excès de ganja, des conditions de vie détestables, la pression, le stress, une sensibilité exacerbée, enfin toute la panoplie de l'artiste maudit ; mais Goddie voit plus loin, plus profond. Bob, en vérité, et dans le secret de sa confession à celle qui entrouvre la porte, déclare être agressé toutes les nuits passées à Studio One dans son gourbi, par un *duppy* et voudrait tant, en de telles circonstances, pouvoir profiter de la protection de l'ancêtre Omeriah. Mais l'ancêtre s'est retiré et chacune de ces nuits est une occasion de questionner cette absence et l'enseignement qui lui a été donné. Rita, qui a pu partager une des nuits de terreur de Bob à Studio One, mais en tout bien tout honneur, est maintenant prête à lui offrir l'asile politique, c'est-à-dire à l'installer chez elle, autrement dit chez Auntie Viola : à lui ouvrir sa couche qu'elle partage déjà avec Constantine, son cousin. Voire même à affronter sa tante. C'est à ce moment que Ciddy envoie, depuis le Delaware, un billet d'avion à Bob afin qu'il la rejoigne et vienne se refaire une santé.

En interrogeant les amis, les connaissances (et Rita est de celles-là), elle tente de suivre à la trace ce gamin indéchiffrable. Elle sent sa détresse de loin. Bob et sa bande sont allés demander des comptes à Dodd et exigé de partager un peu le gâteau, mais celui-ci s'est montré fort peu généreux. Ils comprennent qu'il leur faut maintenant changer la donne, coûte que coûte. Pas d'autre solution pour les musiciens, s'ils veulent arrêter de se faire plumer, que de composer, produire, graver et distribuer par eux-mêmes. Demeurer une marionnette chez Studio One ou prendre le risque de devenir quelqu'un. Bob s'envolera donc. Pour l'heure, il convole, dans son costume de scène, avec Rita Marley. Les épousailles sont célébrées le 10 février 1966. Bob vient d'avoir vingt et un ans. Les documents photographiques nous le montrent arborant un très inusité sourire, coincé dans son costume noir qui épouse à l'envi sa maigreur. Difficile de percevoir le *rude boy* sous ces habits de fête. Trois jours plus tard, il met le cap sur Wilmington. Et Timothy White de noter que Rita partage alors avec Ciddy le fait d'avoir vu s'évanouir son vert mari dès le lendemain de leurs fiançailles[2].

Bob qui lisait, enfant, dans les lignes de la main, qui sait nouer à travers ses rêves des liens avec l'autre réalité, que les *duppies* courtisent ou persécutent, qui porte pour toujours le titre de petit-fils préféré d'Omeriah Malcolm, a manqué étrangement de lucidité en décidant de s'embarquer en février pour le Delaware, soit deux mois avant la venue de celui qu'une partie des jeunes gens en Jamaïque, travaillés par rastafari, regardent comme le messie attendu par le peuple noir, à savoir Sa Majesté Hailé Sélassié Ier, empereur d'Éthiopie, débarquée en Jamaïque en avril 1966. C'est là une sorte d'énorme couac dans le parcours de Bob qui, si on interroge son engagement ultérieur dans la religion nouvelle, paraît difficilement défendable. Peut-être a-t-il trouvé outre-Atlantique la maturité qui lui manquait alors, la lucidité nécessaire pour s'engager, ce qu'il fera dès son retour, en octobre 1966. En tout cas, si cette absence passe difficilement inaperçue, il semble que la famille royale d'Éthiopie ne lui en ait pas tenu rigueur : exilé à Londres durant l'hiver 1976-1977, Bob recevra des mains d'Afsa Wossen, le fils de Hailé Sélassié, une bague ayant appartenu à son père et que Bob portera jusqu'à sa mort.

En attendant, Bob s'en va rejoindre sa mère à Wilmington, dans le comté de New Castle, dans le Delaware, minuscule État coincé avec le Maryland et la Virginie sur la péninsule de Delmarva (c'est-à-dire *Del*aware, *Mar*yland et *V*irgini*a*). Cedella y est confortablement installée et Bob, qui dit avoir vu l'appartement en rêve quelques jours plus tôt, dispose d'une chambre et d'une salle de bains à lui. Difficile de ne pas montrer son émoi lorsqu'on vient tout juste de quitter une cuisine désaffectée dégotée par Vincent « Tata » Ford sur 1st Street, ou même le placard concédé par papa Dodd derrière Studio One. Bob paraît enjoué, transformé, profond et Cedella, qui avait craint le pire et le cultive encore, comme une herbe du diable sur un coin de balcon, s'étonne malgré tout de ces métamorphoses. Il est venu travailler dur pour se payer le droit de produire sa musique. Elle découvre et mesure sa détermination. Elle ne peut pas s'empêcher d'en éprouver un pâle réconfort alors que les raisons de se faire un vrai sang d'encre n'ont jamais semblé aussi nombreuses. Depuis ce gros bourg portuaire et industriel du Delaware, la minuscule Jamaïque avec sa guerre des gangs, ses affrontements stériles au sein des ghettos, cette affreuse gangrène rasta qui prolifère, paraît en proie au chaos le plus total ; une mère ne peut pas se rassurer d'entendre son fils parler d'y retourner et d'en découdre. Wilmington n'est-il pas un abri plus sûr ? Mais qu'est-ce qui est tout à fait rassurant en ce début de l'année 1966, au moment où les États-Unis débarquent au Sud-Viêtnam et s'arrogent déjà le titre de shérif de la planète, où les arrogances se jaugent et se tancent en cette sempiternelle pavane pour déterminer le jabot le plus beau ? Mais Bob a vingt et un ans, une foi en devenir depuis que Rita l'a réveillé de sa mort et, déjà, à son actif, près d'une centaine de morceaux gravés dans l'acétate des jours gris et noirs.

Le climat se tend lorsqu'on en vient à parler de cette croyance nouvelle qui s'est répandue comme une traînée de poudre dans le ghetto de Kingston et de ceux qui en portent maintenant comme les stigmates, cette couronne de nattes altières, comme si, par un retournement du temps, on en était venu à sacrer les gueux. Un comble. Pour Cedella, pilier de l'Église apostolique unie du Seigneur Jésus-Christ, « les rastas étaient des gens qui ne votaient pas, ne travaillaient pas, n'allaient pas à l'église et passaient leurs journées à fumer de l'herbe et à se lamenter[3] ». De plus, Ciddy se persuade que Bob désormais en est. Ses cheveux ne le laissent pas encore deviner, mais sitôt qu'elle se met en situation d'attaquer, Bob sort de ses gonds, devient soudain intraitable, répond au coup par coup. Il ne faut pas être sorcier *obeah* pour deviner que le sort en est maintenant jeté. Sans doute les conversations s'exacerbent-elles au moment où Bob et sa mère suivent, depuis leurs strapontins de Wilmington, l'arrivée de l'empereur en Jamaïque et sont témoins de l'extraordinaire liesse et hystérie collective qui s'empare des rastas rassemblés autour de l'avion qui atterri à l'aéroport de Kingston et qui transporte leur dieu.

Quelque chose se passe là qui excède un simple conflit de générations et exige une approche dépassionnée. Mais de cette ouverture d'esprit et de cœur, une très large partie de la Jamaïque est incapable, et il faudra s'interroger longtemps encore sur les motivations de ses dirigeants à laisser débarquer à Kingston Hailé Selassié en visite dans la Caraïbe, au risque de mettre, précisément, le feu aux poudres. Nous allons essayer de comprendre. Pour l'heure, Bob ronge son frein et s'apprête à remplir la mission qu'il s'est donnée en débarquant sur les contreforts de Babylone : prendre tout l'argent qu'il peut et partir. Sept mois donc à trimer pour la Dupont Chemical Company comme laborantin, ou bien dans les ateliers de montage de Chrysler, ou encore comme gardien de nuit, plongeur. Le premier contact avec l'Amérique industrielle est rugueux, mais instructif. Pendant que les *brethren* se passent le *Wisdom Chalice**, Bob paie son tribu aux dieux de l'Occident avec leur cœur d'argile.

Le retour de Bob se situe en octobre 1966. À la vitesse où s'écrit l'histoire de l'île, depuis son indépendance, ces sept mois passés dans le Delaware constituent plusieurs chapitres manqués. La venue de Hailé Sélassié a fait l'effet d'un accélérateur de particules, invitant chacun, d'une certaine manière, à choisir son camp. La vie politique se « phalangise ». On cherche à mieux marquer son territoire, comme un chien, mais un chien armé jusqu'aux crocs. Les forces officielles ne suffisant pas à enrayer la puissance de feu de l'adversaire, toujours plus armé (notamment par les États-Unis qui cherchent à maintenir le JLP en position de gouverner), on recrute parmi les bandes organisées qui font depuis longtemps, nous l'avons vu, la loi dans le ghetto. L'enjeu, ce sont ces quartiers crasseux où toute la misère du monde s'est entas-

* Appelée également *Chillum Chalice* ou simplement *Chalice*, c'est la pipe dont les rastas se servent pour fumer la *Coollie* ou *Wisdom Weed*, l'herbe de la sagesse.

sée depuis les années 1950, autrement dit, après Trench Town, Back'O'Wall qu'on ne présente plus, Ackee Walk et Foreshore Road, cette portion de *nowhere* coincée entre la voie ferrée et Spanish Town Road, une partie de Kingston qui, au demeurant, a toujours excité les appétits et les rivalités, car donnant directement accès au port et à ses quais. Le Bustamante Industrial Trade Union, le syndicat du JLP au pouvoir, s'est ainsi offert les services des Salt City, mieux connus sous le nom de Phoenix, des gamins armés de machettes, on l'a vu, et désormais de flingues, pour récupérer ce que son rival, le Trades Union Congress, le syndicat du PNP, a toujours regardé comme son fief. Et naturellement, le PNP s'est tourné vers les Vikings qui rackettent depuis longtemps déjà dans toute cette zone où ils se sentent chez eux.

Mais cette portion de terrains vagues est aussi celle où les rastas ont choisi d'installer leur campement et de se livrer à leurs *satsangs* ou *groundations*, autrement dit, et dans la mesure où la venue de Hailé Sélassié a paru leur apporter une céleste légitimité, il ne peut être question maintenant de faire semblant qu'ils n'existent pas. C'est là qu'on ne comprend pas très bien le risque encouru par les politiques de l'île au moment de laisser venir le Négus. Peut-être s'agissait-il de rassurer les rastas en laissant entendre que le gouvernement avait compris l'importance de leur mouvement et de leur nombre, mais sans doute pour mieux les berner par la suite, car les intentions du JPL était, dès 1966, on ne peut plus claires : virer ce ramassis de crève-misère, récupérer ces terres annexées par le PNP et y lancer un projet d'aménagement d'une cité résidentielle appelée Tivoli Gardens, majoritairement réservée aux bons et loyaux serviteurs du parti. Le slogan du gouvernement est sans appel : « Éradication des taudis », avec sur la bande-son, mais inaudible : « Évacuation de cette engeance qui salit la ville et l'image de notre nation. »

Sitôt le Négus reparti, et le sillage de stupeur laissé derrière lui refermé, c'est Edward Seaga qui se charge du sale boulot, et ce avec un tact qui ne laisse pas d'étonner de la part d'un feu anthropologue, attaché à étudier la manière dont les communautés humaines inventent leurs propres règles et répètent à satiété quelques invariants constitutifs de l'espèce. Avec le soutien de l'armée, il envoie sans prévenir ses équipes de démolisseurs mettre tous ces baraquements de fortune par terre et bastonner, chasser leurs occupants. C'est en cela qu'on peut gloser sans fin sur le sens de la venue de l'empereur d'Éthiopie en Jamaïque et de l'absence de Bob, occupé à serrer des boulons dans les usines Chrysler. Le Négus, petit homme aux traits fins, aux yeux délicats et fiers, était venu donc apporter le glaive.

Disons un mot, tout de même, sur cette parousie. Lorsque Bob retrouve Rita, elle est encore chez Auntie Viola, 18, Greenwitch Park Road. Le plaisir est immense de se retrouver, de se raconter leurs expériences singulières et nul doute que Bob a vécu à Wilmington une sorte d'initiation dont son visage, ses cheveux non coupés et non peignés portent la marque. Il revient, et de toutes les manières, plus riche de ce séjour aux Amériques. Mais Rita n'a pas démérité non plus et le récit qu'elle fait de la venue de l'empereur achève de plonger Bob dans un profond et coupable remords. Qu'est-ce qui pourrait être comparé à ces quelques heures que Hailé Sélassié a passées sur l'île ? Elles ont changé la vie de Rita. Comment cela ? Elle raconte. La matinée du 6 avril 1966 voit se rassembler près de cent mille rastas venus non seulement de Back'O'Wall, mais aussi de toutes les cachettes où ils ont pris, au profond de l'île, l'habitude de disparaître. On n'avait jamais vu semblable *grounda-tion* et, encore plus fort, sur le tarmac de l'aéroport de Palisadoes, les officiels n'avaient certainement pas mesuré l'étendue du désordre que la venue de l'empereur allait occasionner.

C'est peut-être la toute première fois dans l'histoire de la Jamaïque que les adversaires peuvent évaluer leurs forces respectives et le mérite premier de la venue de l'empereur est d'avoir incité chacun à sortir de sa réserve, à agir désormais à visage et vie découverts. Le ciel est noir et menaçant comme il peut l'être dans la Caraïbe et on ne comprend pas que le service d'ordre céleste du Négus ne puisse écarter les nuages sur son passage. Il y a là une ardente ferveur avec laquelle Rita, avec tous ses doutes, fait maintenant corps. Elle sait de quelle manière les Wailers ont embarqué, Bunny le premier qui a commencé à se laisser pousser des locks, puis Peter et maintenant Bob qui tourne encore autour sans trouver le chemin d'accès, mais qui n'en est visiblement plus très éloigné. Cedella, à Wilmington, a pu s'en faire une idée. Mais Rita hésite encore. Si Hailé Sélassié Ier est bien le Rédempteur, s'il porte, comme les rastas le lui certifient, des stigmates, elle en aura le cœur net lorsqu'elle aura vu de ses yeux vu : c'est une des raisons de sa venue à Palisadoes, au beau milieu de cette indescriptible cohue.

Il faut imaginer quelque chose comme un de ces rassemblements qui se forment en Inde, tous les douze ans, à l'occasion du pèlerinage de la Kumbha Melâ, en le rapportant aux dimensions d'une île de quelque deux millions et demi d'habitants. À cette époque du calendrier sacré, les ermites, ascètes, moines, errants, lépreux, curieux en tout genre convergent, tour à tour, vers l'une des quatre villes saintes (Nasik, Allahabad, Haridwar et Ujjain) censées avoir reçu quelques gouttes du nectar d'immortalité (*amrita*) tombées du vase sacré (*Kumbha*) durant son transport céleste. La Kumbha Melâ rassemble soixante-quinze millions de pèlerins, mais, encore une fois, rapportés à la taille de l'île, les cent mille rastas et sympathisants ont dû créer une vraie stupeur dont Rita essaie de rendre compte à Bob. D'autant plus que, quelque temps avant qu'on aperçoive l'avion de l'empereur, les nuages noirs tout d'un coup s'écartent, des colombes blanches passent au-dessus de la foule trempée mais rassérénée par ce spectacle. Et l'avion atterrit. Les rastas resserrent leurs rangs autour de lui sitôt qu'il s'est immobilisé, tel un étau qui l'empêcherait de repartir à tout jamais.

Tout comme les politiques, le Négus n'a visiblement pas prévu une démonstration de cette ampleur et sitôt qu'il s'engage prudemment sur la passerelle, la vision de cette foule d'hommes hirsutes, détrempés, leurs yeux rouges braqués sur lui, leurs sourdes percussions nyaginghi, le fait reculer, chercher refuge à l'intérieur de la carlingue et n'en plus sortir. Il y a un moment de stupeur considérable. Tout ce qui peut émaner de l'empereur est sacré, évidemment, mais tout de même, à quoi joue-t-il ? C'est là que le bon sauvage, Mortimer Planno, est à nouveau convoqué pour aller parlementer et tenter de dégager un passage pour Sa Majesté. Quand celle-ci se décide enfin à quitter son abri, lorsque les rastas s'écartent pour former une haie d'honneur qui l'accompagnera tout au long de son périple, Rita explique qu'elle a pu s'avancer suffisamment près pour apercevoir, au moment où il saluait la foule, les preuves qu'elle cherchait : les stigmates et la confirmation définitive qu'il était maintenant temps de s'engager. Le séjour de Hailé Salassié auxquels furent associés, d'une manière un peu forcée, trente-deux des leaders des différentes familles de rastas constitua ainsi un immense quiproquo. L'invitation faite à leur dieu vivant, leur inespérée exposition durant sa visite officielle, persuada les rastas que le temps de leur avènement était arrivé et que la Jamaïque acceptait de leur faire une place. Mais quelques semaines plus tard, les démolisseurs entraient dans les terrains vagues de Black'O'Wall et rasaient sans états d'âme la « House of Dread ». Quant à l'empereur, qui ne s'était pas attendu à être la cible d'un si ardent amour et qui ne comprit visiblement pas ce que tous ces gens mal peignés lui voulaient, de retour dans son pays, il aurait déclaré à ses proches : « Il y a un gros problème en Jamaïque... »

L'Éthiopie tendra les mains vers Dieu

La conversion de Bob date de son retour dans une Jamaïque comme transfigurée par le passage du cyclone Négus. Mortimer Planno a tiré grand avantage de sa médiation à Palisadoes. Il assure désormais une manière de lien concret entre les rêves d'Éthiopie et de retour en Afrique et les autorités éthiopiennes toujours aussi étonnées de cet excès d'honneurs. L'empereur, on s'en souvient, pour récompenser l'ardeur et le zèle manifestés, non seulement par les rastas, mais aussi par toute la diaspora noire, avait lâché quelques empans de terre au sud d'Addis-Abeba, et c'est Planno qui régule, pour la Jamaïque, les demandes de « Rapatriement ». C'est lui qui favorise encore l'implantation de l'Ethiopian Orthodox Church* qui semble avoir été la réponse de l'empereur à ce débordement populaire auquel il avait assisté en Jamaïque et dont il avait été, sans le comprendre encore tout à fait, la cause. Ce sont les représen-

* Dénommée également Coptic Orthodox Church of Alexandria dans la mesure où son représentant a toujours été désigné par le patriarche copte d'Alexandrie, tout au moins jusqu'en 1959.

tants de cette Église éthiopienne orthodoxe qui baptiseront Marley à New York, dans une chambre d'hôtel, peu avant sa mort, et ce sont eux encore qui officieront lors de ses funérailles, l'année suivante, le 21 mai 1981, comme ils officieront au lendemain de l'assassinat de Peter Tosh, en 1987. Manière de dire que Mortimer Planno, qu'on appelle Morty, rasta bons-offices, téléphone rouge entre Addis-Abeba et Ist Street, Kingston, Jamaïque, où il reçoit les jeunes postulants, s'est acquis grâce un son sens surnaturel de la diplomatie une place de choix, incontournable dans ce qui a pris maintenant le nom d'« éthiopianisme », une sacré auberge espagnole pouvant abriter les attentes les plus hétérogènes et les plus folles.

C'est pourtant à cette auberge que Bob se rend, de retour du Delaware, et qu'il entreprend sa formation parmi les *brethren*. Morty a bien entendu perçu tout l'avantage qu'il pourrait retirer de cette « éducation » du jeune musicien, porte-parole d'une jeunesse en déshérence. Mais ce sont d'abord ses « dons » qui l'interpellent, cette faculté qu'à Bob, malgré son jeune âge, à être ce guerrier dont parle, en 1960, le sorcier yaqui Don Juan, au jeune étudiant en anthropologie à l'université de Los Angeles, Carlos Castaneda :

> Un homme va au savoir comme il part pour la guerre, bien réveillé, avec de la peur, du respect, et une assurance absolue[1].

À mesure que Bob s'introduit dans la croyance rastafari, Morty se fait une place dans sa vie, allant jusqu'à empiéter sur ses activités au sein des Wailers, devenant même son conseiller en affaires. C'est lui qui le persuade d'adapter le « Crying in the Chapel » d'Artie Glenn, immortalisé par Sonny Til and The Orioles ou par Elvis Presley, pour concevoir un « Selassié Is the Chapel » qui aura probablement fait la joie de Cedella. En tout cas, il s'agit du premier *rasta song* de Bob. Début 1967, les Wailers sont bien le premier groupe rasta de l'histoire. Bunny, puis Peter et maintenant Bob laissent aller leur tignasse librement, fidèles en cela au vœu d'ascétisme prononcé, dans la tradition judaïque, par un nazir ou nazarite, et défini au livre des Nombres (1-21) : « Pendant tout le temps du vœu de son nazaréat, le rasoir ne passera point sur sa tête. » On sait que les rastas furent d'abord les « barbus » et n'adoptèrent ensuite les locks qu'au contact des sâdhus débarqués avec les autres ressortissants indiens au lendemain de l'abolition. La justification d'une telle pratique, réajustée aux nécessités de la communauté rasta (le vœu du nazarite est prononcé pour sept ans alors que le vœu de conserver leur chevelure intacte est, chez les rastas, définitif), fut alors recherchée dans la Bible, dans la version de Robert Aathlyi Rogers, dite *The Holy Piby*, de 1924[2], dont les rastas étaient devenus de fervents lecteurs, plutôt que dans les textes sacrés de l'Inde. Le rattachement à ce socle testamentaire paraissait faire davantage sens et on va voir maintenant pourquoi. L'engagement des Wailers ne se limite pourtant pas à l'adoption des *dreads*, parure que même la délinquance de Kingston pouvait arborer pour se mettre provisoirement ou durablement à l'abri. Ils participent aux *groundations* et aux percussions nyabinghi qui en sont l'âme battante, lisent la Bible — *a chapter a day keeps the devil away* (« un chapitre par jour tient le diable éloigné ») —, suivent une diète *Ital* (de *vital*) stricte qui s'apparente à peu près à un régime végétarien, excluant le sel et l'usage d'ustensiles en fer, adoptent le patois ésotérique de leurs semblables et, bien sûr, fument le *cannabis sativa.* Ici comme ailleurs, cet arsenal emprunte à différents foyers que le chercheur aura quelques difficultés à identifier, parce que parfaitement métabolisé par rastafari. Par exemple, Monica Schuler croit expliquer ce refus du sel en invoquant la croyance des Bakongos (côte de l'Atlantique, république du Congo et Angola) en l'existence d'une barrière d'eau salée (*kalunga*) séparant la vie de la mort (l'Amérique ici assimilée à la mort), et l'obligation faite à ceux qui voudraient revenir sur les rivages enchantés de s'abstenir de toute nourriture salée (comme Orphée de résister à la tentation de regarder en arrière)[3].

À ce stade de leur imprégnation de la philosophie rastafari, la relation avec le classique et respectable Dodd devient improbable et les Wailers se séparent de leur mentor. Il n'est pas de bonne compagnie qui ne se quitte. Bob se transporte alors avec Rita dans la maison que l'ancêtre Omeriah a fait construire pour Cedella, à Nine Miles, et y restera jusqu'en 1970. Rita dit volontiers que ce furent de très loin les années les plus heureuses de leur vie.

Maintenant il convient de dire comment le feu a pris. L'histoire de l'éthiopianisme est un serpent de mer et bienheureux ceux qui ont compris où était la tête et où était la queue. Il faut pourtant s'aventurer. La question que l'on doit affronter est celle de savoir comment et par quelle magie on a pu faire rimer Éthiopie avec Jamaïque, Jah avec Jéhovah, Hailé Sélassié avec Messie noir, et même un Alexandre n'aurait pas tranché ce nœud gordien. Contentons-nous de noter que, dans cette histoire, il y a des faits et des textes qui font autorité, qui ont même acquis, à la suite de différentes lectures, une valeur sacrée et qu'il nous faudra examiner à notre tour ; et de l'autre des commentateurs inspirés, des glossateurs un peu délirants qui ont entendu de ces faits et textes peut-être davantage que ce que ceux-ci voulaient bien dire. Des prophètes et penseurs noirs qui sont à la foi nouvelle, rastafari, ce que sont, d'une certaine manière, les talmudistes au judaïsme. Et personne ici pour avoir le dernier mot. Si les faits sont bruts, en dehors de leurs commentaires, il va nous importer de considérer en premier lieu ces êtres inspirés qui voulurent écrire ou réécrire l'histoire du peuple noir sur le modèle de celle du peuple juif, pour nous demander où exactement ils étaient allés tirer la force et l'audace de leur vision.

Premier de ces interprètes, par la place que les Afro-Américains lui accordent et par l'infléchissement qu'il a donné aux recherches qui l'avaient précédé, Marcus Mosiah Garvey, premier véritable prophète noir à avoir conçu une identité noire totalement assumée. Né à St. Ann's Bay, dans la paroisse de St. Ann, comme Bob, il est un lointain descendant des Marrons dont il semble avoir conservé une force de caractère peu commune, ce qui n'empêche pas qu'il ait eu à combattre une peur maladive de parler en public. Typographe, journaliste, grand voyageur, engagé dans les luttes sociales de son temps, préoccupé du sort fait aux plus petits, aux plus pauvres, conscient des différents visages de la discrimination frappant les Noirs, il fonde à Harlem, où il s'installe en 1916 (il a vingt-neuf ans), l'UNIA, Universal Negro Improvement Association (Association universelle pour l'amélioration de la condition du peuple noir) qui a pour devise : « One Aim, One God, One Destiny » (« Un but, Un Dieu, Une destinée ») et se propose de rassembler les Afro-Américains dans des actions destinées à faire valoir leurs droits. L'UNIA participe, avec la NAACP, National Association for the Advancement of Colored People (Association nationale pour l'avancement des gens de couleur) créée en 1909, puis plus tard le Black Power, d'un mouvement plus vaste désigné sous le nom de Civil Rights Movement (Mouvement des droits civiques) qui ne lâche rien sur une approche raciale de la situation des anciens esclaves à la recherche d'un destin.

L'action de Garvey est impressionnante. Déplacer des montagnes de préjugés, de stéréotypes, d'inertie fut, dans son cas, bien davantage qu'une métaphore. Passons le film en accéléré : l'impression est proprement renversante. Cet homme timide, gauche en public, se révèle maintenant un orateur et un leader charismatique hors pair capable de galvaniser des foules qui, pour la première fois, entendent parler d'elles sur un mode résolument différent que celui employé par les prêcheurs venus signifier aux enfants d'esclaves qu'ils possédaient bien une âme et que Dieu, au prix d'une vie droite comme un « i » blanc, daignerait leur faire un sort au soir du Jugement dernier. Cet homme ne se paie pas de mots et n'a que faire d'une revanche prise contre l'oppresseur de naguère, de demain et de toujours. Son mot d'ordre : que chacun balaie devant sa porte :

> Je ne suis pas opposé à la race blanche comme étant mes ennemis. Je n'ai pas le temps de haïr qui que ce soit. Tout mon temps est consacré à l'amélioration et au développement de la race noire[4].

Il agit avec une maestria qui force le respect de l'adversaire. Conscient de l'étendue de la tâche, il se dote d'outils comme le *Negro World*, hebdomadaire qui est la voix de l'UNIA et qui va rassembler des signatures prestigieuses ; le PPP, People's Political Party (« Parti politique du peuple ») qui encourage les Noirs américains à prendre des initiatives, à créer les moyens de leur autonomie, de leur respect d'eux-mêmes et cette politique tous azimuts permet à l'UNIA de compter, dès 1919, près de trente délégations régionales aux États-Unis et près de deux cent mille sympathisants. Mais Garvey est avant tout un lecteur de la Bible, pas encore dans la version qu'en donnera Robert Aathlyi Rogers, mais la Bible de King James (1611) dans laquelle le mot Éthiopie sert à désigner l'Afrique tout entière. Par quel sortilège ? Cush, l'un des fils de Ham ou Cham (Genèse 10 : 6), étant venu s'installer quelque part dans la partie nord-est de l'Afrique, son nom avait fini par désigner pour les Hébreux une région comprenant le Soudan, le sud de l'Égypte, l'Éthiopie, l'Érythrée et la Somalie. Les *Cushites* étaient donc les habitants du sud de l'Égypte, autrement dit les Noirs et, au moment de traduire le terme *Cush* en grec, les auteurs de la Septante proposèrent *Ethiop* qui veut dire « brûlé », ou « noir ». Ainsi l'Éthiopie a-t-elle désigné longtemps davantage que le pays lui-même : le continent tout entier et ses habitants.

Pour Garvey et pour les prophètes noirs qui lisent la Bible, cette synecdoque a l'avantage de présenter le continent africain à travers son représentant le plus flamboyant : l'Éthiopie est non seulement, en ce début de siècle, le seul pays libre d'Afrique, mais il est celui qui, selon légende et histoire, détiendrait l'Arche d'Alliance convoyée par le prince Ménélik, fils du roi Salomon et de la reine de Saba, au Xe siècle avant notre ère ; mais aussi celui qui a accueilli l'une des plus anciennes Églises chrétiennes. Or, comme nous l'avons déjà évoqué, les Noirs ont d'abord reçu un peu de considération de la part des dignitaires des différentes Églises protestantes, principalement, conscientes avant les autres que le sort fait aux Noirs ne pouvait trouver aucune sorte de légitimation devant Dieu. La présence d'une communauté juive en Éthiopie, les Falashas (qui signifie « étrangers » en amharique) ou Beta Israel (« Maison d'Israël ») ; la présence de l'Arche à Axoum rapportée, selon la légende, par le prince Ménélik Ier dont descend Hailé Sélassié (il est le 225e successeur de Salomon) ; la conversion de certains qui, venant de Jérusalem, entendirent l'enseignement de Pierre le jour de la Pentecôte, avant de regagner leur pays (mais on attribue plutôt l'évangélisation de l'Éthiopie à Aedesius et Frumentius, deux chrétiens venus de Syrie, le second ayant été fait premier moine par la volonté du Patriarche d'Alexandrie, Athanasius) furent autant d'éléments propres à créer les conditions d'une extraordinaire convergence ou télescopages d'extrapolations et rêveries qui émergèrent à la fin du XIXe et au début du XXe siècle du cerveau de ces prophètes au rang desquels Garvey qui fut assurément le plus grand créateur de mythes.

L'éthiopianisme s'est constitué sur la base d'un processus visant à icôniser une Éthiopie soudain porteuse de toutes les frustrations et de toutes les espérances des peuples arrachés à une Afrique que l'Occident était déjà en passe de faire disparaître, des peuples qui se trouvaient donc sans futur et à présent sans origines et qui s'étaient découverts, sur le *Black Atlantic*, ce radeau de sauvetage, une terre promise à laquelle ils tentaient de s'accrocher. Au temps où les premières Églises noires se constituaient, l'Éthiopie en était venue à subsumer l'Afrique tout entière, parce que désormais sortie de l'esprit des premiers prêcheurs[5]. La Terre patrie et la Terre promise dont parlait la Bible ne pouvaient être que l'Éthiopie, assimilée à ce qu'était Sion pour le peuple juif. De telle sorte que des prophètes comme Garvey ou Alexander Bedwar jouèrent de cette parenté de destin entre le peuple juif et le peuple noir pour commencer à induire au sein de leur communauté l'idée d'un retour non plus en Afrique, mais en Éthiopie, et recherchèrent dans la Bible de quoi légitimer leur invite. Parmi ces textes lus et relus, décortiqués, réécrits et réinterprétés, il semble que le psaume 68 : 32 ait produit une semblable vibration chez eux, qu'ils y aient perçu une ultime preuve de ce que la rédemption viendrait du rapatriement (« Redemption through Repatriation ») : « Princes shall come out of Egypt ; and Ethiopia shall soon strecht out her hands unto God » (« Depuis l'Égypte, les grands viendront, l'Éthiopie tendra les mains vers Dieu »). Homme du Livre et homme d'action, Garvey passe aussitôt aux actes en créant, en 1918, la Black Star Line qui doit permettre concrètement la mise en œuvre du projet de retour vers la Terre patrie. On le voit alors se dépenser sans compter pour récolter des fonds qui serviront à acheter des navires, défiler au milieu de ses partisans à bord d'une limousine dans Manhattan, inciter les Noirs à devenir actionnaires de la BSL (5 dollars l'action), négocier même avec le Ku Klux Klan qui ne pouvait que soutenir une initiative comme celle-là. L'UNIA compte désormais six millions d'adhérents et Garvey est, avant l'investiture de Barack Obama, le Noir qui a détenu le plus de pouvoir aux États-Unis.

Rien ne semble pouvoir inquiéter son règne, si ce n'est des jalousies, des défauts de gestion, une trop grande assurance que ces succès éhontés ont engendrés. La Black Star Line, qui avait réuni tant de capitaux sur son nom, fait faillite. Garvey, jugé pour fraude aux services postaux, est emprisonné au pénitencier fédéral d'Atlanta. Afin de se débarrasser de cet hôte encombrant, le président Calvin Coolidge le fait expulser vers le Panamá. De là, Garvey regagne la seule patrie qui vaille : la Jamaïque.

L'accueil y est triomphal. Sa réputation a franchi les océans. Il en profite pour y aller de son couplet sur le rapatriement. Son obsession. Il rameute autour de lui ce peuple qui est toujours prêt à reprendre la mer et auquel il prédit ce retour pour bientôt. À ce point de l'histoire, une controverse oppose les spécialistes. Elle concerne une prophétie attribuée à Garvey et censée avoir été prononcée un dimanche de l'année 1927 dans une église de Kingston devant de très nombreux témoins — et sans doute l'a-t-il prononcée, car le débat porte plutôt sur l'attribution de la prédiction. À l'époque où l'UNIA était toute-puissante et rassemblait à chacune de ses conventions des milliers de garveyistes dont beaucoup de « chefs africains en costume d'apparat [venant] écouter le petit prophète de St. Ann au mieux de sa forme[6] », il semblerait qu'un certain James Morris Webb, ecclésiastique illuminé venu de Chicago, ait prononcé à la tribune de l'une de ces conventions racoleuses et tapageuses le très fameux sésame « *Look to Africa, where a Black King shall be crowed* » (« Regardez vers l'Afrique, où un roi noir doit être couronné ») — proposé parfois aussi de cette manière : « *Look to Africa for the crowning of a Black King ; he shall be the Redeemer* (le Rédempteur). » Comme on attribue à James Morris Webb un ouvrage intitulé *A Black Man Will Be the Coming Universal King, Proven by Biblical History* (« Un homme noir sera le prochain roi universel, attesté par l'histoire biblique ») et datant de 1919, il faut se rendre à l'évidence : Garvey n'a probablement fait que reprendre la formule entendue trois ans plus tôt. C'est d'ailleurs, comme le rappelle Boris Lutanie[7], l'époque où les prophètes noirs font feu de tout bois. Webb délivre sa prophétie lors de la convention de l'UNIA en septembre 1924, au Liberty Hall et transmet le flambeau à Garvey. Cette même année voit paraître *The Holy Piby* de Robert Aathlyi Rogers à Newark (New Jersey), compilée, semble-t-il, entre 1913 et 1917, laquelle est donnée par certains comme l'acte de naissance du mouvement rastafari*.

* Il s'agit d'une bible noire dont la doctrine est introduite en Jamaïque par un certain révérend Charles F. Goodridge et une certaine Grace Jenkins Garrison, partis se réfugier dans la paroisse de St. Thomas pour fuir les persécutions subies de la part des Églises en place.

Deux ans plus tard, le révérend Fitz Balintine Pettersburgh, grand lecteur de *The Holy Piby*, reprend à son tour la prophétie de Webb dans son *Royal Parchment Scroll of Black Supremacy* (« Le rouleau du parchemin royal de la suprématie noire »), plagié en 1935 par Leonard Percival Howell dans *The Promised Key*. Rien d'étonnant alors que Garvey en ait remis une couche en débarquant de son pénitencier. La prophétie était le secret le moins bien gardé.

Mais le plus formidable arrive maintenant. Les Jamaïcains, en ouvrant le *Daily Gleaner*, daté du 2 novembre 1930, découvrent qu'un certain Ras Tafari Makonnen, fils d'un gouverneur de Harar (Éthiopie), artisan de la victoire d'Adwa contre l'Italie (1896), descendant lointain de la reine de Saba et du roi Salomon, a été couronné dans la cathédrale St. George, à Addis-Abeba, en présence de très prestigieuses personnalités venues honorer de leur présence l'empereur intronisé sous le nom de Hailé Sélassié Ier (« Pouvoir de la Trinité »), Roi des Rois d'Éthiopie, Seigneur des Seigneurs, Lion conquérant de la tribu de Juda, Lumière du Monde, Élu de Dieu. La prophétie de Webb et Garvey s'était donc réalisée et le peuple noir tenait enfin son Grand Rédempteur qui venait libérer les enfants d'Israël et leur faire prendre le chemin de l'Exode. Et même la Bible, consultée frénétiquement par les garveyistes à la manière d'un Yi King, semblait s'associer à la liesse extraordinaire que l'événement allumait à travers toute la diaspora noire et sans doute aussi chez tous les Africains demeurés en Afrique : « Ne pleure pas, car le lion de la tribu de Juda, le descendant de David, est là pour ouvrir le Livre des sept sceaux » (Apocalypse 5 : 5). Ce 2 novembre 1930, le verbe de Webb, Garvey, Pettersburgh et Howell s'était enfin fait chair.

Bob au pin(n)acle

Le désir de quitter Kingston, de prendre du champ, est né sans doute du désir de protéger l'enfant de Bob que Rita accueille maintenant dans son être, et de s'éloigner de la violence qui a atteint son paroxysme. Le JLP, sous la conduite de Hugh Shearer, a resserré ses goulets d'étranglement sur les indésirables, au premier rang desquels figurent maintenant, sans ambiguïté possible, les rastas auxquels la visite de l'empereur a conféré un supplément d'arrogance inacceptable. L'arasement de Back'O'Wall n'a pas constitué le terme d'une politique de persécution, mais bien plutôt un point de départ et le ghetto, dans son impuissance à répondre à cette agression quotidienne, a retourné sa colère contre lui-même. D'ailleurs, en cette fin d'année 1967, ce n'est pas seulement le ghetto de Kingston qui flambe, radicalisant les antagonismes entre le camp des possédants et celui des possédés. C'est la planète entière. Detroit est le théâtre d'émeutes comme l'Amérique n'en a jamais connu ; Harlem, le point d'orgue de tous les nationalismes radicaux noirs comme réensemencés par l'assassinat de Malcolm X, deux années auparavant ; San Francisco, l'athanor où se mijotent d'autres possibles ; le Pentagone, le lieu emblématique pour les grand-messes contre la guerre au Viêtnam ; La Higuera, le commencement de la légende du Comandante Che Guevara ; Memphis l'avortement du rêve du pasteur baptiste Martin Luther King ; Prague, dès le mois de janvier 1968, le prélude au printemps qui voudrait s'étirer jusqu'à ce que le Vieux Monde morde la poussière.

Les Wailers, au retour de Bob, se sont retrouvés dans cette lumière crépusculaire et ont senti intuitivement que les recettes de naguère avaient fait long feu. On imagine assez bien ces retrouvailles. Durant l'absence du Tuff Gong, les Wailers ont enregistré pour Dodd* et continué à entretenir la flamme, bien que probablement inquiets, ne sachant si Bob reviendrait, s'il n'irait pas s'installer définitivement chez Ciddy, comme celle-ci l'y avait très certainement incité.

Mais pour les Wailers reformés, l'inquiétude vient d'ailleurs. Durant l'été 1966 et alors que Bob serrait les boulons quelque part à Wilmington contre quelques dollars, la Jamaïque a tourné la page du ska. C'est le genre de laboratoire incandescent dont il n'est jamais bon de s'éloigner sous peine de manquer une étape essentielle du processus. Et Bob, en ce domaine, comme on l'a vu,

* Rita a connu un joli succès avec « Pied Piper », et les Wailing Wailers avec « Who Feels It » et « Dancing Shoes ».

a fait très fort. Non seulement il n'était pas présent lors de la venue de Sa Majesté Hailé Sélassié Ier en Jamaïque (qui n'y reviendra pas), mais il a également méconnu les conditions de cette prompte et inattendue décélération du tempo dans les dancehalls. L'événement musical survint durant cet été 1966 où, de mémoire de *elders* jamaïcains, on n'avait jamais connu pareille torpeur caniculaire et la foule, alanguie, implorait nonchalamment les DJ's de ralentir un peu le rythme endiablé du ska. Bob avait dit, quelques années plus tôt, et dans un autre contexte, « Simmer down », mais le message était toujours d'actualité. Il semble que le terme *rocksteady* se soit appliqué d'abord à une danse ainsi décrite sur la pochette de l'album *Engine 54 : Let's Ska and Rocksteady* (1967) :

> Le rocksteady est sans doute la danse jamaïcaine la plus relax de tous les temps. Comment danse-t-on le rocksteady ? Rien de plus simple ! Détendez-vous de la tête aux pieds et laissez la pulsation du tempo rocksteady envahir votre corps. Une fois sous son charme, balancez souplement vos bras et vos épaules de chaque côté en faisant un pas avec une jambe dans n'importe quelle direction [...]. Oubliez vos partenaires, relaxez-vous, et laissez votre corps en sueur se balancer et suivre le rythme irrésistible du rocksteady[1].

Les danseurs n'étaient pas tous, en effet, en mesure de suivre le rythme de la soul et du funk qui débarquaient des États-Unis (avec des artistes comme Curtis Mayfield, James Brown, Bootsy Collins, Sly Stone, etc.) ou du ska, et espéraient la clémence des toasters qui, le plus souvent, attendaient d'avoir épuisé les plus frénétiques d'entre eux avant d'en venir à des morceaux plus lents, clin d'œil en direction de ceux qui avaient sagement attendu dans leur coin que passe l'orage. Ce moment où la musique marquait le pas, lorsque les plus déjantés commençaient à tirer la langue, survenait autour de minuit et les DJ's avaient pris l'habitude de l'appeler la « Midnight Hour » (« l'heure de minuit »). Les esprits et les corps en étaient donc à rechercher un peu d'apaisement : producteurs et musiciens le sentaient bien. Mais le coup d'État musical, en réalité, doit être attribué aux chanteurs. À partir de l'été, non seulement le rythme ralentit, mais on eût dit que c'était toute la musique qui était passée à l'arrière-plan pour leur laisser l'espace libre, dans la mesure où ils semblaient désormais en mesure d'assumer une nouvelle conscience noire venue singulièrement pimenter la nouvelle cuisine des studios. Ce fut l'époque où des imprésarios comme Byron Lee ou Stephen Hill Jr. commencèrent à faire tourner les monstres sacrés de la scène américaine dans la Caraïbe (Marvin Gaye, Solomon Burke, Jerry Butler, etc.) et où les musiciens jamaïcains cherchèrent activement une parade à partir de la formation alors la plus à la mode, le trio, sur le modèle notamment des Impressions conduits par Curtis Mayfield. Mais, comme on pouvait s'y attendre, la riposte fut époustouflante avec, par exemple, les Melodians, que Lloyd Bradley qualifie de « trio rocksteady le plus prestigieux[2] », avec des morceaux comme « Come On Little Girl » ou le must du genre, semble-t-il, « Swing and Dine ». Ou encore avec le guitariste Lynn Taitt qui s'attache à Duke Reid et lui permet de prendre sur ses concurrents, durant toute la période rocksteady, une avance qu'ils n'ont jamais réussi à combler. « Cette manière de présenter la musique jamaïcaine dans un emballage pop universellement acceptable, affirme Lloyd Bradley, fit plus pour sa promotion au niveau mondial que toutes les tentatives de fourguer une version diluée du ska à l'Exposition universelle de 1964[3]. »

Les Wailers ont pâti de l'absence de Bob survenue au plus mauvais moment et sans doute d'une sorte d'hésitation perméable entre cette posture de *rude boys* qui leur colle encore à la peau et leur engagement, d'abord discret mais maintenant manifeste, dans la voie rastafari. Ces dissonances, qui se jouent au plus intime de chaque conscience, expliquent aussi peut-être l'envie de quitter le ghetto, de se mettre mieux en accord avec soi-même. En tous les cas, c'est la position de Bob qui fait le paysan bucolique à Nine Miles, les cheveux livrés à eux-mêmes. Il y a là une occasion unique de renouer avec les sentes et les paradis de l'enfance, d'approfondir sa pratique et sa foi nouvelle, de découvrir la Bible, de refaire le chemin suivi depuis Rhoden Hall, de questionner des choix, de composer. Car en dehors des heures passées à surveiller ses plantations de maïs ou de ganja, à arpenter les espaces verts et profonds de la paroisse de St. Ann, à se plonger dans le Livre, Bob compose, parfois avec Rita, mais toujours avec cette obstination qui ne l'a jamais quitté, même chez Ciddy, à Wilmington, d'entrouvrir une porte dans la maison close et d'essayer de se livrer.

Il y a près de la cabane léguée autrefois par Omeriah à sa fille et, par conséquent, à Nesta, l'enfant chéri, une pierre où Bob se tient, des heures durant, sa guitare à la main. De ces séances d'improvisation et d'écriture, auxquelles Rita se mêle, sont nés : « Nice Time », écrit pour Cedella, le premier enfant de Bob et Rita ; « Stir It Up », déclaré hymne le plus sexy jamais écrit par Bob ; enfin, « Chances Are », repris sur l'album du même nom en 1981. Il faut considérer que Bunny et Peter font le déplacement, de temps à autre, viennent discuter des orientations à prendre, de la nécessité de s'affranchir des *Big Trees* ou *Big Three* dont Bob parle dans « Small Axe » (*Burning*, 1973), c'est-à-dire Federal des frères Khouri, Studio One de Clement « Coxsone » Dodd et Dynamic de Byron Lee. D'une discussion à Nine Miles est probablement né Wailing Soul Records ou Wail'n Soul'm, sous le label duquel sont enregistrés « Selassie Is the Chapel », dont nous avons parlé, le premier morceau rasta de Bob, « Bus Dem Shut », « Nice Time » (avec « Hypocrite » en face B), « Stir It Up ». Autant de titres qui leur attirent un gentil succès dans les sound-systems, mais rien de comparable avec ce qu'ils ont connu avec Dodd.

Ces années où Bob se livre loin de Kingston à sa pratique ou ascèse rastafari ne sont pas sans évoquer une autre expérience de plus grande et significative ampleur que nous avons passée sous silence et qu'il faut maintenant mentionner. Peut-être a-t-elle joué aussi un rôle dans l'inconscient de Bob au moment de reprendre la route de l'arrière-pays. En 1939 ou 1940, une toute première communauté de rastas, sous la conduite d'un personnage hors gabarit, hors normes, Leonard Percival Howell, qui se fait passer aussi pour G. G. Maragh, auteur d'une brochure intitulée *The Promised Key*, parue en 1935 et largement inspirée des prophéties de Fitz Balintine Pettersburgh, elles-mêmes empruntées, nous l'avons vu, au révérend James Morris Webb, quitte Kingston pour aller s'installer dans la vallée du Rio Cobre, au-dessus de Bog Walk, dans un domaine baptisé le Pinnacle. Le modèle est ici clairement celui des camps de Marrons du XVIIIe siècle mais, en réalité, pour cultiver sa légende de mage ou gourou indien, Howell conçoit, pour ces quelque mille cinq cents réfugiés débarqués de toutes les planques de la Jamaïque, un authentique ashram où les participants sont tenus de suivre un certain nombre de règles strictes.

Tout l'arsenal auquel Planno initie Bob dans les années 1967-1968 est déjà là : les *brethren* vivent sobrement ou misérablement et travaillent ensemble pour le bien de la communauté. Leur pratique et leur foi les conduisent à considérer le corps humain comme le temple où Jah vient habiter, à la condition de prodiguer à ce corps toute l'attention et tout l'amour dont, dans la religion des négriers et des planteurs, il est privé. Les rastas de

Howell adoptent donc un régime végétarien, fument ensemble la ganja qu'ils consomment en très grande quantité et dont ils font, semble-t-il, aussi commerce, ce qui pourrait expliquer, selon Hélène Lee, la relative prospérité du Pinnacle[4]. C'est ici que les rastas ont sans doute adopté pour la première fois les locks, pour certains en découvrant dans la presse les photos des Mau-Mau, groupe rebelle anticolonialiste agissant contre les intérêts britanniques au Kenya, et dont les membres portaient déjà ces coiffures destinées à en accentuer la sauvagerie et la détermination. Voilà donc une autre possible influence permettant d'expliquer le choix du port des dreadlocks. Mais il n'est pas besoin de chercher non plus des exemples si lointains, fût-ce au Kenya : les quatre Mountains Lions ou « guerriers éthiopiens » qui composent la garde rapprochée de Howell et de ses femmes arborent pareillement ces serpents de Gorgone sur leurs têtes.

Mais qui est décidément ce curieux oiseau, si délicatement posé sur le faîte du temple de l'Homme noir ? Un aventurier, qui a croisé Garvey à Harlem dans les années 1920 et partout où les prédicateurs, en ce début de XXe siècle, cherchent à faire entendre aux Afro-Américains que leur devoir est de se reconstruire moralement et spirituellement et qu'il existe des clés pour cela. Il semble que l'Éthiopie ait commencé à faire sens pour Howell dans ces années où il ouvre un « salon de thé » sur 136th Street (1929), quartier que l'UNIA et ses prédicateurs et orateurs ont massivement annexé et où il a pu prêter l'oreille aux sermons et extases de James Morris Webb.

En réalité, lorsqu'on parle de « salon de thé » ou de *tea-room*, on évoque un officieux débit de marijuana dont Howell ne cache pas, ou mal, l'usage, et qui lui donne très vite les moyens de ses ambitions. À son prestige de *tea-man*, s'ajoute le commerce de ses pouvoirs d'*obeah-man* sous forme de soins, de rites, d'imprécations et de potions. Howell a l'âme de ceux qui savent instinctivement exercer leur emprise sur les autres et se présenter en posture de rédempteur. Il en joue, il en abuse et, sans son expulsion en 1932 pour vol qualifié, il aurait pu bâtir son Pinnacle à Harlem, ou en n'importe quel endroit où les bonnes âmes attendent qu'on vienne leur expliquer à quoi peut bien servir le fait de séjourner dans un corps et dans ce monde. Entre-temps, il a pu s'imprégner des idées de Garvey, rapporter le couronnement de Hailé Sélassié Ier à la prophétie du révérend Webb, formuler avant tous les autres les premiers rudiments de ce qui deviendra la philosophie rastafari.

Mais plus que tout, il a senti qu'il pouvait incarner la dimension religieuse du grand courant éthiopianiste dont Garvey semble n'avoir pas pris la mesure. C'est dans cette voie qu'il s'est embarqué avec un flair extraordinaire, comme si son frère jamaïcain avait créé pour lui les conditions d'une sorte d'intronisation ésotériste, à l'image de ce que fut le créateur du Pinnacle : un être indéchiffrable. Ainsi, son retour au bercail, en 1932, est considéré par certains exégètes comme le véritable acte inaugural de l'odyssée rastafari. Mais, comme nous en avons maintenant été prévenus, les découvreurs de Bob sont presque aussi nombreux que les inventeurs de la religion nouvelle. Tant mieux d'ailleurs, car le chantier est gigantesque qui réclame des visions neuves.

Il y a un interlude dans cette descente dans la foi rastafari chez Bob. À la fin de l'année 1967, peut-être au début de l'année suivante, il coupe soudain ses locks pour adopter le style afro que les leaders les plus radicaux issus du SNCC (« Student Nonviolent Coordinating Committe ») ont désormais promu au moment de rompre avec la voie pacifique du pasteur Matin Luther King. Le Black Panther Party for Self-Defense, fondé par Huey P. Newton et Bobby Seale, marque une radicalisation dans la conception de ce que serait désormais le Mouvement des droits civiques. Certains rastas comme Bob ont ressenti, depuis sa chatoyante retraite de St. Ann, le besoin de marquer leur parfaite solidarité avec ce mouvement. En même temps, ce revirement montre, une nouvelle fois, que le cœur de Bob balance encore, que son arrimage à la foi enseignée par Planno est encore vert, susceptible de revirement, fût-ce avec cet excellent alibi que constitue le soutien aux activistes du Black Power.

Bob n'est pas le seul à se sentir appelé. Peter Tosh, qui s'est fait une douce réputation de sculpteur de peignes afro dans le ghetto, est embarqué par la police avec Prince Buster lors d'une manifestation organisée contre la création d'un État raciste en Rhodésie. Stimulés par les actions des Noirs américains, les ressortissants du ghetto lèvent maintenant un poing rageur et exacerbent les velléités répressives d'une police qui œuvre et écœure en toute impunité. Cette année 1968 est aussi celle ou Bunny et Bob se font appréhender en possession d'un petit paquet d'herbe. Bob écope cette fois d'un mois de prison et Bunny d'un an au pénitencier général, puis au camp de travail de Richmond Farm[5].

Pour Bob l'expérience est traumatisante et pour les Wailers, assez catastrophique. À peine renoués, les liens se délitent ou se cassent, et il faut reprendre le chemin de la quarantaine. Sa peine purgée, Bob retrouve sa cabane et sa femme qui s'apprête à mettre au monde son premier fils, Ziggy. Il a repris surtout de plus belle ses pratiques méditatives et ses lectures sous l'influence des membres d'une secte nouvelle qui s'est constituée dans le quartier de Jones Town, les Twelve Tribes of Israël, à l'initiative de Vernon Carrington qu'on appelle désormais simplement Prophet Gad. L'approche de Gad, qui revendique un enracinement dans la foi chrétienne, est moins littérale que profondément spirituelle, en ce sens qu'il ouvre son assemblée aux deux sexes et à toutes les classes sociales, n'impose aucun décorum particulier, laisse ses disciples libres de porter ou non des locks, de suivre un régime *Ital*, de fumer ou de ne pas fumer, pour les inviter à considérer l'essentiel de la doctrine ésotérique qu'il a élaborée et qui semble avoir intrigué puis passionné le néophyte Bob.

En vertu d'une approche de l'astrologie qui ne veut rien devoir aux Blancs, Gad attribue à chaque nouveau venu une tribu et un nom en fonction de sa naissance : « Beaucoup de rastas ayant rejeté leur "nom d'esclave" adoptent le nom de leur tribu : Dan, Levi, Gad, etc[6]. » Né en février, Bob sera donc Joseph.

Or, c'est au cours d'une de ces *groundations*, qui réunissent l'ensemble des membres des Twelve Tribes of Israël, que Bob va faire la rencontre de Johnny Nash puis de Danny Sims (troisième et quatrième découvreur), qui vont contribuer à relancer les Wailers dès que Bunny aura fini de purger sa peine. Prophet Gad exploite bien évidemment, et avec un sens de l'à-propos très fin, cette nébuleuse autour des douze tribus d'Israël. Au temps où Saul, David puis Salomon* règnent, les douze tribus, plus la tribu sacerdotale de Lévi, qui composent le royaume d'Israël sont unifiées. Lors de l'intronisation de Roboam, une partie des tribus, lasses des impôts exigés pour la construction du premier Temple, font sécession pour fonder, au nord, le royaume de Samarie, sous la conduite de Jéroboam. Roboam conserve les tribus de Juda et de Benjamin, ainsi que la tribu de Lévi, Jéroboam gardant les dix autres. La tradition veut que ces dix tribus, avec les successeurs de Jéroboam, se soient lentement écartées de la

* Salomon, le grand ancêtre de l'empereur d'Éthiopie,

religion mosaïque et aient versé dans d'autres pratiques. Lorsque les Assyriens envahissent le royaume du Nord, ils déportent les populations composant les dix tribus et celles-ci, par suite de mariages mixtes ou pour des motifs autres, inconnus, disparaissent bel et bien de l'histoire — mystère qui avait évidemment de quoi exciter l'imaginaire d'un chercheur de trésor comme Gad (qui porte le nom de l'une de ces dix tribus). La liste de ceux qui prétendent en avoir identifié en Éthiopie (Falashas) ou en Afrique Australe (Lemba ou Lembaa), ou ailleurs, ne sera pas dressée ici. Mais nul doute que, dans l'esprit de Gad, les rastas en quête de leur Zion pourraient postuler à leur tour pour le titre de tribu d'Israël retrouvée.

« *Do the Reggay* »

Peut-être avons-nous désormais tourné une page. L'enfant de la paroisse de St. Ann, distant, hermétique, un peu *rude* mais pas trop, descendu dans le ghetto et ayant appris avec les autres la musique, c'est-à-dire comment glisser sa tête et son buste dans la bouée de sauvetage, qui s'est fait remarquer, qui a vendu quelques disques, qui s'est fait appeler Tuff Gong mais qui reste une âme tendrissime, entame maintenant une sorte de chemin de croix. Le symbole de la croix n'est pas des mieux choisis s'agissant d'un homme qui ne croit pas à la mort, et pour qui les enfants de Dieu ne finissent pas cloués au poteau de couleur. Mais chemin de croix tout de même dans le sens où, à partir de la rencontre avec Johnny Nash et Danny Sims, on a bien l'impression que Bob Marley ne s'appartient plus, qu'il est en mission et qu'il y a, dès les premières lignes de ce second chapitre de sa vie, un parfum d'inéluctable. Peut-être facile à dire une fois qu'on connaît la fin de l'histoire, mais tout de même. Marley, Sims & Nash, un peu comme le Crosby, Stills & Nash, le fameux rock trio de la fin des années 1960. Alors allons-y pour les présentations. Le chanteur Johnny Nash et son compatriote, le « producteur, promoteur, éditeur de chansons, organisateur de concerts, manager, et propriétaire de labels en Amérique, en Jamaïque et en Europe[1] », qui débarquent en 1965 à Kingston, ne sont évidemment pas des bleus. Leur rencontre s'est scellée au Sapphire's, un restaurant de soul-food que Sims, d'abord footballeur, a ouvert à Times Square, Manhattan, et qui reçoit l'élite des artistes noirs comme Sammy Davis Jr., Ossie Davis, Harry Belafonte, Sidney Poitier et un tout jeune chanteur de gospel qui s'est acquis une petite gloire grâce à ses passages répétés à la télévision américaine, chose trop parfaitement rare pour ne pas être notée.

Johnny Nash (c'est lui) a donc fait carrière, ayant déjà enregistré cinq albums pour ABC-Paramount, interprété quelques rôles au cinéma, mais s'est retrouvé dans un sacré cercle vicieux du fait d'avoir été consacré exclusivement par le public blanc et de ne pouvoir tirer aucun avantage de cette puissante lame de fond qu'incarne l'irrésistible mouvement du Black Power. L'amitié entre les deux hommes et le sentiment qu'ils vont pouvoir faire mieux ensemble que ce que chacun faisait dans son coin sont immédiats. Sims découvre grâce à Nash l'univers de la scène new-yorkaise et réinvestit son argent dans la création d'abord d'une société (International Attractions), devenue en l'espace de quelques années le plus gros promoteur de spectacles de la Caraïbe, preuve que Sims est un touche-à-tout de génie que le jeune Nash a, de toute évidence, su stimuler ; puis dans une maison de disques (Joda pour Johnny et Danny). Peut-être ont-ils vu un peu trop grand, faisant tourner, ni plus ni moins, dans les îles des artistes comme Curtis Mayfield, Sam Cooke, Aretha Franklin, Otis Redding et quelques autres... Toujours est-il que International Attractions met la clé sous la porte. Ils décident alors de s'installer en Jamaïque et de prêter attention au marché local, étroit, mais de l'avis des connaisseurs, extrêmement prometteur. Bien leur en prend. Ils font le choix d'habiter à Russell Heights, dans les beaux quartiers, et d'y créer immédiatement la maison d'édition Cayman Music dont le siège est situé, pour des raisons fiscales peu voilées, aux îles Caïmans. Sims a du bagout, des relations haut placées (Bustamante, la famille Manley) et, surtout, un sens des affaires peu commun. Le dispositif mis en place, les chercheurs de perles vont pouvoir se mettre au travail.

Pour ceux qui ont des oreilles pour entendre et des yeux pour voir, il paraît difficile d'ignorer le phénomène rasta qui a commencé, gentiment, mais opiniâtrement, à envahir la scène jamaïcaine. Johnny Nash prête un intérêt véritable à ces assemblées ou *groundations* qui rassemblent dans les quartiers les plus déshérités de la ville des hommes qu'on dirait retournés à l'état sauvage. Naturellement, n'entre pas qui veut dans ces cénacles que les organisateurs sont chargés de protéger contre d'éventuelles et périlleuses infiltrations. Le rasta est plus que jamais *wanted* dans la Jamaïque du JLP et personne ne veut courir le moindre risque. Quand le DJ Neville Willoughby, pour la Noël 1967, propose à Nash de l'accompagner à l'une de ces assemblées nyabinghi, organisée par les membres des Twelve Tribes of Israël, à Jones Town, il ne se fait naturellement pas prier. Pour cet artiste qui a fréquenté le gratin new-yorkais, qui en *est* désormais, cette descente dans l'arène des *sufferers* a dû faire l'effet d'une décharge électrique. Il faut se représenter ce jeune dandy au milieu des hommes lianes, très bruts de décoffrage. Et c'est au beau milieu de la fumée des chalices que Bob et Rita apparaissent, comme dans un excellent scénario, et que Mortimer, jamais loin de son protégé, fait les présentations. Nash, qui est désormais le rabatteur de Sims, ce qu'était un peu Jimmy Cliff pour Leslie Kong, a une sorte d'immédiate conviction : le jeune Bob, avec sa coiffure afro, son regard dur et tendre, sa belle gueule, son métissage, semble le candidat parfait à l'intronisation chez Cayman Music.

Il ne s'agit pas d'un débutant et nul doute que Nash a entendu parler des Wailing Wailers ; mais leur carrière est à l'arrêt. Un rendez-vous est pris dès le lendemain à Russell Heights, sur les collines. C'est Neville Willoughby qui conduit Bob, Rita, Peter et Mortimer Planno chez Sims. Encore un nouvel examen de passage pour Bob, mais le chanteur, après son séjour à Wilmington puis à Nine Miles, est aguerri, mieux arrimé à cette terre qu'Omeriah, Planno et Gad l'ont aidé à localiser et qu'il arpente désormais avec cette nonchalance feinte ou sculptée. Sims est là, bien entendu, et Nash qui veut s'assurer qu'il a perçu juste et peut-être quelques autres avertis. Avec sa guitare acoustique, Bob interprète sans broncher, sans affolement particulier, quinze de ses hits ou pseudo-hits ou possibles hits quand Tosh reste rageusement en arrière. L'effet paraît hypnotique. Sims échange avec Nash un regard plus engageant qu'une signature au bas d'un parchemin. Aussitôt on palabre stratégie. Mortimer et Bob, devinant les réseaux de Nash&Sims, parlent de venir sur le marché du R&B américain, c'est après tout par là que toute l'histoire a commencé. C'est là que Bob a connu ses premiers héros. Il est normal qu'il veuille poursuivre la voie déjà tracée.

Mais les voies de la musique sont impénétrables. Bob quitte sa planque de Nine Miles et vient squatter chez Sims, dans le *upper* Kingston, il y restera trois ans. Il est revenu à ses fondamentaux rastas avec la bienveillance de Sims qui, après Nash, porte un regard de curiosité sur ce qui se trame dans cette île à nulle autre pareille. La question pour lui est de savoir comment vendre « Bob Marley » sur la scène internationale, puisque le chanteur a un vrai potentiel. C'est sans doute ce qui explique que Nash et Sims aient passé tout ce temps à étudier la foi nouvelle que Mortimer et Bob incarnent à leur manière, à essayer de se faire une raison. Pour Sims, les rastas apparaissent un peu comme l'équivalent des révolutionnaires noirs américains qui se battent pour la reconnaissance

1

1 Dans les studios Tuff Gong, Kingston, 1976.

2

3

4

« Je veux juste vous serrer les mains et vous montrer que nous allons faire les choses bien, que nous allons nous unir. »

2 Omeriah Malcolm, le grand-père de Bob Marley.

3 Bob Marley, encore appelé Nesta Marley, à côté de son mentor, le producteur jamaïcain Clement Coxsone Dodd, Kingston, 1964.

4 Les Wailers en 1964 : Bunny Wailer, Bob Marley et Peter Tosh.

5 Le producteur Chris Blackwell, qui lance la carrière internationale de Bob Marley, dans ses studios Island Records, Londres, décembre 1972.

6 Les Wailers en 1972 (de gauche à droite) : Bunny Wailer, Bob Marley, Carlton Barrett, Peter Tosh et Aston « Family Man » Barrett.

7 Lee Scratch Perry dansant dans son studio d'enregistrement, Kingston, mars 1976.

5

6

7

8

9

« Dieu a créé les gens en Technicolor. Dieu n'a jamais fait de différence entre un noir, un blanc, un bleu, un vert ou un rose. »

8 Bob Marley pendant les tests sons, lors de l'Exodus Tour, Paris, 10 mai 1977.

9 Les Wailers dans leur bus lors de l'Exodus Tour, Paris, 11 mai 1977.

10 Bunny Wailer, dernier des Wailers en vie, lors du concert Reggae Legend, en Allemagne, 20 août 2001.

11 Le football, partie intégrante de la méthode de travail imposée par Bob Marley à ses musiciens.

12 Bob Marley avec Mick Jagger et Peter Tosh, en 1978 au Palladium, New York.

10

11

12

« Rastafari, ce n'est pas une culture,
c'est une réalité. »

13

14

15

« Combats le diable avec cette chose qu'on appelle l'amour. »

16

13 Rita Marley au Parc des Princes, mai 1980.

14 Bob Marley et Cindy Breakspeare, Kingston, mars 1980.

15 Avec Ester Anderson lors du carnaval de Trinidad, 1973.

16 Lors du One Love Peace concert, en avril 1978, avec les deux adversaires politiques jamaïcains, Michael Manley et Edward Seaga.

17 Marcus Garvey, prophète du mouvement rastafari et promoteur du « Back to Africa », Harlem, août 1922.

17

18

18 Bob Marley avec sa mère, Cedella, dans la clinique du Dr Issels en Bavière, 31 mars 1981.

19 À Island House, Kingston, mai 1980.

19

« Le rastaman doit rentrer chez lui, en Afrique.
Ça paraît bizarre à certains,
ça peut avoir l'air fou, mais nous voulons
retourner chez nous, en Afrique. »

de leurs droits et, en ce sens, rastafari pourrait être une intéressante valeur d'échange, nonobstant ce très curieux patchwork d'idées et de croyances, comme empruntées à tous les râteliers, et qui outrepasse les aptitudes moyennes d'un public blanc ou noir.

Mais Sims persiste :

> En tant qu'Afro-Américains, jusqu'en 1964, nous n'avions même jamais eu le droit de vote. Bob et Mortimer ne nous faisaient pas de mal parce qu'ils étaient dans le même trip que nous, nous étions dans la même situation pathétique que la leur. Alors nous les avons adoptés, eux et leur mode de vie et leur philosophie et nous sommes restés avec eux[2].

Si ce n'est que Sims&Nash vivent à Russell Heights et non à Trench Town, et qu'ils cherchent à apparaître sur le marché musical international comme des personnes respectables, fiables et pas comme des hors-castes. C'est aussi, d'une autre manière, toute l'ambiguïté de Bob qui peut, sans coup férir, aller et venir des *groundations* animées par Gad le Prophète, au plus noir des *shanties*, jusqu'aux jolis quartiers où Sims cherche la formule d'un rastafari exportable. Un homme poisson qui aura toujours réussi, non seulement à passer à travers les mailles de tous les filets, mais à ne pas être avalé par plus gros que lui, maître rasta ou producteur ou manageur compris. Ils ont essayé, mais Bob n'a semble-t-il jamais quitté l'indicible empire du milieu de rien, là où vous ne sauriez appartenir à quiconque, sans pour autant appartenir davantage à vous-même.

Dès que Bunny quitte sa prison, les Wailers se mettent à travailler pour Sims. Mais comme la question rastafari n'est pas vraiment tranchée — ils sont certes toujours le premier groupe rasta —, ils n'évoquent pas une seule fois, durant ces quatre années de collaboration, le dieu Jah et son incarnation sous la forme hiératique et sage du Negusä Nägäst d'Abyssinie, autrement dit the *Earth' rightful ruler* (« le dirigeant légitime de la Terre »). Étrange non ? Tout de même quelque quatre-vingts titres sous le label JAD (pour Johnny, Arthur Jenkins qui s'est joint à eux et, bien entendu, Danny), sonnant le bon rocksteady, contre cinquante dollars par mois ; des morceaux qui cherchent davantage, il est vrai, à cadrer avec les attentes du producteur, lequel en est encore à chercher le bon compromis et à brider ces trois furieux Wailers qui, décidément, n'ont pas trouvé leur formule[3].

D'ailleurs, le succès n'est pas au rendez-vous, ni en Jamaïque, ni moins encore sur le marché anglo-saxon. Ce qui n'est pas le cas pour Johnny Nash qui caracole en tête des hits avec « Hold Me Tight » ou « I Know You Got Soul », et vient de se classer à la dixième place des « plus gros vendeurs de disques en Grande-Bretagne en tant que voix masculine en 1969, [quand il] n'y avait pas un seul pays dans le monde qui voulait les disques de Bob Marley[4] ».

Dubitatif, Sims suspend les activités de JAD et rend leur liberté aux Wailers qui retrouvent Leslie Kong en grande forme. Il vient de rassembler dans son écurie (Berverley's Records) quelques-uns des meilleurs musiciens du moment : Desmond Dekker, l'ami providentiel de Bob qui lui a donné en 1968 « Israelites », Ken Boothe, Delroy Wilson, les Beverley's All Stars qui vont accompagner, comme autrefois les Skatalites, les Wailers dans leurs nouveaux enregistrements, etc. Les morceaux enregistrés pour Kong — « Soul Shakedown Party », « Stop That Train », « Soon Come », « Can't You See », « Back Out », « Do it Twice », etc. — portent la marque du travail fait avec Sims pour moderniser leur musique et l'adapter aux standards du moment. Kong est si satisfait qu'il propose de produire un tout premier *best-of* des Wailers, convaincu que le moment est venu de « positionner » et d'« installer » le groupe. Ce n'est pas une mauvaise stratégie si ce n'est que Peter, furieusement contre, menace le producteur de lui faire la tête au carré et que Bunny, plus *obeah* que bagarreur, envoie de méchantes ondes en direction du Chinois qui, persévérant dans sa funeste intuition, est foudroyé par une attaque cardiaque l'année suivante. Il a trente-huit ans. Comprenne qui pourra. Alors qui prendra maintenant soin de ces types qui sont décidément plus *rudes* que *rudes* ? Qui s'y collera ?

Il se trouve que le candidat est déjà désigné par le sort, désigné d'office, devrait-on dire, comme étant le seul ayant la stature pour conduire les Wailers jusqu'à leur juste place. De qui s'agit-il ? Ils l'ont croisé chez Studio One où il a travaillé pour Coxsone : c'est un petit homme sec et noueux, terriblement agité, pulsant une idée par seconde, visionnaire délirant inflammable, en avance sur toutes les avancées, à côté de tous les à-côtés, insituable par essence, illisible par mission, surnaturel par vocation : un athanor avec à l'intérieur des crapauds et des anges et quelques gouttes d'*amrita*. On le nomme « Upsetter », quelque chose comme « fouteur de merde », mais dans un sens métaphysique, ou alors « empêcheur de tourner en rond », ce que confirmerait le choix de cet autre surnom, « Scratch », qui désigne, pour le toaster, l'action de malmener la platine, d'aller contre le sens de l'histoire. Un petit homme, certes, pas plus grand que Bob, mais un *contrarieur*-né, qui va véritablement peaufiner le travail entrepris par Higgs, Kong, Coxsone et Sims.

En attendant l'heure de Merlin Scratch, Bob reprend la route du Delaware. Ni Sims ni Kong n'ont permis vraiment de faire face. Les charges s'accumulent et, si la musique est bonne, elle ne nourrit pas ses hommes (preuve qu'elle ne l'est peut-être pas tant que cela). Ce second séjour aux États-Unis vient marquer, là encore, une nette rupture entre les tâtonnements de Bob et ses Wailers et ce que levain-Perry va maintenant permettre de faire lever. Il y a donc chez Bob cette faculté de ressac, si on peut dire, cette disposition à trouver l'accès par le détour. À Wilmington, il retourne chez Chrysler qui donnait bien l'impression de l'attendre, cette fois comme magasinier à l'entrepôt des pièces détachées. Il compose. Déroule avec Ciddy les méandres du chemin. Le peu d'argent qu'il met de côté, il l'adresse à Rita qui élève maintenant leurs trois enfants, Sharon, Cedella et Ziggy. Lorsqu'il reçoit une convocation du gouvernement américain pour se rendre au Viêtnam, il rentre sur-le-champ dans son île : sa guerre est là et nulle part ailleurs.

Bob se cherche et n'hésite pas à mettre sa carrière entre parenthèses ou en péril. Il s'approfondit. C'est une expérience perceptible chez lui depuis ses tout débuts chez Kong avec « Judge Not » et « One Cup of Coffee ». Il ne s'agit pas seulement ici de faire ses gammes, d'apprendre son métier, de parfaire son art, mais de concevoir celui-ci comme une exploration de soi et, en ce sens, son entrée en rastafari ne peut pas être dissociée de la recherche de son équation musicale. Voilà pourquoi le reggae, qui pointe le bout de son nez en cette fin d'année 1968, va constituer la synthèse parfaite à partir de laquelle Bob cherchera à propulser sa vie vers l'universel. Mais d'abord un mot sur l'affaire Walter Rodney qui marque peut-être, en Jamaïque, le moment d'une prise de conscience noire dont le passage du rocksteady au reggae semble bien procéder. Rodney est un autre Howell, dans son genre, un éveilleur en tous les cas, et quels que fussent les moyens employés. Guyanais de naissance, homme déterminé, Rodney obtient en 1966 à la School of Oriental and African Studies de Londres (il a vingt-quatre ans) un doctorat sur « L'histoire de la Haute-Guinée de 1545 à 1800 » ; occasion pour lui de questionner les partis pris de ses collègues historiens blancs spécialistes de l'Afrique — la publication de ce travail universitaire chez Oxford University Press en 1970 créera d'ailleurs bien des remous. Mais le plus caractéristique de l'enseignant qu'il est devenu est d'avoir toujours souhaité briser les barrières qui séparent l'université du peuple. L'histoire qu'il enseigne n'est pas une matière servant à propulser les étudiants vers des diplômes : elle est une manière de mieux appréhender le présent et de guider ses acteurs. De retour en Jamaïque, où il avait effectué son premier parcours universitaire, il est nommé à l'université des West-Indies, poste à partir duquel il va littéralement porter le savoir vers ceux qui en sont socialement exclus.

Les rastas sont, bien évidemment, quelques-uns de ses « étudiants » auxquels il se fait un devoir de raconter l'Afrique avant que les Européens ne la jouent aux dés et avant qu'ils n'en écrivent l'histoire. Il se fait un devoir d'éveiller ces masses d'hommes et de femmes prostrés *en dehors*, au sentiment de fierté d'appartenir au peuple noir. Cette relation et ce soutien inconditionnels aux rastas, ce désir de créer un « Black Power Movement » en Jamaïque, il les a évoqués dans un ouvrage devenu un autre miroir pour les enfants de Jah, de la même manière que l'enquête diligentée par Mortimer Planno auprès des responsables de cette université où Rodney a trouvé un poste avait marqué pour eux une sorte de premier retour à soi[5]. Naturellement, ces agissements ne plaisent guère au gouvernement de Hugh Shaerer*

* Premier ministre depuis avril 1967, les rastas l'appellent « Pharaon ».

qui profite d'un congrès des écrivains noirs à Montréal, fin 1968, auquel Rodney se rend, pour lui interdire de rentrer en Jamaïque. La brutalité et la lâcheté du procédé engendrent une suite d'échauffourées entre les rastas et la police, connues sons le nom de « Rodney Riots* », lesquelles ne vont guère assouplir la relation entre le pouvoir et les *brethren* de plus en plus convaincus que leur temps est venu. En ce sens, le travail de Rodney a constitué une autre forme de légitimation qui ne venait plus des rastas eux-mêmes, mais d'une autorité noire qui n'agissait pas à partir d'une logique de conversion ou d'adhésion. Il est possible de dire alors que l'expulsion de l'universitaire des West-Indies a contribué à désenclaver le mouvement rasta, y compris au sein de la musique où, nous l'avons vu, même un groupe comme les Wailers n'avait pas encore daigné mettre le point sur le « i » de rastafari.

Le fossé qui sépare le rocksteady du reggae est un peu celui qui sépare la prise de conscience garveyiste de cette plongée que tentent Leonard Percival Howell, Prince Emmanuel ou Prophet Gad. Le mouvement des droits civiques, relayé par les actions d'éclat des guerriers du Black Power, ne peut trouver aucune sorte de légitimité et de longévité s'il ne s'ancre pas dans une nouvelle odyssée spirituelle qu'incarne en Jamaïque, en particulier, la foi rastafari. La musique va devoir composer avec cette réalité *roots* et elle s'y emploie dès la fin des

* Ou « émeutes de Rodney », ou encore « Révolution d'octobre ».

années 1960. La question de savoir qui a ouvert le bal est ici éminemment délicate car les prétendants au titre de *early reggae men* sont légion et sans doute, comme souvent dans pareil cas, faut-il avancer avec prudence. Le « Do the Reggay » écrit par Toots Hibbert, pour le groupe The Maytals (Beverly's Records, 1968), apparaît comme le candidat idéal (et même si « reggae » n'est encore que « reggay »), mais il doit composer avec d'autres candidats tout aussi légitimes. Sur le plan purement musical, « People Funny Boy » de Lee « Scratch » Perry pour Joe Gibbs est une vraie rupture avec le rocksteady* mais on cite aussi bien « Nanny Goat » de Larry Marshall (Coxsone) et « No More Heartaches » des Beltones (Harry J.) — ces deux titres ouvrant à l'orgue électrique une durable carrière avec des interprètes comme Jackie Mittoo et Winston Wright. Un orgue si prépondérant d'ailleurs qu'il va symboliser à lui tout seul cette transition vers le reggae qui attend encore dans les studios, et qui va redonner au tempo un sacré coup de freins. Car nous sommes bien dans la continuité de ce processus déjà décrit de « mise au pas » du *four beat* (accent sur les temps faibles, et particulièrement sur le troisième ou *one drop*), processus de ralentissement et d'approfondissement décrit ici par Tyrone Downie (il va bientôt

* « Le contretemps est encore mis en avant, écrit Lloyd Bradley, mais il y a bien plus qu'une légère accélération de tempo — point crucial, la basse électrique est nettement plus en avant et semble pratiquement calée sur le métronome, alors que plusieurs guitares jouent un rôle rythmique plutôt que simplement mélodique » (Lloyd Bradley, *Bass Culture. Quand le reggae était roi*, *op. cit.*).

rejoindre les Wailers) et dont il rend responsable, c'est du déjà su, la consommation croissante d'herbe :

Avec la ganja, ça s'est ralenti en rocksteady, et puis la ganja est devenue prééminente et cela a donné le reggae. Si l'on regarde bien, cela ralentit à chaque étape. Le reggae est le plus lent[6].

Big Youth montre ses locks

Nous y voilà. Ce sont ces carrefours où les destins tissent des liens d'argent. Remémorez-vous la rencontre de Platon et de Socrate. De Bonny Parker et Clyde Barrow. Ou, si vous préférez, et pour rester dans le tempo, de Lennon et McCartney. Dans le fond, Lee « Scratch » Perry est le premier à voir tout le continent Bob, les parties immergées aussi bien. Parce que Perry n'est pas seulement un producteur, un découvreur, il met aussi la main à la pâte, il touille, pétrit, il est la pâte et le levain et ce don d'ubiquité force en Bob tous les barrages. Les connaisseurs ont raison de dire que ce qui est sorti de l'arrière-boutique d'Upsetter Record Shop, la boutique dont Perry a fait l'acquisition après ses deux divorces avec Clement « Coxsone » Dodd et Joe Gibbs, au coin de Beeston Street et Luka Lane, est probablement le meilleur que les Wailers ont jamais produit et produiront jamais. Car Upsetter, petit homme en dialogue avec l'invisible, met la maison Wailers en feu, puis en braises et cendres, il élague, émonde, dessine le nouveau paysage où la musique va se produire, participe du processus, l'initie, y impulse son génie moqueur et irrévérencieux. Il n'est donc pas extérieur à cette mue dans laquelle les trois Wailers sont embarqués, comme malgré eux. Il en est le ferment actif, écrivant avec Bob, interprétant, composant, arrangeant, mixant, sans jamais cesser de faire danser ce rythme sur lequel toute sa vie s'est maintenant calée et qu'il explique de cette manière bien à lui :

> Je cherchais à renverser Downbeat [autrement dit Dodd], à le détrôner techniquement. Et tous les autres, du même coup. Parce qu'ils faisaient tous la même chose, ske-aska-ska-aska. Et les gens ont entendu ce que moi je faisais, un rythme différent, un rythme plus lent, un rythme cireux, comme si on marchait dans la colle. Ils ont entendu une basse différente, une basse rebelle, pointée sur vous comme une mitrailleuse[1].

Il y a une sorte de méthodologie surnaturelle qu'il faut étudier ici. Comment la collaboration Bob et Lee fut-elle à ce point porteuse d'évolution décisive pour l'un et l'autre créateurs ? L'un et l'autre, car si Perry a beaucoup insisté pour dire qu'il avait été pour Bob une sorte d'avènement, ce qui n'est évidemment pas faux, il a oublié de mentionner ce que Bob avait apporté au sorcier officiant à Upsetter Record Shop, à savoir une « éternelle » notoriété qui, dès la fin de l'année 1969, se traduit par la venue des meilleurs musiciens de Kingston désireux désormais d'enregistrer pour le label Upsetter.

Entrons dans le laboratoire. Ce remodelage du son des Wailers est aussi dû, évidemment, à cette formation constituée par Perry à partir des frères Barrett, à laquelle il donne le nom d'Upsetter. C'est le « foutage de merde » généralisé, mais avec des attendus et inattendus proprement sensationnels. Family Man, né Aston Francis Barrett, appelé ainsi en raison de sa propension à semer à tous vents et à compter ainsi une très généreuse progéniture (une quarantaine d'enfants recensés), est un bassiste de légende en Jamaïque bien avant de rejoindre les Wailers après le retrait de Peter et Bunny. Il forme déjà avec son frère, le batteur Carlton « Carly » Barrett, une des sections rythmiques les plus fécondes qui se puisse concevoir et, à eux deux, managent parfaitement la formation d'élite que Perry fait travailler dans son arrière-boutique de Upsetter Record Shop : Gladstone Anderson au piano, Winston Wright ou Glen Adams à l'orgue, Clifton Jackson à la basse, Alva Lewis à la guitare, et en renfort, Lloyd « Tinleg » Adams à la batterie. Family Man aime à rappeler que sa formation était sans doute, fin 1969, la seule à pouvoir donner le change aux Wailers, considérés alors comme le meilleur groupe vocal sur l'île. Voilà que se crée, par l'entremise de Perry, cette mise en équilibre des forces en présence et que s'ouvrent pour chacun les conditions d'une exploration nouvelle.

La cuisine Perry est particulière. Les frontières entre ceux qui créent et ceux qui produisent sont abolies et tout le monde dort à la même enseigne : « Upsetter ». Les musiciens vivent ensemble, croupissent des jours entiers dans le même jus, pas d'échappatoire possible jusqu'à ce que l'égrégore accouche de son œuf musical. Et sans doute le génie caméléon de Lee est-il à l'origine de cette « communion » intime entre des personnalités rugueuses, hautaines, *rudes*, qui ne s'étaient flairées jusqu'à ce jour que de trop loin pour vraiment accomplir cette geste collective et ouvrir à la musique des perspectives totalement inédites. Car notre entremetteur n'est pas seulement un artiste touche-à-tout de génie que rien ne peut contraindre ou freiner, il est aussi un être profondément enraciné dans ces terres où Marley vient périodiquement se ressourcer : rien de ce qui participe du réveil d'une conscience noire ne lui est étranger, rien de ce qui constitue l'attachement des Wailers à rastafari ne fait question pour lui. On peut dire qu'il est le premier à essayer véritablement de faire émerger cette dimension mystique mais jusque-là officieuse, inavouée des Wailers sur la scène et dans leurs compositions. Nous pourrions alors tenir avec Scratch, dans la longue liste déjà énumérée, leur premier véritable « découvreur ». De toute façon, il n'a jamais été en reste pour le clamer :

> Personne d'autre que moi ne pouvait l'aider, car c'était quelqu'un de spécial, il avait en lui des esprits, des vampires[2].

Il existe de toute évidence une manière de confusion des personnalités, un indistinct qui n'autorise personne à dire ce qu'a été véritablement la part de chacun dans les enregistrements sur le label Upsetter. Qui a écrit « Duppy Conqueror » ou « Who's Mr. Brown » enregistrés sur le label Tuff Gong — A Wailin'Soul Production, créé par Bob mais disparu aussitôt ? Et *quid* des autres titres qui sortiront de cette collaboration siamoise qui ne dure que quelques mois mais au cours desquels Bob « Scratch » Marley et Lee « Tuff Gong » Perry planent à très haute altitude et composent et interprètent d'une seule voix ? Le toaster Dave Barker, qui travaille pour Perry durant ces années, raconte qu'au retour d'une tournée en Angleterre Little Big Surnatural Man avait débarqué avec une grosse Rover achetée dans la grande île, et à bord de laquelle tout le Upsetter Record Shop avait pris l'habitude de s'entasser pour parcourir l'arrière-pays de la Jamaïque, auquel une forte et continue consommation de ganja avait soudain donné des reliefs très inhabituels :

> On s'entassait tous dans la grosse voiture de Scratch et on roulait, dans tous les coins de Kingston, parfois jusqu'à la campagne, mais surtout en ville, juste pour se balader et, en même temps, Bob, Bunny et Scratch écrivaient les textes. On allait partout, et à chaque fois qu'on voyait un incident, ils en discutaient, en tiraient des paroles et transformaient simplement le tout en musique. [...] Et puis quand ils retournaient en studio, ils le couchaient sur bande. En une prise. Et c'était encore frais. Personne n'avait fait ça avant[3].

Un peu ce qu'avait tenté avant eux un certain Restif de la Bretonne, parcourant la nuit, à partir de 1791, les rues de Paris et notant au matin ce dont il avait été le témoin. Manière pour l'écrivain ou le musicien de sortir de sa tour d'ivoire ou de carton-pâte et de faire un saut dans le réel. Et alors : pas de meilleur foyer d'inspiration que ce réel réinventé sous l'effet de la ganja.

Une vérité découle de tout cela. À mesure que les Wailers questionnent et approfondissent leur dissidence sociale, politique, économique, spirituelle ; à mesure qu'ils passent du statut de *rude boys* à celui de révolutionnaires noirs, puis de rastas, ils gagnent en puissance et vérité — aucun doute que Scratch a impulsé cette évolution qui se traduit, dès le début de l'année 1970, par leur retour au premier plan. Les Wailers sont désormais en prise avec une société tiermondiste qui ne peut différer plus longtemps le débat sur les inégalités constitutives de son identité. Ils incarnent, pour la décennie 1968-1978, au même titre que d'autres ténors du moment comme les Heptones, Alton Ellis, Larry Marshall, The Gladiators, Horace Andy, John Holt, Burning Spear, etc., la conscience du ghetto, et occasionnellement, cette invite faite aux *sufferers* à questionner leur histoire et les raisons d'une collective abdication :

> Au cours, en gros, des dix années suivantes, la musique reggae et ses prophètes autoproclamés prendraient le relais là où Marcus Garvey et Walter Rodney furent forcés de le lâcher, et deviendraient la force qui unifierait la première et la seconde génération de la diaspora noire[4].

C'est dans cette perspective que s'est nouée la collaboration Perry et Marley. Il s'agissait de dépasser les contingences individuelles pour voir plus loin et plus haut. Des titres comme « Small Axe », « African Herbsman », « Keep on Moving », « Concrete Jungle », « 400 Years », « Trench Town Rock » portent la marque de cette prospective qui permit au label Upsetter de prendre sur ses concurrents les plus immédiats une indéniable longueur d'avance. Pourtant la compétition est sanglante. Coxsone, qui avait perdu sa superbe au temps du rocksteady au bénéfice de Duke Reid (Trojan), revient en force. Comme à son habitude, il sait s'entourer. En remplacement de Lee Perry, de Jackie Mittoo, le bassiste Leroy Sibbles, issu des Heptones, a pris la direction des studios et fait tourner les deux tables de mixage six pistes que Dodd a rapportées de New York, et les chanteurs se bousculent au portillon. Pourquoi cette affluence ? demande-t-on alors à Sibbles. Parce que c'est le seul endroit où les musiciens sont autorisés à fumer, répond-il. À côté de Coxsone, il faut encore citer Leslie Kong, Clancy Eccles, Bunny Lee, Joe Gibbs, Harry J., autant de producteurs conscients que le marché ne resterait pas longtemps contenu par les frontières naturelles de l'île et que la musique *made in Jamaica* ne connaîtra bientôt plus de frontières. Et c'est bien ce que semble annoncer le succès fracassant de Jimmy Cliff sur le marché anglo-saxon avec l'album *Wonderful World Beautiful People* en 1969 et *Vietnam* l'année suivante. Il est à deux années de démarrer sa collaboration avec Perry Henzell dans *The Harder They Come*. Autant de signes qui laissent entendre, en effet, aux géants de l'industrie musicale que l'ère du pain blanc est arrivée.

Mais la véritable révolution des années 1970, c'est l'intronisation inattendue et définitive de rastafari à Kingston. Elle survient à une époque où le JLP achève son second mandat et se sent de plus en plus en décalage avec les revendications qui montent des *shanties* et que rien n'a semblé pouvoir enrayer, nonobstant quelques coups d'intimidation et de force dont nous avons déjà parlé. Les politiciens ont cherché, bien entendu, à reprendre la main et ont feint d'accompagner cette prise de conscience que les rastas crasseux incarnent avec une arrogance décuplée. Edward Seaga est l'un de ces gouvernants jamaïcains à avoir deviné le parti que le pays pourrait tirer de cet enracinement dans des traditions africaines miraculeusement sauvegardées. Il incarne, en cette fin de règne du JLP, une sorte de dédouanement par lequel le clan conservateur se sent le devoir de passer pour sauvegarder un semblant de paix sociale, et Seaga y consent avec une compétence réelle, acquise à l'époque où, chercheur, nous l'avons vu, il questionnait la survivance de rites anciens que la traite et la servitude auraient dû contribuer à faire disparaître mais qu'elles permirent, contre toute attente, de protéger selon d'invraisemblables et invisibles stratégies. La « jamaïcanité » est alors à la mode, célébrée à travers mille initiatives qui visent à adresser au peuple un message fort et alors même que les opinions semblent tranchées.

Ce sont ces années où l'hypocrisie des gouvernants est à son zénith que les rastas, les prenant au mot, sortent de leur tanière, montent sur la scène et *se montrent*. Mais le plus curieux, ou choquant, ou prévisible, comme on voudra, est que le coup d'audace, pourtant bien timoré si on songe que Bob avait adopté le *Livity* et commencé à laisser pousser ses locks à son retour du Delaware — soit en 1966 ! — et que Bunny s'y était mis depuis plus longtemps encore, n'est pas venu des chanteurs eux-mêmes mais des DJ's auxquels la foule pardonnait toutes leurs excentricités et même en redemandait : *Lick it back !*

Ce n'est donc pas l'un de ces chanteurs qui franchit le premier la ligne jaune, même si la plupart sont déjà enrôlés dans l'une au l'autre secte qui ont fleuri dans Kingston Ouest, mais l'un de ces pitres, fous du roi, qui animent les sound-systems et dont le métier est précisément d'« oser ». C'est donc le toaster Big Youth qui relève le défi. Énorme ! L'événement a lieu début 1973 au Carib Theatre. Le toaster est sur scène depuis belle lurette à faire danser la salle, à proférer des hymnes à Jah, lesquels font, d'une certaine manière, partie du folklore, on n'encourt pas vraiment l'opprobre ni rien du tout, tellement Hailé Sélassié Ier, Zion-Éthiopie, le Rapatriement, l'Exode sont devenus des thèmes de la rue, décrochés de toute espèce de réalité. Que le toaster fasse son show en invoquant Jah n'a donc aucune espèce de connotation et il aurait aussi bien pu implorer Allah ou Jéhovah. Mais le pire est à venir. À un moment de la soirée, peut-être pour donner un peu de consistance à ses propos, Big Youth retire l'énorme *tam* (bonnet) qu'il a sur la tête et laisse aller ses locks librement. Stupeur ! C'était ça le coup d'audace, le hold-up, c'était exactement ça l'équation que Coxsone et Sims n'avaient su résoudre, l'association du fatras rastafari avec cet épouvantail à moineaux et à bonnes gens (les acheteurs de disques). La plupart des chanteurs, aussi *rudes* soient-ils, avaient, tout au moins jusqu'en ce début 1973, décliné l'invitation à être des rastas *aussi* à la scène.

La consternation est alors totale. Il faut imaginer cette métamorphose radicale en vertu de laquelle votre beau toaster se change sous vos yeux en fée rasta Carabosse, et l'impossibilité pour l'auditoire de comprendre quoi que ce soit. Alors la confrontation tourne à la folie collective. Tous ceux qui, dans l'assistance, ont planqué leurs locks, les découvrent. Pour la plupart des spectateurs du Carib Theater qui ne fréquentent pas Trench Town, c'est la toute première fois qu'il leur est donné de voir des locks. Preuve encore que les DJ's sont décidément bien aux avant-gardes de l'histoire que nous écrivons : au moment où il s'était agi de faire le raccord entre deux morceaux, dans les conditions préhistoriques des premiers sound-systems, des types comme Count Machuki avaient donné les règles du genre, immédiatement imitées par une kyrielle de toasters comme Sir Lord Comic, King Stitt, U-Roy, Dennis Alcapone, I-Roy, Dillinger, etc. Et voilà que pour présider aux noces de rastafari et du *one drop*, et puisque personne ne semble désireux de faire le sale boulot, ce sont encore ces sacrés tchatcheurs qui montrent la voie en se décoiffant.

L'événement est considérable. Il est le fait de ces alchimistes qui mixturent leur improbable élixir dans cette totale et soudaine impunité que leur donne le toupet de quelques-uns. Cette production de *songs* voire de *hits* qui font danser les Jamaïcains dans les sound-systems, bien que pléthorique, ne suffit pas à étancher une soif inextinguible de nouveautés ou simplement de redites, car si la musique est suave, chaude, balancée, pourquoi aller chercher midi à quatorze heures, et ce sont les danseurs qui hurlent à la fin du morceau : « *Wheel and come again !* » Si vous tenez un tube bien chaloupé qui a fait se mouvoir la foule et que la foule réclame et réclame encore, vous seriez un vrai crétin de ne pas resservir le plat autant de fois que les danseurs en redemandent. Les DJ's ont appris naturellement très tôt ces principes de base. C'est exactement sur ce principe de faire repasser le plat aussi souvent que possible, si la cuisine est bonne, qu'est née cette extraordinaire aptitude au recyclage qu'on appelle le *dub* et qui a sérieusement dopé l'industrie musicale en Jamaïque. L'invention accidentelle en est attribuée à une certain Rubby Redwood, propriétaire d'un sound-system et de magasins de disques à Spanish Town où il recycle la production de Duke Reid sous la forme de *specials* fournis par Treasure Isle par le biais d'un graveur de disques du nom de Smith.

Or un jour, un curieux enregistrement de « On the Beach », des Paragons, lui parvient sur lequel Smith a oublié d'ajouter la piste vocale. Redwood a suffisamment de métier pour se douter du parti qu'on peut tirer d'un morceau déjà consacré par la piste et les radios. Le soir même, pour s'assurer de la justesse de son intuition, il essaie dans son sound « On the Beach » dans sa version instrumentale. La foule est alors ravie de reconnaître un morceau qu'elle connaît par cœur. L'invention arrive aux oreilles de Reid et c'est ensuite la même histoire de ces secrets musicaux si mal gardés :

> Cette nouvelle musique révolutionnaire avait un tel impact à ses soirées [celles de Reid] et à celles de Redwood qu'à la fin de 1968 pratiquement tous les producteurs en Jamaïque avaient attrapé le virus instrumental[5].

C'est probablement l'ingénieur, électricien et artiste Ousbourne Ruddock, alias King Tubby, qui va donner au dub sa forme la plus aboutie. Ses recherches pour se doter des meilleurs équipements, ses collaborations avec d'autres expérimentateurs délirants comme Lee « Scratch » Perry, leur album *Blackboard Jungle Dub* considéré comme l'un des tout premiers albums consacrés exclusivement au dub, ont fait de lui une sorte de maître incontesté et sans rival des « Face B » (appelées *Versions*) : c'est-à-dire cette aptitude, déjà exprimée par James Brown, à propulser vers la notoriété la version instrumentale du morceau en « Face B » aussi bien que la version vocale en

« Face A ». Cette palette élargie qu'offre le dub est déjà, bien évidemment, celle que notre Upsetter de génie manie dans ses laboratoires de fortune, mais moins à partir de la musique des autres que de ses propres créations. Perry et Tubby peuvent alors se partager le mérite d'avoir créé un peu la musique dans la musique, autrement dit, de lui avoir ouvert de nouveaux débouchés. À cette époque Perry ne dispose pas du matériel adéquat et bricole chez ceux qui veulent bien l'accueillir jusqu'à l'année 1974 où il s'installe, dans la maison qu'il s'est achetée au 5, Cardiff Crescent, loin des quartiers de misère, un studio équipé par Tubby et qu'il baptise The Black Ark. Chaudron magique. En référence évidemment à l'Arche que Ménélik, fils de Salomon et de la reine de Saba, aurait rapportée en Éthiopie. Et qui doit bien s'y trouver.

Les Wailers à Londres

Le dispositif est maintenant en place. Au sein de Kingston, la connexion entre la musique et rastafari s'est faite. Il a fallu surmonter de formidables timidités, mais le geste de Big Youth est libérateur. Retirer son *tam* et saluer. La Jamaïque découvre maintenant ses enfants rastas, ceux qui chantent, qui composent dans des harmoniques autorisées, ceux qui acceptent d'emprunter les chemins balisés. Dans ce sens, le reggae a fait plus pour la mystique rastafari que toutes les douteuses démarches gouvernementales visant à récupérer un mouvement désormais irrépressible. Des producteurs et artistes comme Lee Perry, King Tubby, les Abyssinians, les Ethiopians, Big Youth, Count Ossie, Burning Spear et les Wailers ont réussi véritablement à habiller la philosophie du *Livity* dans les seules couleurs que pouvait appréhender le peuple jamaïcain : un *four beat* assez gras, auquel la basse et la batterie donnent un relief tout à fait singulier. On ne voit pas comment rastafari serait autrement sorti de cette clandestinité qui ne lui sied pas. Notre comparaison appuyée entre les Sannyasis indiens et les rastas pourrait trouver ici un brutal coup d'arrêt. Les chefs de sectes rastafari convient les *brethren* à puiser au fond d'eux-mêmes, au cours de ces assemblées d'où est montée la conscience noire en Jamaïque, la force de transmuer la soumission et la défiance de soi ordinaires en une réécriture de l'histoire qui doit déboucher sur une sorte d'allégorie de l'homme africain. Mais ils n'ont pas vraiment détourné les fumeurs de ganja de ce dialogue avec le monde blanc et ses valeurs à partir desquelles les fils d'esclaves sont mis en situation d'infériorité ontologique.

La marge occupée par les rastas se définit par rapport à un monde dont ils ont été chassés, puis gommés, et auquel il s'agit de répondre, d'une manière ou d'une autre : par cette posture orgueilleuse de celui qui montre qu'il n'a plus besoin de personne, ou bien par ces attaques contre un *shitstem* qui demeure et demeurera ce mur noir à l'intérieur du mur blanc qu'Alexander Bedwar dénonçait. En d'autres termes, les rastas sont dans un lien constant, obsessionnel avec l'oppresseur et son système babélien, et c'est dans cette confrontation qu'ils puisent la force de descendre au lieu où peuvent se régénérer leur vision d'eux-mêmes et leur odyssée. Dans le cas des Sannyasis, *a contrario*, la vie spirituelle commence exactement là où s'abolit toute forme de dualité. Moi et Je (« *I and I* », aurait dit un rasta), Je et le monde, le monde et son principe, cette vie et celle qui la précède, mon existence et la sienne, ma conscience et ce qui en est la source ne se distinguent plus et tout rapport de forces, fût-ce de douceur, est un pur non-sens. Peut-être exactement ce que Lloyd Bradley écrit à propos de Lee « Scratch » Perry :

> L'homme pouvait aller à contre-courant de choses qui n'existaient même pas[1].

Et quand vous ne réagissez plus, quand vous n'êtes plus en réaction par rapport à une source quelconque pour désormais vous y fondre, degré par degré, vous êtes sur un chemin libre.

Le reggae habille rastafari, et rastafari impulse au reggae un rythme de douceur et d'amertume plus vieux que les plus vieilles souffrances du monde. Comme un gospel vindicatif alternatif. Par là même, rastafari montre qu'il ne déteste pas l'idée de comparaître sur une scène dont on l'avait exclu et dont il s'était lui-même exclu. Il n'est pas question de prétendre ici, comme on l'a fait si souvent, que l'un se dilue entièrement dans l'autre jusqu'à créer une seule entité avec son versant *roots*, d'un côté, son versant *pop* de l'autre, mais de montrer des affinités électives sans lesquelles les rastas auraient tourné le dos pour toujours et personne n'aurait jamais su à quoi. Les toasters, les chanteurs, les musiciens sortent un à un de leur bois dès que Big Youth leur a fait signe que le chemin était à peu près libre. Les mentalités ont lentement changé depuis la visite de Hailé Sélassié Ier, depuis l'éviction de Walter Rodney et depuis que la foule lui a fait savoir son attachement et son soutien, depuis que Mortimer Planno a engagé ses incroyables médiations, depuis que les prophètes redressent les roseaux souffrants au-delà de Spanish Town Road. L'heure est-elle à l'accalmie ? Les initiatives à la périphérie du système pullulent, micro-studios, producteurs lilliputiens, sound-systems marginaux, boutiques obscures et, globalement, les esprits migrent d'une position défensive vers davantage d'ouverture. C'est l'époque où on redécouvre les hymnes ou chants rastas qu'on a laissés moisir dans les tiroirs, comme le « Satta Massagana » (« Give Thanks and Praise », chanté en partie en amharique) des Abyssinians enregistré par Dodd en 1969 et repris par Bernard Collins, Donald et Linford Manning sur leur propre label Clinch, deux ans plus tard, pour devenir un des premiers succès internationaux du reggae roots. Les chanteurs se montrent soudain plus audacieux qui s'inspirent de l'Ancien Testament, rendent gloire à Jah, évoquent la question lancinante d'un Exode loin de Babylone, congratulent l'herbe de la conscience qui libère l'homme noir de ses éternelles chaînes, ou simplement maudissent ceux qui lui ont fait croire qu'il était libre et continuent à l'oppresser. Le mouvement Consciousness désigne alors, dans la décennie 1970-1980, les conditions qu'offre rastafari pour l'émergence d'un authentique mouvement d'émancipation qui sera l'apport de la Jamaïque au mouvement des droits civiques et à tous ses plus récents et violents avatars. La *roots music* incarnant alors le versant show-biz du courant, moins son fer de lance que le lieu de ses plus redoutables ambiguïtés.

Revenons maintenant à Bob et aux Wailers enfermés dans la bulle Upsetter. Cette évolution des mentalités dont ils sont les témoins, qui est lente et hésitante, les incline à quelques décisions, fortifie certains de leurs penchants. Toujours est-il que fin 1970, Bob s'est fait couper une nouvelle fois les cheveux et s'est s'envolé avec Rita et les enfants qu'il dépose chez Cedella, à Wilmington, pour rejoindre les vieux complices Danny Sims et Johnny Nash installés en Suède où ce dernier a été engagé comme acteur dans un film (*Want So Much To Believe*, de Gunnar Höglund) dont il doit aussi écrire la musique. Il a proposé à Bob de la composer avec lui. La Suède est alors un pays très à l'écoute du *early reggae*, qui accueille un très grand nombre d'artistes en provenance des États-Unis et de la Caraïbe. Elle a réservé un accueil enthousiaste à « Hold Me Tight » et « Cupid » enregistrés par Nash avec Byron Lee and the Dragonaires et fait un triomphe au chanteur et à son groupe (Rabbit and the Jungles, en studio ; Sons of the Jungle, en tournée), que Bob accompagne, transi de froid et curieux de tout.

Ses échanges avec le claviériste texan John « Rabbit » Bundrick et le percussionniste Anthony « Reebop » Kwaku Baah, dans leur lieu de résidence, à Alvik, au nord-est d'Uppsala, lui offrent d'autres perspectives[2]. Le saut de Kingston à Alvik est une expérience décapante, certainement, autant que l'a été son premier séjour dans le Delaware.

C'est la preuve que les voyages qu'offre la ganja au sein des *groundations*, sortes de *Voyage autour de ma chambre*, ne le dispensent pas d'explorer cette scène du monde où il sait qu'il va faire prochainement intrusion. Les propos recueillis de Dave Narker sont précieux et témoignent d'une certitude qui, au nombre de plusieurs de ses proches, n'a jamais quitté Bob Marley :

> Je l'ai entendu de mes propres oreilles au studio d'enregistrement Randy's ; les Wailers y sont en studio et Bob sort pour aller dans la salle où sont les musiciens, et je l'ai entendu dire : « Tout le monde se fout de moi, personne ne veut me connaître, personne ne s'intéresse vraiment à moi, mais un jour viendra où le monde entier entendra et connaîtra les Wailers[3]. »

Puis le le temps vient de quitter la Suède pour Londres où Sims a engagé des pourparlers avec CBS pour un contrat de distribution. Les Wailers et les frères Barrett sont appelés en renfort et viennent prendre possession d'un minable hôtel à Bayswater où ils ne sont pas autorisés à cuisiner *Ital*, ce qui signifie pour certains d'entre eux un extraordinaire inconfort qui va jouer sur l'humeur du groupe. La tempête est écartée au moment où démarrent les sessions d'enregistrement du nouvel album de Nash au studio CBS, à Soho Square, qui comprend « I Can See You Clearly Now » (qui donne son titre à l'album) écrit par Nash et quatre titres de Bob, « Guava Jelly », « Comma Comma », « You Poured Sugar on Me » et « Stir It Up ». Durant la même session, Bob enregistre avec le même instrumental « Reggae on Broadway » que Sims veut fourguer à CBS. Mais l'heure n'est pas encore venue et les Wailers regagnent leur île au printemps 1971 après ce chaud et froid londonien.

Retour d'Alvik et de Londres, les Wailers fourmillent de bonnes compositions qu'ils offrent au producteur Harry J. (Johnson). La formation est en mue profonde, ce qui peut expliquer aussi cette créativité neuve. Les Wailers ont embarqué, en tant que manager, signe que l'intronisation est proche, signe aussi que Mortimer Planno a trouvé d'autres terrains de jeux, une star du foot jamaïcain, Alan « Skilly » Cole, avec qui Bob partage une vraie passion jamais entamée pour le ballon rond. Il se crée à partir de ce noyau une véritable mystique du foot dans laquelle les Wailers vont puiser une discipline qui sera imposée à tout nouveau venu, et que nous devons garder quelque part en mémoire lorsqu'il s'agira d'aborder le versant noir de l'odyssée marleyienne. Mais les changements affectent aussi la formation qui se réunit chez Dynamic Sounds, sur Roosevelt Road. Family Man a recruté un tout jeune pianiste prodige de quinze ans, en remplacement de Glen Adams parti pour New York, du nom de Tyrone Downie, qui s'intègre pour la première fois aux Wailers, le cœur battant, sur « Lick Samba ». Sans doute n'est-ce pas le plus mauvais moment pour débarquer chez les Wailers qui non seulement commencent à accumuler un certain nombre de compositions au compteur mais qui, à force d'émonder, de tâtonner, s'approchent de leur apothéose (après celle obtenue avec Scratch, évidemment).

D'ailleurs les sessions de 1971 en Jamaïque sont celles qui voient émerger le fringant et menaçant « Trench Town Rock » qui propulse soudain Bob et les Wailers à la première place des charts locaux pour plusieurs mois et leur assure une formidable notoriété. Le revirement du sort est inespéré et confirme que l'alliance avec Sims et ses réseaux britanniques, même si elle n'a pas immédiatement produit les fruits escomptés, était une bonne intuition de Bob, une fois de plus. Les Wailers font désormais le grand et bel écart entre deux îles et tout ce qui est gagné ici renforce leur position là-bas. Le succès qui tardait tant donne maintenant des ailes et clarifie les visions. Bob et Rita installent leur boutique Tuff Gong sur la place de la Parade puis sur Beeston Street. Et, tout d'un coup, la roue s'emballe joliment. Les Wailers, en dépit de premières tensions entre Peter et Bob, qui s'expliquent par l'extraordinaire exposition de ce dernier, enregistrent avec une fébrilité qui avait été la leur du temps de Studio One, mais que ces nouvelles confirmations exacerbent : notamment « Midnight Ravers », « Satisfy My Soul », « Redder Than Red », « Stop that Train » (Peter Tosh), « Dreamland » (Bunny Livingston), « Natural Mystic », « Concrete Jungle », « Hurting Inside », etc.

Il faut imaginer désormais les Wailers en tant que formation de combat à l'image des trois cents hoplites engagés contre le Grand Perse dans l'étroit défilé des Thermopyles. Soumis à l'entraînement concocté par Alan « Skilly » Cole, les musiciens passent des studios aux terrains de foot improvisés, des sessions enfumées aux affrontements au cours desquels le ballon que l'on frappe a bien l'air de symboliser pour chacun une très intime question. À cela s'ajoute la diététique *Ital* qui ne soulage peut-être pas suffisamment les joueurs de leurs efforts, les lectures de la Bible, les participations aux *groundations*, les séances de composition, les discussions auxquelles manquent toujours l'un des trois Wailers (pour cause de bouderie), les clashs auxquels il faut faire face, l'extrême sollicitation désormais du ghetto, les enfants qui réclament, les affaires en cours, Londres qui déjà refait appel. Ajoutez à cet agenda bien rempli une météo politique qui annonce pour l'année 1972 un probable retournement du sort avec l'entrée dans la course du fils de Norman Washington Manley, fondateur du PNP, le fringant Michael Manley, détenteur d'un incroyable trophée reçu des mains de Hailé Sélassié, au cours de son séjour en Éthiopie en 1970, un « Bâton de Correction » (« *Rod of Correction* »), et dont il se sert auprès des rastas avec un sens de la démesure tout à fait à propos. Il est le Josué qui, à la suite de Moïse (Garvey), aidera le peuple captif à quitter l'Égypte du Pharaon (Hugh Lawson Shearer), à traverser le Jourdain, puis à gagner et conquérir le pays de Canaan. Sa légitimité sacrée semble telle que les *sufferers* le suivent et que les musiciens s'engagent à ses côtés : Delroy Wilson lui offre « Better Must Come » qui devient le générique du PNP en campagne ; Clancy Eccles, militant socialiste pro-PNP, compose « Power for the People » (adaptation d'un discours de Michael Manley), « Rod of Correction » ; Max Romeo « Let the Power Fall on I », Junior Byles « Beat Down Babylon », etc.

Et comment Bob aurait-il pu rester en dehors de l'histoire ? Accompagné de Rita, ils font campagne pour le PNP et son champion, sillonnent le pays perchés sur la plate-forme arrière d'une manière de char musical, où se produisent tour à tour, durant six mois, Alton Ellis, Dennis Brown, Inner Circle, Tinga Stewart, Ken Boothe, U Roy, Max Romeo, Judy Mowatt, dans une mise en scène signée Clancy Eccles. Encore une autre collision qui vient saper notre séduisante comparaison sãdhu/rasta : imaginerait-on des renonçants hindous mener campagne pour un « parti » ? Tout cela ne tient pas. Pourquoi ces musiciens, même encore bien planqués sous leur *tam*, se sentent-ils attirés par l'arène politique, fût-elle la plate-forme arrière d'un camion promotionnel ? Parce que Manley « a » le « Bâton de Correction », parce qu'il parle aux laissés-pour-compte, parce qu'il a du bagout, parce que le pays est absolument las des méthodes du JLP. Ce n'est d'ailleurs pas une révélation que de dire que Marley et Manley ont entretenu une relation de sympathie, peut-être d'« amitié », tout au moins durant les premières années du premier mandat de Manley, vivant alors dans le même quartier (Saint Andrew) et se rendant mutuellement visite, Bob acceptant de se produire à deux reprises gracieusement sur la demande du PNP, pour le concert « Smile Jamaica Concert », en novembre 1976 et une seconde fois pour le « One Love Peace Concert » en avril 1978[4].

Peut-être faut-il s'habituer à voir Bob occuper cette place de médiation entre les forces en présence, toujours prêt à prêter main-forte, à aider, à encourager, en faisant toujours passer ses intérêts et penchants personnels après ces obligations dictées par on ne sait pas très bien quoi. Peut-être cette souplesse idéologique est-elle précisément la caractéristique de ce que la majorité des rastas entendent par cette dissidence à géométrie et perspective variables qu'ils nomment rastafari. En ce sens, Bob a été parfaitement dans le tempo. Une anarchie spirituelle.

À l'automne 1971, Londres appelle donc une nouvelle fois. L'album de Nash *I Can See Clearly Now* a enfin décollé et Sims sait reconnaître la part qui revient à Bob et ses Wailers. Il rêve encore de jeter « Reggae on Broadway » sur le marché. Pourquoi cette insistance ? Tout simplement parce que le *made in Jamaica* a commencé à mettre le monde anglo-saxon dans un état de fébrilité avancée. Le concept *Roots and Culture* génère une vraie réactivité avec l'apparition de petits labels dédiés au reggae (Shelley's, Ethnic Fight, Ital Records, etc.), de sound-systems animés par des DJ's qui se font appeler King Tubby's, Sir Coxsone', Duke Reid's, U-Roy, de clubs reggae comme l'Apollo à Willesden, le Venn Street Social Club à

Huddersfield, le Santa Rosa à Birmingham, etc[5]. Paul Simon, libéré de son *alter ego*, vient à Kingston enregistrer aux studios Dynamic (Leslie Kong) « Mother and Child Reunion » avec les meilleurs musiciens du moment, toute première audace de la part d'un artiste blanc dans le reggaeland. Jimmy Cliff démarre sa collaboration avec Perry Henzell en tant qu'acteur dans le film *The Harder They Come*. À Londres, le *reggae roots* britannique entend désormais se tailler un morceau de roi avec des artistes et groupes comme Steel Pulse, Misty in Roots, Aswad, Delroy Washington, Black Slate, Reggae Regular. La mystique rasta circule portée par ses prophètes qui parlent maintenant hors frontières (les Abyssinians et leurs universels « Satta Massagana » et « Declaration of Rights », Junior Byles et ses hits « Beat Down Babylone », « Curly Locks », Max Romeo qui s'enflamme pour le nouveau Joshua arrivé au pourvoir à Kingston en 1972).

Il est donc plus que temps pour les Wailers de récolter ce qui a depuis longtemps été semé, et Sims est encore là en soutien cardinal. Il a recruté un certain Brent Clarke comme manager des Wailers à Londres qui s'est empressé de les installer dans une petite baraque à Neasden où ils disposent d'une chambre chacun et en commun d'une cuisine où ils peuvent se préparer leur repas *Ital*. Le lieu devient vite un repaire pour rastas et dealers londoniens, parmi lesquels se glissent de temps à autre quelques jolies filles. Bunny tempête encore. Il supporte très mal de quitter et de rester longtemps loin de son île. Peter n'apprécie pas les manières de Sims et cette façon qu'a Bob de les avoir placés, lui et Bunny, en orbite, comme faire-valoir, et les accrochages sont nombreux.

Sims, affairiste s'affairant, poursuit son labour, imperturbable. Il a décroché auprès de CBS et de Rondor Music le financement d'une tournée pour Johnny et Bob, laquelle consiste à visiter les écoles, deux le matin et deux l'après-midi, à y donner un bref concert et à répondre aux questions des écoliers. Bob commence alors à prêcher. Puis viennent les concerts pour les Wailers dans les clubs de reggae et leur lente pénétration de la communauté noire britannique. Le départ de Sims et Nash pour les États-Unis, partis soutenir l'album *I Can See You Clearly Now*, laisse soudain les Wailers face à leurs nouvelles responsabilités. Un noyau de fans s'est constitué autour de Neasden prêts à porter aux quatre coins du pays la bonne parole. Bunny est sur la réserve, et sur le départ ; mais Peter et Bob prennent du bon temps, ce qui ne veut pas dire qu'ils ne cherchent pas à se libérer de l'emprise de Sims et à se créer leurs propres chances. Le 19 mai 1972, Janet Hunt met au monde Rohan Anthony Marley, que Rita, qui vient d'accoucher de Stephen, le second fils de Bob, adoptera quatre ans plus tard. La fertilité du Tuff Gong est manifeste et ne se démentira jamais jusqu'au terme de son parcours (douze enfants dont les deux que Rita aura eus de son côté et qu'il aura à son tour adoptés). Puis, sur ces entre-faites, a lieu la rencontre qui, à la fin de l'année 1971, va permettre de tout clarifier. Attention : nouveau découvreur de Bob en vue.

Disque Zippo

Nesta Robert Marley est un bois tendre et brut qui a poussé à Nines Miles, paroisse de St. Ann, c'est-à-dire assez loin de Babylone, comme Burning Spear (St. Ann's Bay), Max Romeo (St. D'Acre), ou comme Lee Perry (Kendal, paroisse de Hanover, Finistère jamaïcain, comme il se doit). Il y a chez eux un enracinement et attachement moins mental qu'instinctif à la terre et l'espace intérieur, à l'expérience sensorielle première, à la commune et humble origine. Leur adhésion à rastafari n'a pas constitué de rupture, de cas de conscience particulier. Les contradictions apparentes que nous essayions de souligner sans doute s'abolissent-elles dans cette fidélité à l'enfance dédiée à l'apprentissage d'un monde d'avant le langage babélien. Les « inventeurs » de Bob comme Joe Higgs, Clement Seymour Dodd, Danny Sims, Lee Perry n'ont fait que travailler ensuite ce bois brut, chacun selon ses propres penchants ou obsessions, mais jamais sans doute Nesta ne s'est-il vraiment éloigné de la maison et de la fréquentation du *Custos*. De cela il résulte que la figure du grand-père Omeriah est demeurée une sorte de repère essentiel dans une trajectoire qui a semblé épousé tout et son contraire et dans un laps de temps sans doute trop court pour faire seulement et consciencieusement le tour du propriétaire.

Cette tentation du silence, cette disparition qui est le point nodal de l'histoire que nous racontons prennent leur origine en marge de la scène où Marley maintenant s'installe, avec la complicité de ses découvreurs, cette armada qui participe, sans s'en douter peut-être, à l'échappée belle de l'auteur de « Redemption Song ». Chacun a mis la main à la pâte et participé à cet affranchissement ; à condition de considérer la liberté que revendique Bob comme son droit le plus légitime de rejoindre la place que le grand-père lui a assignée en tant que *shepherd*, chef d'une communauté en marche à rebours du courant de l'histoire, en direction d'une première terre ou Pangée où la Jamaïque, la Caraïbe et l'Amérique réintègrent le continent perdu et où l'opprimé se fond avec l'oppresseur. Le Zion que chantent les musiciens rastas ? Les vergers de Canaan ? Une innocence antédiluvienne, comme une source pure, au-dedans de chacun ?

Puis voici venu le temps de Chris Blackwell. Il ne pouvait pas mieux tomber. Les conditions sont maintenant requises pour propulser les Wailers dans la stratosphère, mais il faut encore trouver, probablement hors Jamaïque, une sacrée rampe de lancement et Blackwell l'a consciencieusement confectionnée. Voici comment. Anglo-Jamaïcain, né à Londres d'une famille séfarade très aisée débarquée en Jamaïque au XVIe siècle, Blackwell a grandi sur ces deux îles, jouant de cette double origine pour se faire l'ambassadeur ou le mentor d'une culture envers l'autre, parce que joueur-né, parce que caméléon, parce que opportuniste de talent qui a su faire littéralement feu de tout bois. Son intronisation parmi les grands de l'industrie musicale jamaïcaine est ancienne, nous l'avons vu, elle date de 1959 avec la création d'Island Records* qu'il oriente vers la mise en valeur des ténors de la musique populaire jamaïcaine, laquelle entre, pour la décennie nouvelle, dans sa période ska.

Laurel Aitken lui donne en 1960, avec « Little Sheila », son premier hit, suivi jusqu'en 1962, date de son installation à Londres, par quelque vingt-cinq autres singles, mais rien qui permette à Blackwell de s'imposer face à Studio One, Beverley's, Treasure Isle, West Indies Records Limited. Et le voilà tournant son regard vers de nouveaux horizons, car cet homme sait toujours deviner dans quel sens va souffler le vent. Une aptitude innée. Installé à Knightsbridge, le fief de Harrods, fortement impressionné par le succès de Blue Beat fondé par Emil Shallit et Siggy Jackson et d'une manière générale par l'explosion du marché *indie*, il choisit

* Référence à la nouvelle d'Alec Waugh, *Island in the sun*, qui met en scène des conflits raciaux dans une île imaginaire nommée Santa Marta, adaptée au cinéma la même année par Robert Rossen, *Island in the Sun* (1957), Harry Belafonte écrivant et interprétant la chanson générique du film.

de se faire importateur de musique ethnique en direction de la communauté jamaïcaine immigrée en Angleterre, fort nombreuse, et ainsi de constituer le véritable premier réseau de distribution de disques jamaïcains, ce que les musiciens et artistes locaux mettent sans sourciller à son crédit. Jimmy Cliff explique :

> C'est grâce à Blackwell que les artistes ont commencé à s'intéresser à la vente des disques, à regarder au-delà des sound-systems[1].

Il a tissé, c'est vrai, une authentique trame de contacts et de relations entre Londres et Kingston dont il se sert pour obtenir des accords avec la plupart des producteurs jamaïcains (seul Prince Buster reste fidèle à Blue Beat), et jusqu'à une exclusivité avec Leslie Kong et des musiciens de son catalogue comme Jimmy Cliff, Desmond Dekker, Derrick Morgan et même un certain « Robert Marley ». Pourtant, en tant que producteur, c'est moins la créativité jamaïcaine qui l'intéresse malgré d'extraordinaires percées (nous avons évoqué le « My Boy Lollipop » de Millie Small en 1964), que la scène britannique pop et rock où se produisent des groupes comme Vinegar Joe, Free, King Crimson, Fairport Convention, Traffic, des artistes comme Nick Drake, John Martyn, Cat Stevens, qu'il va produire. Au moment où se trame la rencontre qui nous intéresse, Blackwell a donc pratiquement renoncé à sérieusement promouvoir un artiste jamaïcain. C'est d'autant plus drôle que celui qui va contribuer à faire sa renommée universelle est un de ces durs à cuire de Kingston dont le milieu recommande de se prémunir, auteur d'un « Trench Town Rock » qui, là-bas, casse la baraque. Alors comment le charme a-t-il opéré ?

Bob Marley débarquant dans les bureaux d'Island Records, sur Knightsbridge, en décembre 1971 (rencontre semble-t-il préparée par Brent Clarke, agent engagé par Sims pour défendre « Reggae on Brodway »), c'est immédiatement le chauvinisme jamaïcain de Blackwell qui se trouve émoustillé. C'est une histoire de fidélité à soi-même à travers une cascade de reniements. Il y a là, devant lui, un personnage qui sort étonnamment du cadre un peu étroit, il est vrai, dans lequel le producteur a toujours enfermé ses compatriotes, y compris Jimmy Cliff avec lequel il vient pourtant de travailler et que la sortie de *The Harder They Come* de Perry Henzell a propulsé au firmament. Mais sans doute Blackwell n'a-t-il jamais vraiment cru en l'aptitude de l'un de ces musiciens jamaïcains à percer sur le plan international. Et il les connaît tous, la plupart personnellement.

Probablement a-t-il suivi la trajectoire des Wailers, s'est-il penché sur leur cas, a-t-il questionné le réseau pour savoir ce qu'il convenait de décider à leur sujet, mais sans parvenir à trancher, laissant le temps poursuivre ses émondages et ses tris. Mais la présence de Bob dans son bureau, son « charisme saisissant », leurs échanges qui laissent transparaître une vraie vision chez le chanteurcompositeur le décident instantanément. Blackwell va même plus loin :

> Il ne fallait pas qu'il réfléchisse en termes de singles, comme c'était toujours le cas en Jamaïque, mais qu'il projette sa création sur une autre dimension. *Hot Buttered Soul* d'Isaac Hayes et *What's Going On* de Marvin Gaye venaient de sortir. Ces deux albums marquaient la fin d'une époque et en ouvraient une autre : celle où la musique noire entrait dans une phase plus conceptuelle, soutenue par une vision et un message universels[2].

Pour le producteur anglo-jamaïcain, Bob a fait largement ses preuves et est prêt à prendre son envol. Il faut simplement lui en donner les moyens, et Blackwell est d'accord pour les lui offrir. Il l'embarque aussitôt dans la tournée de Traffic qui, à l'occasion de l'enregistrement de l'album *John Barleycorn Must Die*, s'est reformé autour de Steve Winwood. Peut-être est-ce durant ces jours passés ensemble que Blackwell fait son offre : huit mille livres comme avance pour rapporter un premier album pour Island. L'audace est extrême. Personne n'a encore jamais fait le pari de traiter un musicien jamaïcain comme une star, même en devenir. L'audace est encore plus extrême lorsqu'on sait ce qui va suivre, autrement dit un album qui va installer Bob comme prophète, non plus seulement du reggae nouveau, mais de cet élixir improbable qui mijote sur les réchauds de la Jamaïque depuis un temps incalculable et qui s'appelle rastafari. Personne n'a osé cette carte blanche, si l'on peut dire, à un musicien *rude* et rasta, un enfant du pays et de nulle part. Peut-être Blackwell s'en est-il mordu les doigts jusqu'au sang. Peut-être a-t-il ensuite considéré que d'autres prétendants, moins problématiques en terme d'image, de parcours, auraient pu faire l'affaire : Horace Andy, Jimmy Cliff, Ken Boothe, Delroy Wilson, Big Youth, Max Romeo, Dennis Brown, les Maytals, etc. Et tous ces types avaient vendu plus de disques en Angleterre que les Wailers[3] ! En attendant, c'est Bob qui « prend l'oseille et se tire ». Plus exactement, une fois rentré en Jamaïque, il récupère l'avance chez Byron Lee chez qui Blackwell l'a fait virer. Le système AJ : AJ comme anglo-jamaïcain…

Quelques mois pour mettre le miel en pots. Chacun se dispose en ordre de bataille. Chacun sent le besoin de se tenir au plus près de lui-même. Bunny quitte Kingston pour rejoindre une communauté de rastas installée à Bull Bay, à quelques kilomètres à l'est de Kingston. Bob fait revenir Rita et les enfants du Delaware. Peter rejoint les musiciens réunis tour à tour dans les studios d'enregistrement mis à leur disposition : Dynamic, Harry J et Randy's et les sessions commencent. Les musiciens : en plus des trois et maintenant cinq Wailers (avec les frères Barrett), viennent compléter le dispositif, Robert « Robbie » Shakespeare à la basse (il a joué ou jouera avec son complice Lowell « Sly » Dunbar pour un très grand nombre de chanteurs et musiciens, comme Gainsbourg en 1979 et 1981) ; Tyrone Downie à l'orgue ; Winston Wright au piano ; Alvin « Seeco » Patterson (il avait conduit les Wailers chez Dodd) aux tambours *akete* ; enfin Rita, Marcia (Griffiths) et Judy (Mowatt) pour les chœurs. Mais le casting jamaïcain, déjà tout à fait probant, est maintenant en passe d'être complété par quelques éléments piochés dans les meilleurs viviers britanniques. Dès les enregistrements terminés (voix et rythmiques), Bob rejoint les musiciens anglais dans l'« abri atomique[4] » (les studios d'Island sur Basting Street) pour l'habillage, autrement dit l'*overdubbing* où, nécessairement, Blackwell a son mot à dire. C'est lors de ce passage de témoin qu'il s'agit de transformer ce qui pourrait n'être qu'un succès de sound-systems à Kingston en hit au top des charts britanniques, et peut-être même viser plus loin. Blackwell, comme il l'a promis, ne lésine pas : Wayne Perkins, surnommé depuis le « Wailer blanc », pour ajouter de « sinueuses lignes de guitare » sur « Concrete Jungle » et « Stir It Up » (et même si Wayne n'arrive absolument pas à comprendre l'anglo-patois jamaïcain de Bob) ; Rabbit Bundrick au clavinet, piano électronique et synthé Moog sur l'ensemble de l'album ; Chris Karen, Francisco Willie Pep aux tablas et percussions, encore sur « Concrete Jungle »[5].

L'oiseau une fois dans la boîte, Chris et Bob travaillent à définir quelques dernières retouches et orientations, essentielles à la stratégie du producteur. Le *four beat* apparaît à Blackwell décidément trop lent pour le public anglo-saxon et il voudrait persuader Bob de sa bonne foi. Pourquoi ne pas accélérer un peu au moment du dernier mixage ? Les discussions traînent et cela tombe assez bien puisqu'il faut encore résoudre plusieurs questions. D'abord celle des droits. Par l'intermédiaire de Danny Sims, les Wailers sont chevillés à CBS ; Chris et Bob ont fait semblant de l'avoir oublié. Mais voilà que Sims et Nash rentrent des États-Unis où leurs efforts pour soutenir *I Cant See Clearly Now* ont commencé à porter leurs fruits. Fort de ces bons résultats, Sims veut tâcher de relancer la carrière des Wailers aux États-Unis, surtout après le pétard mouillé qu'a représenté « Reggae on Broadway ». Bien évidemment, il suffit que votre poulain plaise à un tiers, anglo-britannique de surcroît, pour que le poulain vous paraisse tout d'un coup posséder les qualités requises pour ne jamais vous en séparer. Le désir « mimétique » a ici pour effet de mettre tous les protagonistes dans un vrai embarras, car chacun a malgré tout été loyal et personne ne pourra jamais dénier à Sims le fait d'avoir bataillé sans compter pour faire entendre la voix de Bob. Blackwell est conscient de marcher sur des œufs et mandate Bob lui-même pour parlementer à sa place en brandissant le drapeau blanc. Pas si blanc. En réalité, Bob est très empoté, ambivalent, tourmenté à l'idée de faire ce mauvais coup à celui qui le soutient depuis déjà tant d'années. Aussi attend-il une ouverture, le bon moment, *kairos* improbable. Celui-ci survient lors d'un concert de Nash à Londres. Bob est avec Sims, dans les coulisses, à congratuler qui et quoi, et lâche le morceau. L'effet est celui que Chris et Bob redoutaient. Au moment où Sims a convaincu CBS de sortir un second single ! C'est le rondeau des marchands de tapis. Les pourparlers sont sans fin et Bob est obligé de poursuivre Danny jusqu'à New York où on parvient, en fin de compte, à un accord. Bob et les Wailers signent un nouveau contrat avec Cayman Music ; Blackwell s'engage, quant à lui, à verser cinq mille livres à Sims et à lui consentir 2 % sur les ventes des six premiers albums. Au regard de ce qui vient maintenant, l'affaire n'est pas si mauvaise…

Autre question : l'emballage de ce premier album. Et là, Blackwell se surmène. Les équipes d'Island (sous la direction de Rod Dyer et Bob Weiner) étudient pendant le temps où les musiciens mettent en boîte « 400 Years », « Concrete Jungle », « Kinky Reggae », « Midnight Ravers », « No More Trouble », « Slave Driver », « Stir It Up » et « Stop That Train », l'idée d'une pochette* en forme de briquet Zippo, le haut de celle-ci s'ouvrant exactement comme un briquet, concept assez audacieux, mais plutôt difficile à réaliser et, en fin de compte, tout à fait inexploitable sans détériorer la pochette en question. Mais le coup d'audace paya et sans doute le briquet Zippo fit davantage que la production des Wailers pour attirer un public qui, pourtant, ne se bouscula pas, ou pas assez, eu égard aux attentes du producteur, avec seulement quatorze mille

* « Jusqu'à *Catch a Fire*, si les illustrations de pochettes d'albums de reggae ne ressemblaient pas à une plaquette publicitaire éditée par l'Office du tourisme jamaïcain, alors on y trouvait la petite amie de quelqu'un, l'air nerveux, pratiquement nue et pas sexy du tout » (Lloyd Bradley, *Bass Culture. Quand le reggae était roi*, *op. cit.*).

exemplaires écoulés. Blackwell fait ses comptes. Peut-être n'a-t-il pas pris le temps de questionner le chanteur qui demeure, même sous la forme de briquet Zippo, un personnage insaisissable. Il faut aller plus profondément dans son univers, moins le tirer à soi, comme une couverture, écouter ce qu'il a vraiment à dire. Il y a cette intuition chez Chris, en dépit des ajouts de guitare rock sur « Concrete Jungle » et « Stir It Up », qu'il ne faut pas chercher à *trop* « formater » les Wailers et moins encore Bob qui a profité de son séjour à New York pour nouer quelques contacts, notamment avec le joueur d'harmonica Lee Jaffe lors d'une mémorable soirée donnée en l'honneur du groupe Traffic terminant sa tournée américaine, au Windsor Hotel, 58th Street.

Lee Jaffe embarque avec les Wailers pour trois ans. Il est, en dehors du passage éclair de Wayne Perkins sur *Catch a Fire*, le seul musicien blanc à avoir joué avec les Wailers. En plus de cela, il apporte en dot l'actrice jamaïcaine Esther Anderson rencontrée sur un tournage et avec laquelle Bob va nouer des liens passionnés une fois rentré au bercail. Un bercail trois étoiles désormais depuis que Blackwell met la main au portefeuille et *veut* absolument trouver la formule gagnante dont Sims a rêvé, sans s'en approcher. Bob et la caravane des Wailers ont pris leurs quartiers au 56, Hope Road, dans le beau Kingston, dans la grande villa que possède le producteur et qu'il abandonne à ses protégés, à deux pas de chez

Michael Manley, mais aussi à proximité de la maison où a vécu la famille du « capitaine » Norval Marley. Impossible de s'échapper. Les sessions reprennent aussitôt, emmenées par des musiciens survoltés. Chris, qui a décidé de connaître mieux Bob, de l'apprivoiser, est souvent de la fête. Stephen Davis évoque une virée en charter pour rallier le carnaval de Trinidad, loué par le prince pour le prince et sa cour (à laquelle se sont joints Lee Jaffe qui ne se sépare plus de Bob, Esther Anderson, Jim Capaldi, guitariste du groupe Traffic, Dickie, le frère de Diane Jobson, avocate que Bob a chargée de défendre ses droits) :

> Lorsque Blackwell repérait une belle plage, il demandait au pilote d'atterrir et tout le monde allait se baigner[6].

Pour se mettre à distance de la relation que Bob entretien avec Esther Anderson, Rita a quitté Hope Road pour une petite maison à Bull Bay, là où Bunny lui-même a trouvé refuge. Il faut désormais composer avec un homme qui ne s'appartient plus. Les musiciens, les dealers, les agents, les imprésarios, les producteurs, les fans, les amantes, les mères de bébés, les amis, les managers, les cuisiniers *Ital*, tout ce monde gravite autour de Hope Road et c'est une vraie opportunité pour Nesta de se partager et de se diluer. Quand on interroge Bob au sujet de sa nombreuse progéniture, il répond :

> J'ai une équipe de football, et les joueurs de réserve[7].

Mais sans doute aurait-il pu en dire autant de ceux qui composent sa tribu, prêts à le suivre au bout du monde, car c'est ce bout-là qu'il vise. Une garnison de jeunes et très jeunes recrues que l'athlète-manager-entraîneur Skilly Cole, qui rentre d'un séjour au Brésil où il a pu jouer avec les demi-dieux du Santos (Pelé y a démarré sa carrière), soumet à dur régime (jus de fruits, boisson aux algues, cuisine *Ital*) et entraînement intensif (marathon, partie de foot quotidienne sur le terrain de Boy's Town jusqu'aux alentours des seize heures). N'est pas Wailers qui veut mais, semble-t-il, au regard du parcours de combattant imposé par le spartiate Cole, qui *peut*. Puis, au-delà de ces heures dédiées au corps, le seul temple qui vaille pour les rastas, viennent les sessions où on s'enferme dans des bunkers très enfumés pour inventer une suite à *Catch a Fire*. C'est cette passion de vivre ensemble, corps à corps, vie à vie, qui campe véritablement un paysage dans ces années où tout est encore de l'ordre d'une claire et très fragile promesse.

Un équilibre se dessine entre chacun de ces tempéraments frondeurs, orgueilleux et le groupe à l'intérieur duquel les individualités sont contenues, presque gommées. Entre les studios et le stade. Entre la composition et la vente (la boutique Tuff Gong où les Wailers écoulent leur stock de singles invendus). Entre Kingston et les plages de Bull Bay vers lesquelles, à bord de la Ford Capri de Bob, la tribu se dirige pour une course de fond ; parfois la maison de Rita pour saluer les enfants ; ou encore la demeure de Countryman, un type épatant qui vend la meilleure herbe de Jamaïque que les musiciens appellent *goatshit* — Bob a déclaré en avoir fumé en moyenne, toute herbe confondue, jusqu'à trois cents grammes par semaine. Une sorte de juste mesure pour cet athlète du dieu Jah qui parcourt, au milieu des terrains vagues de Babylone, d'autres chemins.

The Big Three and the Small Axe

On attendait *Catch a Fire*, avec son paquet-cadeau ébouriffant, façon Zippo, et c'est *The Harder They Come* qui vint. Comment cela ? La réception du premier Wailers chez Island est circonspecte pour ne pas dire davantage. Le public noir l'ignore en Angleterre comme aux États-Unis. Les milieux musicaux jamaïcains le regardent comme un objet non identifié :

> Family Man se met à pouffer de rire lorsqu'il se remémore les réactions des autres au moment où ils entendirent l'album défiler dans sa version britannique, mais il maintient que leur vision assez amère était, de retour en Jamaïque, partagée par Bob : « On s'est just' marré[1]. »

Chris en a beaucoup trop fait à vouloir rassurer les uns, apaiser les autres sur ce qu'était et n'était pas l'album des Wailers. Cette manière de s'excuser d'avoir osé est encore trop perceptible jusques et y compris dans le choix d'un emballage qui a l'air de détourner l'attention. Pas assez reggae, trop peu, trop et, par suite, impositionnable. Un compromis mais dont on ne pouvait attendre que des retours polis ou pas de retour du tout et pourtant, ces *rudies* révélés par Island venaient bien pour mettre le feu, rouler le Vieux Monde comme on prépare son spliff ; et voilà que la mèche était mouillée, que l'incendie promis restait circonscrit à la pochette. Alors, en cette année 1972, c'est Jimmy Cliff et Perry Henzell qui raflent la mise, et haut la main, encore ! Leur film est sorti cette année où les Wailers célèbrent leurs fiançailles avec Island, mais c'est eux qui font le spectacle. À travers le personnage d'Ivan, ils font revivre le célèbre hors-la-loi jamaïcain dont s'inspiraient les jeunes durs du ghetto, le fameux Rhyging, déjà croisé dans ces pages, abattu par la police en 1948 et qui a le mérite, lui, de ne pas être du genre à se laisser aller aux concessions. Le film séduit immédiatement les marginaux, les piliers de *shebeens*, les rangs de l'anarchie urbaine londonienne pour s'imposer, bien au-delà, comme film culte pour toute une génération. Quant à sa bande son (Island Records), avec des joyaux comme « You Can Get It If You Really Want » (initialement le titre du film), « Many Rivers to Cross » de Jimmy Cliff, « Sweet and Dandy » des Maytals, « Rivers of Babylon » des Melodians, « Johnny Too Bad » des Slickers, « 007 (Shanty Town) » de Desmond Dekker, elle va connaître un extraordinaire succès commercial qui relègue la performance des Wailers à un rang des plus modestes.

Il est temps donc de corriger le tir. Dans le studio de Hope Road, dans la maison de Blackwell rebaptisée « Island House », les musiciens travaillent avec une hargne nouvelle qui correspond aussi au bouleversement politique que vit la Jamaïque. Michael Manley est aux commandes et donne à ceux que l'histoire humilie depuis des siècles le sentiment que leur temps est venu. Le ghetto s'est déplacé en masse, ainsi que toute la frange contestataire que sa politique musclée rassure — *même* les rastas — pour voter pour celui qui parle de mettre en œuvre le « People's Projects » : campagne d'alphabétisation ; facilité de crédits aux micro-entreprises (dont agricoles) ; salaire minimum de base ; processus de renationalisation (dont renégotiations avec les multinationales impliquées dans l'extraction de la bauxite) ; restauration du système de santé ; démocratisation de l'enseignement, etc. La grand purge est commencée[2].

Le mérite de Blackwell est alors de ne pas relâcher son étreinte. Il est sans cesse derrière ses musiciens qui travaillent sur *Burnin'* (appelé d'abord *Reincarned Souls*, mais le titre de Bunny ne fut pas conservé) qui sortira chez Island l'année suivante et qui semble avoir capté tout l'air ambiant. Les Wailers comme la plupart des musiciens sont, nous l'avons vu, aux côtés de Josué Manley. Delroy Wilson chante « Better must Come[3] » ; et que le jour du changement soit maintenant arrivé est une croyance absolument partagée. Les justiciers sortent partout de leur retraite ou de leur hibernation pour aider à nettoyer le pays de ses *baldheads*, et les Wailers sont en tête de ligne.

Ces jeunes gens du ghetto, qui en avaient été la conscience durant ces années où le JLP agressait en toute impunité les *sufferers*, passent à l'offensive. « Get Up, Stand Up », « I Shot the Sheriff » (écrit chez Countryman, le pourvoyeur de *goatshit*), « Burnin' and Lootin », « Small Axe », composés par Bob (avec Tosh pour le premier), sont des chants de guerre que les compositions de Bunny Livingston (« Pass It On », « Hallelujah Time »), délicieusement décalées, parviennent à peine à tempérer.

Sans doute s'agit-il encore de la recherche d'un compromis qui fait tenir ensemble, et pour la dernière fois, les trois Wailers. *Burnin'* apparaît bien alors comme la quintessence de toutes ces années passées à travailler pour les uns et pour les autres, à tester la formule, à caboter entre *rudeness* et rastafari et, de l'avis des experts, sans doute l'album où tout ce qui peut-être dit est dit, et de la meilleure façon, avant que Bob n'entame, en tant que frère Joseph mandaté par les Twelve Tribes, son prêche à travers le vaste monde, qui va, ininterrompu, de *Natty Dread* (1974) à *Uprising* (1980) et *Confrontation* (1983).

Il y a toujours chez certains cette volonté de décortiquer un homme après sa mort comme on le fait avec la carcasse d'un poulet, distinguer le blanc, la peau et les os : sans doute *Burnin'* est-il l'accomplissement de Nesta Robert Marley, en tant que Wailer. Une fois les Wailers démembrés, il faut se décider et choisir ou non de suivre Joseph en marche vers Zion. La vérité, au-delà de ce dépeçage, semble porteuse de davantage de force d'aimantation pour conserver ensemble toutes les parties du puzzle. Bien entendu, Cedella s'effraie de découvrir son fils, de passage dans le Delaware avant de rejoindre, une nouvelle fois Londres pour une tournée préparée par Blackwell, avec un *tam* sur la tête aux couleurs du drapeau éthiopien protégeant ses *dreads* maintenant laissés pour jamais à eux-mêmes. Depuis la paroisse-jardin de St. Ann, rien n'a peut-être vraiment changé. Le costume qui habille la radicalité et la singularité de Bob ne les a ni accentuées ni diminuées, et tout est demeuré étonnamment dans une même irréalité première.

Le statut de *Burnin'* comme sommet de ce que les Wailers ont jamais produit ensemble est étrangement contesté, en cette fin 1972 début 1973, par la sortie chez Trojan Records, une sous-propriété de Blackwell qu'il détient alors avec Lee Gopthal, d'une compilation imaginée par Lee « Scratch » Perry, jamais aussi actif et menaçant qu'en ces années où Bob lui échappe définitivement, et mise sur le marché sous le titre de *African Herbsman.* Il y a là une bonne partie de la fleur de ce que Perry a réussi à extirper des tripes des Wailers enfermés dans ce qui n'était pas encore le *Black Ark*, mais le préfigurait, et qui vient doubler fort inopportunément les deux premiers albums produits par Blackwell — manière de rappeler que la situation des droits dans l'industrie musicale jamaïcaine est un aimable et profitable triangle des Bermudes. En tout cas, trois albums, dans un espace de deux années à peine, sont disponibles et en mesure d'alerter le milieu musical international qu'un événement d'une portée singulière s'est produit dans l'île de Jamaïque, qui justifie sa vigilance — trois albums parmi lesquels *Herbsman* se taille parfois la part du lion, avec des titres comme « Lively Up Yourself », « Keep on Moving », « Kaya », « Riding High », « African Herbsman », « Trenchtown Rock », etc. Autrement dit, le joyau concocté par Perry et produit par Blackwell via Trojan est en mesure de perturber — à son insu ? — la stratégie mise en place par Blackwell lui-même, lequel n'est sans doute pas, travaillant avec la Jamaïque, à une contradiction près. La tournée des Wailers s'engage en Angleterre dans cet entre-deux (*Catch a Fire* et *African Herbsman* déjà dans les bacs et *Burnin'* pour la fin 1973), faisant étape dans les cinémas, les universités, les dancehalls réservés au public noir, quelques TV shows : le Coleman Club, Nottingham ; le Speakeasy Club, 48 Margaret Steet, Londres ; l'émission *Old Grey Whistle Test* (BBC), démarrée deux ans plus tôt et devenue très vite la fenêtre où il faut passer la tête ; le Théâtre de Paris, pour l'émission *Top Gear* (BBC) ; le Baboo Club, à Bristol ; le Coach House, à Southampton, etc. Pas si éloigné, après tout, des marathons imposés par Alan « Skilly » Cole.

Cette frénésie, qui s'est emparée du producteur et de ses musiciens, est responsable d'un premier essoufflement manifeste au sein du groupe qu'a récemment intégré en lieu et place de Tyrone Downie (il a préféré d'autres aventures, moins éprouvantes), un certain Earl « Wire » (ou « Wya ») Lindo, aux claviers. L'ambiance se détraque, peut-être aussi à cause de l'impossibilité parfois de manger *Ital*, du rythme trépidant, des tensions entre Bob, Peter et Bunny. Ou parce que le moment est simplement venu de se séparer, pour chacun de poursuivre sa propre route. Le retour au pays est donc le temps de faire les comptes. Ils ne sont pas les mêmes pour Bob et ses acolytes. Quand ces derniers traînent la patte, paraissent ronchons, diminués, amaigris, Bob affiche un moral et une forme presque insultants. Peut-être sent-il le moment favorable de s'affranchir d'une formation qui a donné maintenant le meilleur et ne sait plus faire entendre que ses divergences. D'ailleurs, Bunny prend les devants et prétexte l'inconfort londonien, la cuisine anglaise, sa phobie des avions, mais l'essentiel est ailleurs. Tosh serre encore les dents. La tournée américaine se prépare grâce aux tractations de Lee Jaffe qui, à New York, essaie de convaincre les programmateurs du Max's Kansas City (213 Park Avenue South) de prendre ses protégés en ouverture des concerts de Bruce Springsteen en juillet ; ou du Paul's Mall, un club de jazz de Boston.

Dès que les accords sont trouvés, la troupe embarque aux frais d'Island, sans Bunny mais avec le précieux Joe Higgs qui se retrouve, lui qui a entraîné autrefois cette équipe, en position de simple remplaçant. Tout va décidément très vite. L'impact sur le public, encore exclusivement blanc, est considérable. On n'a évidemment jamais rien vu de tel au Paul's Mall ni au Max's. Et si Blackwell tenait son premier vrai signe déterminant ? La sortie de *Burnin'* a l'air de laisser les milieux musicaux dans de meilleures dispositions. Blackwell au moment du mixage, avec son ingénieur du son Errol Thompson, a cherché à manœuvrer autrement. Il a étiré certains morceaux jugés trop courts, fait des surimpressions, ajoutant des solos, et est revenu en matière de pochette à une plus grande sobriété : Wailers pochés sur une palissade sur un côté et Bob dégustant un gros spliff sur l'autre, à partir d'une photo prise par Esther Anderson. Succès critique indéniable qui place alors « Bob Marley dans la course pour une starification globale, aux côtés de Curtis Mayfield, Marvin Gaye, James Brown et Sly Stone dans la catégorie des poètes du ghetto de haut rang de leur temps. Ou de tous les temps en l'occurrence[4] ».

À partir de la tournée américaine de juillet 1973, suivie par la tournée accompagnant la sortie de *Burnin'*, on a un peu l'impression que Bob secoue l'arbre pour en décrocher les éléments décidément hétérogènes : Tosh, notamment, paraît directement visé. La tournée s'annonce ponctuée de dix-sept dates et en ouverture de Sly and the Family Stone qui démarrent en fanfare à Homestead, Floride, devant un public qui fait un accueil délirant aux Wailers et se montre forcément plus tiède (sauf les fans de la famille Stone) avec ce qui a l'air de n'être plus qu'une seconde partie. L'ambiance perdure le temps de quatre concerts avant que Sly Stone ne mette un terme à cette douteuse association et refuse d'être regardé plus longtemps comme le faire-valoir des Wailers.

Blackwell, qui suit la trajectoire de ses protégés depuis Londres, commence à se frotter les mains. Voilà que les enfants de Kingston sont accueillis pour ce qu'ils sont, des voyous de Jah, sauvages et insolents, toujours prompts à sortir du cadre où les programmateurs du monde voudront les enfermer. La deuxième partie de la tournée en Californie, sans la famille Stone, le confirme, qui débute par un concert au Record Plant à Sausalito, le 31 octobre, retransmis par la fameuse antenne KSAN à San Francisco, émettant depuis 1968 et où Frank Zappa, notamment, était venu faire maintes fois le *Fraudulent DJ* (l'enregistrement de KSAN est repris en album, *Talkin' Blues*, en 1991 puis 2002). Les Wailers assurent parfaitement leur statut d'outsiders définitifs avec un répertoire qui emprunte aussi bien aux deux albums Island qu'aux marges d'une production orgueilleuse et pléthorique (le « Bend Down Low », enregistré une première fois au retour du premier séjour dans le Dalaware, en 1966, et repris sur *Natty Dread*, 1974, et « Talkin' Blues », également sur *Natty Dread*).

Puis retour à Londres où l'orage qui se dissimulait sous la pulsation rythmique éclate enfin. L'hiver glacial n'y est pas pour rien qui recroqueville les âmes et laisse tout le monde de fort méchante humeur. Et maintenant l'hécatombe. Joe Higgs, qui avait refusé de poursuivre après la tournée américaine, est dans son île. Earl « Wire » Lindo part rejoindre Henry Saint Claire Fredericks, dit Taj Mahal, monument du blues. La tournée est annulée, sept concerts et un gala arrangé pour la presse londonienne dans les choux. Le plus irréparable est à venir : « Le 30 novembre, à Nothampton, une neige glacée se met à tomber — la première neige pour les Wailers depuis des années. Bob et Peter commencent à se disputer, et en viennent aux mains[5]. » Bob cherche, intuitivement une sorte de « Bâton de Correction ». Peter, qui appelle Blackwell « Whiteworst », lui reproche d'avoir été le Grand Séparateur, parlant depuis les commencements de « Bob Marley *and* the Wailers », même si, en réalité, Scratch avait déjà ouvert la brèche. Puis le châtiment vient de lui-même : les frères Barrett réembarquent avec Tosh pour la Jamaïque. Les Wailers, première manière, sont morts.

Peut-être faudrait-il épiloguer sur ce divorce et essayer de comprendre les motivations ou les stratégies des uns et des autres au moment où chacun reprend sa route. Mais une autre question est de savoir comment on fait tenir ensemble et si longtemps trois principes explosifs*, sinon pour former ce cocktail Molotov qui a peut-être véritablement explosé à Londres lors de la tournée de *Catch a Fire*, alors que le public londonien, sans le savoir, les voyait une dernière fois réunis.

* La rencontre chez Joe Higgs date du tout début des années 1960 et la séparation de l'année 1973, ce qui n'est pas, malgré tout, une tranche de vie négligeable, et même si l'on soustrait les deux séjours de Bob dans le Delaware, sa virée en Suède, ses retraites à Nine Miles, etc.

En attendant, comment fait-on pour relancer la machine ?

À Kingston, Manley est au pouvoir, mais le JLP et le PNP se livrent encore une guerre sans merci pour le contrôle de la ville. Les vaincus cherchent à se mieux placer, les armes à la main, grignotent le terrain partout où ils peuvent, préparent leur revanche, leur retour au pouvoir. Une obsession sans frontières. Josué, lui, toujours impérial, poursuit sa mission en direction de Cuba dont il veut épouser le socialisme « démocratique », ce qui a évidemment l'heur de déplaire au grand voisin américain. Il durcit encore le ton en intégrant un certain nombre de marxistes dans son gouvernement et en en appelant encore une fois à cette conscience et à ce pouvoir noirs que l'universitaire Walter Rodney et ses démêlés avec l'ancien pouvoir continuent à symboliser en Jamaïque. Le « Castro » jamaïcain en impose toujours, même si la société se fissure en maints endroits et si les grognements se font très largement entendre. Mais on y croit encore. C'est sur fond de cacophonie, de tir à bout portant, d'intimidations de toute nature, de manœuvres dans les coulisses, dans cette Caraïbe qui inquiète tant les conseillers de Nixon, que le reggae plastronne et dont il s'alimente et se renforce. Les ventes de *Burnin'* sont très encourageantes, c'est Blackwell qui l'annonce par téléphone à Hope Road, peut-être parce que Bob a fait la couverture de *Melody Maker*, la vieille et respectable revue musicale britannique qui a commencé à faire peau et sons neufs à partir précisément des années 1970. Dans ses entretiens avec la presse, Bob maintenant se lâche, c'est-à-dire qu'il commence à délivrer un message qui puise dans les standards de la foi nouvelle, mais que la prise ininterrompue d'herbe rend carrément indéchiffrable ou *forcément* ésotérique. Par exemple dans un entretien pour la radio, fin 1973, avec Neville Willoughby, l'ami de Johnny Nash qui lui avait proposé, à la Noël 1967, de l'accompagner à une *groundation*, et où celui-ci avait rencontré notre Bob, le spliff au bec. Willoughby lui demande s'il n'est pas étonné de constater que les gens ne comprennent précisément pas son message. Réponse de Bob :

J'ai pitié d'eux, parce qu'ils s'exposent à des tribulations inutiles. Maintenant, mon cœur peut être aussi dur que la pierre, et aussi fluide que l'eau. Tu vois ce que je veux dire ?

Willoughby avale sa salive, prêt à rebondir, mais Bob continue :

Et, comme ma mère me disait : « On va leur couper la tête, et ils voudront mourir et ils ne pourront pas, le jour du Jugement. » C'est maintenant, le jour du Jugement. Seuls les plus endurcis vont survivre, comme l'a dit Marcus Garvey. Et tu sais, c'est vraiment ce qui est en train de se passer[6].

Pas étonnant alors que les journalistes qui sont allés ensuite à Canossa, une fois que la réputation de Bob eut traversé les bras de mer, les océans, aient plutôt marché à reculons. Mais Marley, c'était cela, cette passion de disparaître.

Puis vient la der des ders, il en faut bien une. Les Wailers remontent sur scène à l'occasion de la venue de Marvin Gaye au Carib Theater à l'invitation du ministre du Logement Tony Spaulding : il s'agit de recueillir des fonds au moment où celui-ci projette la création d'un complexe sportif à Trench Town. Les Wailers ne se sont pas produits en Jamaïque depuis leur consécration outre-Atlantique et la foule réclame quelque chose comme un retour sur investissement. Car qui est venu danser sur les premiers morceaux des Wailing Wailers, qui a acheté les premiers disques chez Studio One, chez Scratch ou maintenant chez Island ? Il y a une effervescence indescriptible, une attente palpable et toujours de ce que Marley semble promettre, c'est-à-dire moins un concert que des fonds baptismaux et le sacrement. Pour la première fois, Bob interprète « Rebel Music », appelé aussi « Roadblock » (« Barrage routier ») et qui colle parfaitement à l'exécrable atmosphère générale où le pays est plongé depuis la venue de Manley au pouvoir, à moins que ce ne soit depuis plus longtemps encore. Bob y raconte une expérience personnelle en compagnie de sa petite amie, la photographe Esther Anderson (on lui doit maintenant le visuel des deux premiers albums Island). Période de couvre-feu (« *curfew* »), ils sont arrêtés à un barrage routier. C'est à peu près aussi original que d'être aujourd'hui flashé sur les routes de France. Mais Bob a, avec lui, comme toujours, son herbe, et au moment où le flic s'approche de lui, il doit balancer son petit sac. S'ensuit un échange qui déborde très vite le cadre d'un interrogatoire policier. Les questions du flic interrogent directement la légitimité du chanteur, de l'homme Marley. Faut-il des papiers aussi pour justifier qu'on a le droit de vivre ? Allez répondre à pareille question lorsque vous êtes un simple flic affecté au district machin et devisant avec un type, qui dit s'appeler Bob Marley et qui vient de balancer, même le collègue l'a vu, son paquet d'herbe dans la cambrousse ?

Une nuit au Roxy

Comme souvent après un divorce, une fois plus ou moins bien surmonté l'effet de ressac, on s'aperçoit qu'on était assez bien préparé à se passer l'un de l'autre ou, en l'occurrence, les uns des autres, et à voler de ses propres ailes. À essayer tout au moins. La carrière de Peter ne paraît pas souffrir de la séparation d'avec Bob. Il fonde son label Intel-Diplo HIM (« Intelligent Diplomat for His Imperial Majesty ») et travaille avec Lee Jaffe à son premier album post-Wailers, *Legalize It* (1976), enregistré avec les musiciens de Bob et même avec le concours de ce dernier, signe que rien ne fut irrémédiable (Grammy du meilleur album de reggae, 1988). Même aptitude à rebondir de la part de Bunny qui sort sur son propre label Solomonic les singles *Rastaman* (1974) et *Arabs oil Weapon* (1975) puis, l'année suivante, son premier album, *Blackheart Man.* Chacun réaffirme ce qu'il était et que le trio semblait quelque peu étouffer, mais on demeure dans des liens de considération, par-delà les mouvements de colère, bien sûr, particulièrement dans le cas de Bunny et Bob qui resteront toujours très proches*. Pour Bob, bien entendu, c'est l'hémorragie. Il faut refonder. Presque repartir à partir de rien. Qui reste, qui s'en va ? Qui n'est déjà plus là ? Dans la troupe, on fait l'appel. Aston « Family Man » Barrett ? Présent ! Carlton « Carly » Barrett ? Présent ! C'est déjà ça. Earl « Wire » Lindo ? À New York avec Taj Mahal pour son album *Mo' Roots*. OK. Tyrone Downie ? Joue désormais avec les Caribs, un groupe qui trime pour le Sheraton. Bon. Lee Jaffe ? Présent. Bernard « Touter » Harvey (organiste de seize ans, en remplacement de Wire) ? Présent. Bien. Peter Tosh ? Bunny Wailer Linvingston ? Oui, on sait. Les I Threes, le groupe composé par Rita, Judy (Mowatt) et Marcia (Griffiths) ? Présentes. Bob ? *Yeah man*. Plus que jamais là. Mais tout est loin d'être parfait, il manque au moins un guitariste, il faudra le recruter en cours de route ; pour l'heure, et en attendant mieux, les sessions au studio Harry J. (19, Roosevelt Avenue) peuvent commencer. Bien évidemment, l'album en devenir va puiser dans l'actualité politique du moment car personne n'est censé ignorer la révolution qui est en marche, la révolution qui traîne des pieds, qui se fait attendre, mais personne ne peut, ne doit mourir idiot. Alors *Knotty Dread* qui va devenir *Natty Dread* colle

* Quand on interroge Peter, quelques jours avant sa mort — il est assassiné à son domicile le 11 septembre 1987 — à propos de son ancien camarade de scène, il répond : « Bob Marley était mon élève » (Maureen Sheridan, *Bob Marley. Les secrets de toutes ses chansons*, traduit de l'anglais par Jacques Collin, Paris, Hors Collection éditions, 2000).

encore, peut-être plus que *Burnin'*, à une actualité entêtante.

Blackwell, Whiteworst, on ne sait plus, accueille les précieux enregistrements à Londres et prépare le remixage. La question du guitariste manquant paraît solvable dans la mesure où le producteur a embarqué récemment le dénommé Al Anderson, guitariste rock noir américain qui a travaillé avec Chris Wood pour Traffic, mais qui est déjà passablement abîmé par l'alcool (il a vingt-six ans) et essaie de se refaire chez Island une santé. Or la rencontre avec Bob (octobre 1974) qui, comme lui, a les cheveux nattés (chez le Jamaïcain, cela a évidemment pris une proportion déjà très spectaculaire), comme lui carbure aux extasiques (ganja contre tequila ou vodka ou bourbon), produit sur Al un effet cathartique. C'est une intéressante remarque qu'il fait, ici, à propos des différentes diètes à l'œuvre dans le monde du show-biz qui peuvent, nous l'avons déjà signalé, expliquer bien des trajectoires :

> À l'époque, je buvais beaucoup, j'étais plutôt délabré. Mais Bob... pas un bouton sur la figure, pas une ride. Il marchait à l'herbe et à la nourriture *Ital*, et il était en parfaite santé. J'ai remarqué ça tout de suite : il était dans un état physique et moral incroyable, rien ne lui échappait[1].

Cela ressemble un peu à une défense et illustration de l'herbe du diable et de sa petite fumée, loin de nous cette idée, proche de nous cette idée, comme vous voudrez, mais nul doute que le « *Legalize* *it* », le credo des rastas, ait trouvé à travers ses athlètes de Jah d'extraordinaires ambassadeurs. Al est conquis, non pas en faveur de l'herbe (quoique) mais d'un retour à soi et d'une exigence qui seront sans doute les puissantes raisons de sa fidélité aux nouveaux Wailers (il sera encore là pour l'enregistrement de *Survival* et *Uprising*). L'*overdubbing** entre les mains de Blackwell tire alors avantage de ces fortes affinités que la rencontre Al et Bob a mises au jour et les chants guerriers de *Natty Dread* sont empaquetés sans accroc dans un temps minuté, Marley voulant revenir au pays avec son nouveau guitariste au plus tôt afin de le soumettre à l'entraînement de Skilly (« Cours ou crève ») : « Lively Up Yourself » est une extatique intrusion au cœur du *skanking*, cette manière de danser la musique au plus intime de soi, née avec le ska ; « Rebel Music », « Talkin' Blues », « No Woman No Cry », « Revolution » sortent tout droit d'une expérience dont le chanteur extrait une liqueur d'amertume, de colère ou de tendresse, le glas des dernières illusions ayant sonné ; et, enfin, les toutes premières prises de position musicale de Bob (avec « Rastaman Chant » sur *Burnin'*) en faveur de sa foi qu'il a déjà chevillée au corps, « Natty Dread » et « So Jah Say », ce dernier morceau ouvrant le grand livre des citations de Bob empruntées à ses lectures de la Bible.

* Désigne le travail de « montage » en studio d'enregistrement, permettant d'ajouter à la ou les prises de son initiales de nouveaux enregistrements et ainsi de les « habiller ».

Puis deux accélérateurs de particules, au cas où ça ne tournerait pas assez vite. Lors de la venue de Marvin Gaye, on s'en souvient, Bob fait la connaissance de son imprésario ou manager, Don Taylor, né en Jamaïque et ayant fait son chemin dans le monde de la musique noire américaine. Les deux hommes se jaugent comme lors d'une joute martiale — et on verra comment la suite éclaire la formule —, chacun sentant tout le bénéfice qu'il va pouvoir tirer d'une association. C'est exactement ce qui se met en place au moment de la sortie et de la promotion de *Natty Dread*, en février 1975. Bob renifle que Don a réussi dans les affaires parce qu'il n'est pas précisément un enfant de chœur, qu'il a tissé des liens peu avouables dans le milieu pour pouvoir faire triompher, à n'importe quel prix, ses idées et ses poulains. Il est certainement quelqu'un qui pourrait participer d'une consécration internationale qui, de l'avis de Chris et de Bob, tarde à venir. Et, à peine embauché, Don fait les choses avec emphase et une grande réussite. Le contrat Island, après le départ de Peter et Bunny, justifiait d'être renégocié. Don le fait auprès de Blackwell avec une ferme autorité, laquelle permet de conforter assez idylliquement les positions financières de Bob (avec, par exemple, l'acquisition pour le chanteur, pour un prix très raisonnable, de la maison de Blackwell à Hope Road, Kingston) et, plus inattendu, de lui garantir, où qu'il se trouve sur la planète, son approvisionnement en herbe, ce qui prouve toute la bonne volonté du nouveau manager des Wailers[2].

Bob a donc vu juste, une fois encore, et Don Taylor est véritablement celui qui, au lendemain du clash entre les vieux complices de « Trench Town Rock », relance la roue en préparant avec tact et hargne la tournée *Natty Dread* 1975. Le second emballement vient de ce que les chansons et hits des Wailers commençant à circuler dans les milieux musicaux, certains chanteurs s'en emparent, c'est un peu comme acheter un Van Gogh avant ou après le coup de feu du 27 juillet 1890. Taj Mahal reprend « Slave Driver » (*Catch a Fire*), Barbra Streisand « Guava Jelly » (« Gelée de goyave », qui sent bon l'*Ital*, et composé pour Nash) sur son album *ButterFly*, et surtout Clapton qui, après un séjour en Jamaïque au cours duquel il a rencontré Bob, intègre « I Shot the Sheriff » à son nouvel album, post-héroïne, *461 Ocean Boulevard*, qui propulse littéralement la carrière de l'un et de l'autre. On dit, sans doute pour sacrifier à la tentation de la formule, et davantage qu'au sens d'une histoire déjà longue, que le « I Shot the Sheriff » de Clapton a davantage fait pour le reggae et pour son principal ambassadeur que tous les Sims and Blackwell and Taylor réunis.

L'effet *Natty Dread*, fort de tous ces soutiens, est alors irrésistible et la *rasta attitude* véritablement dans l'air. Bob est désormais intronisé comme *hirsute rasta reggae Che*, à la condition de gommer un peu cette « fantaisie éthiopienne », ce dieu

Jah qui a trop l'air d'émarger à d'autres paroisses et toute cette quincaillerie que la jeunesse du monde ne questionne pas, ou peu, ou de biais, pour laisser à Bob sa fraîcheur de bel opprimé dansant autour des bûchers où brûlent les tristes verroteries de Babylone. Bob est plein de feu et d'amour, il a su relever le défi de la séparation d'avec ses anciens complices, a trouvé de nouveaux partenaires, a continué à produire, créer, prier, danser et toute cette dynamique gorgée de jus de goyave et de lumière est là, en quintessence, sur *Natty Dread* : nombreux sont alors ceux qui ont fait de cet album un sommet.

Nul doute que les forces sauvages soient lâchées ; peut-être immédiatement après cet sorte de ululement de Bob à l'entrée de « Lively Up Yourself » qui a l'air d'entrouvrir les portes du jour nouveau. Le revers de cette illustre médaille, et là ce sont les grincheux qui rappliquent, c'est que la starisation de Bob se fait désormais au détriment de toute réelle innovation, que *Natty Dread* est, en somme, la dernière avancée de Bob et même des *brethren* Peter et Bunny qui sont encore, même en esprit, très présents. Et Lloyd Bradley d'enfoncer le clou :

> Les structures, les arrangements et le son de la plupart des dernières œuvres ne changèrent pas : prenez par exemple, « Exodus » (*Exodus*, 1977) et « Coming in from the Cold » (*Uprising*, 1980) : elles sonnent comme si elles provenaient de la même séance mais il y a quatre ans d'écart entres elles, ce qui représente une éternité en terme de reggae. À ce stade, cependant, le public achetait autant Bob l'individu que Bob le

musicien, et lui, personnage toujours des plus charismatiques, ne décevait personne[3].

C'est peut-être dans ces lignes qu'on perçoit toute la difficulté d'analyser le phénomène BMW. Bob a puisé à toutes les sources disponibles, et avant tout à une manière de *Sturm und Drang*, à quoi pourrait se résumer l'expérience rastafari et celles qui la précèdent ; chacune, à sa manière, participe de cette tentative chirurgicale singulière entre toutes visant à greffer le Dieu monothéiste sur le corps des traditions animistes de l'Afrique, transportées et réensemencées dans la Caraïbe et l'Amérique par les esclaves. Il s'est nourri à ces expériences sans âge pour finir par trouver sa formule personnelle, son étoile à lui, moment à partir duquel il quitte proprement tous les territoires où il a provisoirement pris appui. Comme le dit Bradley, l'apport de Marley au reggae est presque négligeable, même chose à rastafari, même chose dans une autre mesure à l'histoire de son île dont il est à la fois une icône et une sorte d'intrus. Ainsi le voyons-nous, au détour de *Natty Dread*, émancipé de tous ses emprunts et influences pour proposer sur la scène du monde une figure-signe qui les subsume et les engloutit toutes. Marcus Garvey et Usain Bolt sont plus jamaïcains que Bob qui demeure à jamais une figure en creux.

En Jamaïque, Manley piétine, s'embourbe dans une situation sociale inextricable. Les pays de l'OPEP, réunis au Koweït les 16 et 17 octobre 1973, c'est-à-dire en pleine guerre du Kippour, annoncent des mesures de représailles en faveur des amis d'Israël. Tous les bénéfices de la bauxite que le gouvernement Manley avait retirés d'une renégociation avec les multinationales sont absorbés par la hausse vertigineuse du pétrole. L'opposition, avec l'aide des États-Unis, n'a pas de mal à tirer avantage d'une situation qui tourne au vinaigre, puis à l'acide, puis à l'émeute. Le BITU, bras armé du JLP, bloque les docks et empêche les bateaux de décharger. Il cherche à asphyxier un peu plus le pays. Tous ceux qui ont intérêt à voir tomber le « marxiste » Manley sentent que le vent de l'histoire souffle dans leur sens et qu'il faut saisir cette chance. Les relations de la Jamaïque avec Cuba (relations diplomatiques rétablies en 1974) en pleine guerre froide ne servent bien évidemment pas un rapprochement avec l'Amérique de Kissinger, resté au poste de secrétaire d'État après la démission de Nixon. Les choses en viennent aux sanctions avec la décision du département d'État de restreindre les relations économiques et commerciales avec la Jamaïque. Quand Hélène Lee enquête pour savoir comment la Jamaïque en est arrivée là, elle se voit répondre par un Ras rencontré quelque part dans les montagnes bleues :

L'économie s'est effondrée parce qu'on l'a fait s'effondrer. Et la CIA l'a fait s'effondrer en brûlant la ganja et en faisant peur aux investisseurs, aux touristes, au FMI. Ils ont payé leurs journalistes pour dire que nous étions des communistes et qu'il fallait nous écraser[4].

C'est la thèse soutenue par le PNP et ses partisans face à une situation qui paralyse toute offensive politique sur le terrain. En attendant, c'est le sauve-qui-peut. Les amis d'hier sont les sceptiques d'aujourd'hui, lorsqu'ils n'ont pas carrément retourné leur veste et toujours du bon côté. Les chanteurs rastas, qui caracolaient en tête de la caravane publicitaire au temps où Manley était encore Josué, tirent maintenant à bout portant, et d'autant plus méchamment qu'ils ont été plus impliqués, comme Max Romeo qui brûle son idole avec *War Ina Babylon*, enregistré au Black Ark (Island, 1976).

Mais Marley, lui, est déjà plus loin. Il est en pleine romance avec Anita Belnavis, championne jamaïcaine de ping-pong qui lui donne, le 26 février 1976, un autre joueur de foot, ou un remplaçant, Ky-Mani ; puis tout de suite après, avec Cynthia Jean Cameron Breakspeare dite Cindy Breakspeare, première Jamaïcaine à être élue Miss Monde en 1976, extraterritorialité et universalité qui n'ont pas dû ralentir les ardeurs d'un rasta qui se sent décidément de mieux en mieux au milieu de ce temple (son corps) désormais si convoité (Damian Marley viendra au monde le 21 juillet 1978).

Bob est à présent une sorte de dignitaire, on ne sait de quoi, de lui-même, de soi. Qui reçoit chez lui, dans son domaine de Hope Road et qui peut se permettre de vivre affranchi des règles et lois communes. Les femmes semblent attendre leur tour, les enfants, ceux qui sont faits, ceux qui sont à faire ; mais aussi les rastas des Twelve Tribes of

Israël qui, à l'invitation de Joseph, se rassemblent pour prier et lire le Livre ; les anciennes relations de Bob et les toujours *rude* ou davantage, petites frappes ou gros bonnets que Bob se promet de ramener, comme Al, comme tant d'autres, vers le respect de soi — et cela même s'il continue à bien aimer leurs histoires, leurs embrouilles, leurs disputailles y compris lorsque les *brethren* se réunissent pour tambouriner et se passer le *Wisdom Chalice*. Et lorsque l'un d'entre eux se fait prendre, Bob envoie son amie et avocate Diane Jobson pour payer la caution[5]. Bob écoute d'une oreille distraite, l'esprit ailleurs, accaparé déjà par la tournée *Natty Dread* que Don Taylor a mijotée et où chacun a décidé de jouer gros. Bob a, en effet, décidé d'emmener avec lui, en plus des musiciens, un aréopage. On dirait William Beckford débarquant à Coimbra. Musiciens : les frère Barrett, Al Anderson déjà en voie d'*italisation*, Tyrone Downie, Alvin « Seeco » Patterson, les I-Twos (Marcia Griffiths, enceinte, n'est pas du voyage). Directeur artistique : Neville Garrick. Manageur : Don Taylor avec deux assistants, Dave Harper et Tony Garnett. Cuisinier : Mickey Dan, champion de la cuisine *Ital* (porridge de maïs, poisson, soupe de haricots, mélange d'algues, de lait et de graines de lin, etc.). C'est une petite *Jamaica* qui navigue entre Miami (5 juin) et Manchester (20 juillet) avec une succession de temps *fortissimo* parmi lesquels on peut retenir, en s'excusant d'être si économe, quatre acmés de fureurs. Central Park, New York (18 juin), à l'occasion du Schaefer Music

Festival dont ils font l'ouverture devant quinze mille personnes, très en jambes et en voix. Le Boarding House, San Francisco (4-7 juillet) où on vit peut-être vraiment pour la première fois surgir sur la scène, avec sa Gibson Les Paul, ruisselant de sueur, montant parfois les genoux très haut, les yeux rentrés, comme à la fois en et hors de lui-même, un artiste livré à son destin, ne pouvant plus reculer, rejoignant très exactement devant ce public américain blanc ce point où la détermination extrême confine à l'abandon absolu. Comme un pantin que le *one drop* anime et meut jusqu'aux cendres du concert. Le Roxy, Los Angeles (9-13 juillet) devant un parterre crème et gratin où on aperçoit Keith Richards, Ringo Starr, Grateful Dead, Herbie Hancock, William Everett Preston, Joni Mitchell, George Harrison, Cat Stevens, Buddy Miles, ainsi que de très nombreuses icônes du septième art. Enfin, le Lyceum sur le Strand (Londres), vieux théâtre d'à peine plus de deux mille places que Neville Garrick aménage comme il l'a fait durant toute la tournée, en affichant sur scène les portraits de Garvey et de Sa Majesté l'empereur d'Éthiopie et où démarre l'enregistrement de l'album *Bob Marley and the Wailers Live !* contenant le pur et puissant élixir de goyave.

C'est une mécanique bien huilée que la performance des Wailers, qui laisse pourtant chaque soir une large place à une sorte de transe créatrice qui part de Bob, du corps-temple de Bob, et se communique à toute une salle, et cela quelle que soit la nationalité de ces gens qui bougent et dansent, la couleur de leur peau, leur condition sociale, leur âge : la pulsation lourde que font rouler les frères Barrett a le pouvoir de créer les conditions de cet emportement, et le sorcier officiant, extatique, fait le reste. Naturellement cet homme qui a l'air de sortir d'un documentaire sur les traditions premières, sur le néolithique, fascine ce public et les médias qui ne peuvent plus se passer du petit homme avec sa drôle de crinière sur la tête et qui dit des trucs que personne ne comprend. C'est maintenant du plus grand chic que d'assister à ces apothéoses de sueur animale distribuée, expulsée au rythme d'une musique venue des âges anciens, peut-être d'Afrique, et que ces types ont l'air d'avoir conservée dans de vieux bocaux quelque part dans leurs maisons de torchis.

Bob se rend aux entretiens avec sa vieille Bible King James qui ne le quitte jamais, au cas où le journaliste en redemanderait, au cas où il manquerait d'inspiration. Il vient toujours un moment où il faut rouvrir le Livre et consulter. La situation est idéale pour faire connaissance et Bob ne se gêne pas pour débiter sa foi, pour régurgiter les enseignements de Gad, le Prophète, ou de Planno, le diplomate, c'est une langue des oiseaux où ceux qui ont des becs pour picorer picorent et les autres, les pauvres, restent les yeux braqués sur les locks de Bob qui se meuvent comme des serpents qui sifflent sur sa tête. Tous les sujets sont passés en revue. Le patois de Bob fait merveille, cet ésotérisme de bon aloi qui sert à noyer le petit et le gros poisson, cette timidité qu'il a tournée en gilet pare-questions : Bob y demeure en son mystère, inexploré et intouché. C'est même étonnant d'avoir été si longuement et incessamment trituré sans n'avoir jamais vraiment rien dit.

Un art de Sioux.

Protected by His Majesty

La tournée achève ses chevaux. Le petit homme a fait danser le monde pendant près d'un mois et demi et se prépare maintenant à regagner son île. L'instant magique se clôt mais on ne sait pas très bien comment tout cela a tenu ensemble. Ces êtres si disparates, si singuliers, si orgueilleux, comment ont-ils produit ce show qui reste encore dans les mémoires et qui place maintenant Bob parmi les « bêtes de scène » internationales. Certainement que, dans son cas, la formule fait sens. Mais les secrets sont nécessairement mal gardés. Le jeune Tyrone Downie, dix-huit ans, donne un peu ici ce qui doit être la ligne mélodique de toute cette armada qui rentre, cassée, en Jamaïque. Il explique qu'il avait hésité à faire cette tournée de peur de n'être pas payé, comme c'est en général le lot des musiciens en Jamaïque. Mais Family Man avait insisté et il est difficile de refuser de jouer avec Bob :

Mais ce qu'il faut supporter, *man*, la fatigue morale... Bob communique sa tension à tout le monde... il n'est jamais relax. Il est toujours inquiet de la façon dont le show va se passer, de savoir si les musiciens vont vraiment assurer sur scène. Mais il ne devrait pas s'inquiéter avec un groupe pareil. Le son est déjà là. Mais il est nerveux et tendu, et il passe sa mauvaise humeur sur tout le monde[1].

Cela tranche assez vertement avec le personnage qui, *yunno*, le spliff entre les doigts, la main sur la Bible, répond aux questions. En réalité, Bob *ne pense qu'à ça*, jour et nuit, et sans doute aussi entre les bras des mamans de tous ses bébés, le *show*, les réglages, les ajustements, ce qui peut être amélioré, encore, entre le Massey Hall (Toronto) et le Lyceum. Une insatisfaction qui est, de ce tour, comme des autres, le moteur secret, et qui explique à la fois le niveau de la performance et la passion de remettre en jeu, de faire mieux. « En hommage à ton altitude, Montagne, dit Victor Segalen dans *Stèles*. Fatigue ma route : qu'elle soit âpre, qu'elle soit dure ; qu'elle aille très haut[2]. » Évidemment, cela signifie pour les membres de la troupe de pouvoir suivre, encaisser le stress de Bob, le métaboliser d'une manière ou d'une autre, de se poster au meilleur de soi dans la seule mesure où Bob ne s'épargne jamais, qu'il cherche à tout donner et en toutes circonstances. Personne n'a vu quelqu'un se lever avant lui ni se coucher après, à Hope Road comme durant les tournées. Il y a chez lui un *veilleur* attentif, un chef de clan, qui ferme les portes une fois que tout le monde est rentré. Et dans cette émulation de chaque instant, les boiteux, les essoufflés, les tordus sont tout de suite repérés. C'est exactement ce qui arrive avec Don Taylor auquel les musiciens reprochent de leur manquer de respect ou bien de faire parfois les choses en amateur ce qui, au niveau où les athlètes se produisent, est proprement suicidaire. Et on rapporte bien entendu ces manquements à Bob.

Le retour en Jamaïque est aussi celui du départ du Roi des Rois en Éthiopie, mort des suite d'une opération de la prostate en prison, oui, *en prison*, ou peut-être étouffé, car l'empereur avait suscité des mécontentements croissants — et les militaires marxistes du Derg sont maintenant au pouvoir. Pour ceux qui avaient vu en lui le Messie noir, le Rédempteur, le coup est un peu rude. Il y a, à Hope Road comme ailleurs dans le pays, un peu de flottement. Les fois vacillent, sont à l'épreuve. Bob travaille alors, depuis quelque temps, à adapter un discours prononcé par Hailé Sélassié lors d'une assemblée des Nations unies en 1968, déclaration vibrante contre un concept de race légitimant l'idée de hiérarchie et de discrimination qui porte en elle la nécessité de la guerre (« Je dis : guerre », insiste l'empereur). Sans doute est-il, comme ses frères en rastafari, profondément ébranlé ; sans doute vit-il douloureusement ces vacillements et reniements. Sa réponse est alors immédiate et des plus directes : entré avec un autre vibrant dévot du vieux Négus, Lee « Scratch » Perry, au studio Harry J., en compagnie des frères Barrett, il enregistre à l'attention des rastas un « Jah Live » qui est une adresse cinglante aux roseaux flagellants. « Jah Live » (en single chez Tuff Gong puis repris sur la compilation *Songs of Freedom*, en 1992) tout comme « War », à quoi le discours de l'empereur a finalement abouti (figurant sur *Rastaman Vibration* en préparation), rappellent à ceux qui l'auraient mis en doute que la détermination et la certitude de Bob sont intactes — (d'ailleurs le corps de Hailé Sélassié ne fut découvert qu'en 1992, soit longtemps après que Bob s'en fut allé).

Les temps sont troubles. Agités. Babylone tire partout la langue mais, comme on le sait maintenant, Babylone ne meurt pas, ou alors l'agonie est à peu près aussi longue que l'histoire du monde, il faut s'armer d'une très grosse patience. Bob, lui, est à cran, peut-être parce que son horloge interne indique des échéances proches et brutales. Il y a une éternité de temps, mais il n'y a pas un instant à perdre. Dehors, loin de la maison-îlot, la société craque comme les bois d'un vieux bateau-négrier au large des côtes d'un nouveau et si prévisible monde. Les experts du FMI réunis à Kingston, les 7 et 8 janvier 1976, affrontent, bien malgré eux, une ruade du ghetto qui les oblige à se barricader dans leurs hôtels trois étoiles. Manley irrite, avec art et conviction, le département d'État et son régime est maintenant victime d'une déstabilisation orchestrée. En juin, c'est l'état d'urgence qui est décrété et le gouvernement est obligé de jeter en prison pas mal de ceux qui avaient contribué à porter Manley au pouvoir. Hélène Lee ponctue :

Si les *Elders* n'avaient pas été là — les Mortimer Planno, les Bob Marley, les Joe Higgs, les Tartar... — la Jamaïque serait devenue comme Haïti[3].

Les retombées de la tournée *Natty Dread* et de la sortie du *Live !* sont énormes. Le magazine *Rolling Stone* fait des Wailers avec leur skipper le groupe de l'année 1976. Les anciens complices, Peter, Bunny et Bob, montent sur scène, séparément, à l'occasion du concert donné par Stevie Wonder, venu soutenir une institution pour aveugles, et s'offrent une dernière occasion de chanter ensemble « Rastaman Chant », et des vagues d'émotion inouïe parcourent la foule du stade national. Bob se remet aussitôt au travail, reprend les footings avec Skilly au matin et, avec ceux qui se lèvent, les parties de foot, reçoit à son domicile une suite maintenant ininterrompue de ses anciens ou nouveaux amis venus l'inviter à se pencher sur leur triste destin et qu'il aide, comme il peut, souvent beaucoup, poursuit les sessions d'enregistrement interminables avec un groupe remanié depuis le retrait d'Al Anderson et de Lee Jaffe, partis rejoindre Tosh sur son album *Legalize It*.

Par bonheur, les bonnes volontés ne manquent pas et sont recrutées en toute hâte. Toujours le pas de danse et de course : deux guitaristes, Earl « Chinna » Smith et Donald Kinsey. On ne sait pas très bien pourquoi il faut battre rappel et mesure, mais chacun croit le savoir et s'anime, fait de son mieux. L'album *Rastaman Vibration* sort chez Island en 1976. Sur la belle pochette façon toile de jute (on y trie l'herbe) dessinée par Neville Garrick (Bob avec une large casquette coiffant ses dreads pléthoriques), figurent des paroles empruntées à la Genèse (notamment 49 : 22-24) montrant Joseph comme celui qui porte en lui toute la fécondité de sa lignée.

C'est la première fois que Bob apparaît publiquement en tant que Joseph, le nom que lui a donné Gad le Prophète, on s'en souvient, au moment de son entrée dans la communauté des Twelve Tribes. L'offensive de Bob en faveur de ses frères noirs opprimés, partout sur la planète, le place à présent très au-dessus de la mêlée. Il est leur porte-parole en bonne situation d'être entendu, un guerrier qui, parvenu à la renommée, n'a rien perdu de son agressivité face aux anciens esclavagistes. Un fier Marron qui poursuit le combat des Cudjoe, Sharpe et Bogle sur d'autres terrains et scènes, et que les Blancs ne pourront plus condamner au silence. La mue est proprement inouïe. Des sound-systems à l'avènement que constitue la sortie de *Rastaman Vibration* en 1976, Bob s'est imposé en tant que leader incontesté de cette communauté fantôme, jamais recensée et qu'on peut au mieux qualifier de « *Black Atlantic* nébuleuse », selon la formule de Paul Gilroy.

Herbe folle poussée au bord des chemins où l'homme noir a broyé sa foi et son malheur, rastafari participe de cette déterritorialisation et universalisation des Wailers. L'album est d'ailleurs moins un prêche rasta qu'une entrée en guerre de la part d'un homme auquel la célébrité donne plus que jamais le sens de ses responsabilités. En tout cas les choses sont dites : au moment où tout le monde soupçonne la CIA de faire de Michael Manley un Allende *bis repetita*, Bob Marley affirme que les rastas ne bossent pas pour la CIA (« Rat Race »), et que lui et ses guerriers chasseront les « chauves stupides » de la ville (« Crazy Baldheads »). Souvenons-nous aussi de ces porteurs de machettes ou de flingues qui sévissaient et sévissent dans le ghetto, pour évaluer l'audace invraisemblable de ces propos. Bob ne joue pas.

Puis la caravane reprend la route, cette fois élargie à trois nouvelles destinations (Allemagne, France, Pays-Bas). L'assistance est encore rapprochée (Tony « Gillie » Gilbert à l'*Ital*, Skilly au coaching et à la protection du Ras, Neville Garrick et Dennis Thomson à la scène) et le show plus que jamais sort de son lit comme une eau furieuse. Car Bob martèle le message de l'empereur, non pas mort mais disparu, « C'est la guerre ! », la guerre partout, tant que Babylone continuera à user de cette arrogance et de cette morgue. Et ce sont les représentants de ce monde qui accourent à ses conseils, qui viennent faire entendre les « sanglots de l'homme blanc », si déchirants, cette aptitude à la flagellation qui est l'extase la mieux partagée. Mais le public s'est instruit, rastafari a commencé à faire des adeptes en dehors de la Jamaïque, il se passe de curieux mariages entre toutes les dissidences qui œuvrent en marge ou au sein de l'empire et, naturellement, la trajectoire de la comète rasta

Marley stimule, galvanise ces assemblées considérables que les concerts mobilisent. Avec une prime à la soirée donnée au Roxy, West Hollywood, Los Angeles, peut-être à cause de la présence de Dylan ce soir là, un des rares dieux blancs de Bob, et d'un public qui serre désormais au plus près le chanteur :

> Les jeunes Blancs ont perdu leurs héros, écrira le journaliste du *New Musical Express* : Jagger est devenu un riche homme du monde, Dylan un onctueux pantouflard, et même Lennon n'a plus grand-chose à dire. Et voilà que débarque ce type avec sa coiffure de fou, qui parle de brûler et de piller, d'éducation lavage de cerveau, d'aimer ses frères et de fumer de l'herbe. Le rêve continue[4].

Le rêve continue, ou le cauchemar.

Les élections qui se préparent pour la fin de l'année ont charrié un climat délétère et quand on formule ce genre de chose, on réalise qu'on écrit tout à fait à couvert. Mais dans Kingston, ravagé par des années d'affrontements entre les deux partis carnassiers, le crime a tout l'air de profiter aux champions de cette guerre qui, ici comme ailleurs, rend compte de l'idée que la politique est moins l'art de faire évoluer une société en son entier que d'en piétiner une partie. Et Manley comme CIA-ga (surnom donné à Edward Seaga) réquisitionnent parmi la pègre et le milieu leurs armées de supporters musclés, ouvrant en Jamaïque l'ère de la terreur.

C'est dans cette apocalypse que Bob fait une proposition pour le moins ambiguë ou naïve, dans ce contexte de guérilla partisane acharnée : donner un concert gratuit dans le parc des Héros-Nationaux, sans doute pour calmer les esprits, sans doute pour remercier ce peuple qui le porte et l'encourage depuis plus de dix ans. Mais si les intentions sont belles, les retombées seront fâcheuses, et d'abord pour l'intéressé. Naïf, Bob, car sitôt la date du concert fixée (baptisé « Smile Jamaica », titre enregistré à deux reprises par les Wailers), le 5 décembre, le gouvernement arrête celle des élections, soit deux semaines plus tard et, naturellement, comme Bob avait fait le show sur le camion-réclame en faveur de feu Josué, quatre ans plus tôt, le concert « Smile Jamaica » paraît directement inspiré de son soutien au leader du PNP. Bob, dit-on, est fou de rage. Mais comment reculer ?

Et ce qui devait arriver arriva. C'est ainsi que sont annoncées les mauvaises nouvelles, n'est-ce pas ? Les musiciens répètent dans le studio à l'arrière de la maison de Hope Road, le 3 décembre. Bob est tendu, comme à l'accoutumée, mais dans le contexte de ces manipulations auxquelles il a donné l'air de s'associer, à la fois dépité et terriblement remonté. Il fait une pause dans la cuisine où l'ont rejoint Donald Kinsey, le nouveau guitariste, et Don Taylor, et mord dans une moitié de pamplemousse. Soudain, deux Datsun blanches pilent devant la maison et six tontons flingueurs en descendent, plutôt bébés flingueurs, là aussi, deux qui se postent à l'entrée et les quatre autres qui commencent à tirer sur tout ce qui bouge et ne bouge pas, d'ailleurs. On les sent trop peu expérimentés, ou trop paralysés par la trouille. De la cuisine, Bob entend comme des pétards et s'apprête à aller voir ce qui se passe quand l'un des tueurs passe la tête par la porte de la cuisine. Il a une mitraillette pointée en direction des trois hommes et vide aussitôt son chargeur. Kinsey réussit à se planquer, Bob à se jeter au sol et c'est le pauvre Taylor qui prend l'averse. Sur les huit balles tirées, il en écope de cinq (flanc et cuisses), et Bob de la dernière qui ne fait que l'effleurer, mais tout de même à hauteur du sternum et non loin du cœur. Sans doute, les sept autres étaient-elles destinées à s'y loger tout aussi bien.

Parmi le reste de la troupe, tout le monde est indemne, sauf Rita qui est touchée au crâne, mais sans gravité. La nouvelle est fracassante dans le ciel de la Jamaïque. Le Premier ministre, en campagne, accourt aussitôt pour se rendre compte de l'étendue du carnage. Il est même surprenant qu'il n'y ait pas davantage de blessés et pas un seul mort car même Taylor, le plus touché, s'en sortira avec quelques belles cicatrices. Bob accueille Manley, trempé de sang. La blessure n'est pas profonde mais le chanteur est traumatisé. C'est le moment où vous réalisez ce que chanter veut dire en Jamaïque. Il rassure pourtant Manley en lui disant que le concert aura bien lieu et les trois blessés sont aussitôt convoyés vers l'hôpital le plus proche. Quelques heures plus tard, les troupes valides se replient vers la maison de Blackwell, à Irish Town, près de Strawberry Hill, dans les montagnes, en principe à l'abri de ceux qui ont dû apprendre que le chanteur était encore vivant et que le boulot restait à faire.

Qui veut tuer Marley ? Sans doute le ou les tueurs et les mandataires se cachent-ils parmi tous ces Jamaïcains qui déplorent son soutien, réel ou fantasmé, à Manley, et qui pensent que « Smile Jamaica » est une opération commanditée par le Premier ministre. Bob aurait dit aussi, quelques années plus tard, avoir vu le soir du crime le garde du corps de CIA-ga, Jim Brown, circuler dans Hope Road. Mauvais présage, *bad card*. Il questionne aussi sa liaison affichée avec Cindy Breakspeare, élue tout récemment Miss Monde à Londres, alors même qu'il est, officiellement, toujours marié à Rita Marley. La bonne société jamaïcaine a pu être choquée des libertés qu'il s'octroie. D'ailleurs, le groupe informel qui s'est constitué à Hope Road ignore à peu près tout des bonnes manières, pour évoquer une communauté hippie des années 1960, les libertés prises heurtant probablement les bourgeois de *upper* Kingston. Il y a peut-être aussi les embrouilles de Skilly, gros parieur au champ de courses de Caymanas Park. Quelques *duppies* mal lunés qui auraient de vieux comptes à régler avec Nesta. Voire. N'importe comment, les auteurs impliqués directement dans l'opération du 3 décembre sont passibles d'une justice « populaire » en juin 1978 en présence de Bob et de Don Taynor. C'est ce dernier qui le rapporte :

Avant d'abattre la dernière victime, les généraux du ghetto ont tendu le revolver à Bob : « Skip, tu veux te charger de ce pourri-là ? » Assis à l'écart, j'ai vu Bob refuser, mais il ne laissait paraître aucune émotion [...][5].

Reste maintenant le concert ! Comment s'exposer dans ces conditions ? Les musiciens, bien sûr se cachent, pas fous, et il faut aller les chercher, les déloger, un à un, de leurs cachettes et s'assurer qu'ils sont d'accord pour monter sur scène. On repère assez vite Don Kinsey, Tyrone Downie et Carlton Barrett qui ne font pas de difficultés pour tenir leur rang, mais une fois seulement que le groupe Third World aura essuyé le feu éventuel. Rita, qui vient juste de sortir de l'hôpital, toujours en robe de chambre, veut en être. Seul Family Man reste introuvable. Le guitariste Stephen « Cat » Coore, de Third World, accepte de le remplacer au pied levé. Signe pour Bob en ligne avec les organisateurs depuis le début de l'après-midi qu'il est temps de rejoindre, sous escorte policière, le parc des Héros-Nationaux où se pressent quatre-vingt mille personnes. En attendant l'arrivée du chanteur, Manley, sur scène, cherche à gagner du temps et ajoute encore à la confusion. Tout peut encore se passer et ne pas se passer. Il est tout de même difficile d'imaginer que l'enfant de Nines Miles soit désormais non plus seulement la cerise sur le gâteau « Smile Jamaica », mais la clé de ces élections qui vont se tenir dans quelques jours. D'une certaine manière, les commanditaires du crime l'ont consacré héros national parmi les héros nationaux. Le concert est alors comme une cérémonie d'investiture et la foule ne s'y trompe pas, qui accueille le chanteur comme son roi.

Une fois sur scène, Bob a tôt fait de rappeler que lorsque les choses ont été décidées, deux mois plus tôt, il n'était pas question de *poli-trick*. Et il enchaîne avec « War », dont c'était la première, puis « Trench Town Rock », « Rastaman Vibration », « Want More » et « So Jah Say ». La réponse du chanteur à ceux qui jouent avec la vie des enfants de Jah est ce concert « déménagement » où Bob noue avec son peuple un lien que les médisances de demain ne pourront plus entamer. L'acte qu'est « Smile Jamaica » est, par-delà les querelles du moment, fondateur de cette fidélité de la Jamaïque à cet enfant a-parti et apatride. Lorsqu'il revient, trois ans plus tard, dans « Ambush in the Night » (*Survival*, 1979) sur ces épisodes qui n'auront cessé de le ronger, il semble encore tout étonné d'en avoir réchappé et attribue ce miracle à la protection de l'empereur, si peu mort, lui aussi, qu'il veille sur Bob et les siens.

Il est bien connu que ceux qui ont rallié le club des « survivants » y ont noué entre eux des liens puissants. Le lendemain du concert, Bob embarque avec Neville Garrick à bord d'un jet privé, mis à sa disposition par Blackwell, pour gagner Nassau, dans les Bahamas, où le producteur a désormais ses quartiers généraux. La nouvelle de l'assassinat manqué de Bob est à la une de tous les journaux de la planète et les fonctionnaires de l'immigration se demandent si le chanteur ne va pas demander l'asile politique. Il faut alors parlementer et Chris est, dans cette affaire, comme à chaque détour de la carrière de Bob, un arrangeur discret mais efficace. Bientôt Rita, les enfants, et tout le cirque Barnum Wailers débarquent, comme autrefois les hommes de Christophe Colomb, le 12 octobre 1492, foulant pour la première fois le sol du Nouveau Monde et tendant une main circonspecte aux Arawaks.

L'Exode et la blessure

Bob est à Londres en janvier 1977 pour se relancer. Partir plus loin. Il est très exactement dans la situation autour de laquelle se pensent les nouveaux titres en préparation : celle de l'Exode, voire d'une Odyssée sans retour. La Jamaïque l'a chassé de la Jamaïque et, avec la protection de « His Majesty », il est encore vivant ; peut-être avec la foi de Bob, Hailé Sélassié est-il, lui aussi, vivant à jamais. Les Wailers avec l'équipe technique et le staff ont pris possession d'un grand appartement à Chelsea et réinventé une Jamaïque en essence et saveur, car nul ne sait si la tournée, cette migration des Jamaïcains errants, repassera par Kingston. Mieux vaut parer à l'éventualité d'un exil définitif, lequel est aussi la condition d'un retour chez soi. À ce moment de son parcours, Bob est à mi-chemin de son île et d'une Éthiopie qui se confond toujours davantage avec les territoires de l'enfance où règne, à jamais, la figure du *Custos*. Dans le prolongement de cela, on pourrait dire que celle-ci se fond avec celle de l'empereur disparu, que l'un et l'autre ont fini par se confondre en une seule entité, et précisément à l'endroit où les êtres échappent définitivement à l'histoire et où on ne retrouve même pas leurs corps.

La petite communauté rasta de Chelsea s'enracine ainsi dans une marge qui coupe progressivement ses liens avec tout référent, une île mais cette fois au large de rien. Position que revendique aussi, à la même époque, une jeunesse occidentale revenue du *peace & love* et des mièvreries de la décennie précédente et qui durcit le ton. La question n'est plus de contre-proposer, d'opposer une vision à une autre, mais de saper les mécanismes mêmes qui président à l'émergence de nouvelles illusions, de couper court avec ce vouloir-croire qui meut une collectivité condamnée toujours à choisir entre Charybde et Scylla, et qui se fait en général arnaquer par les deux. Des groupes britanniques comme The Clash, Buzzcocks, The Damned (crédité du premier single punk), Stiff Little Fingers, The Saints (Australiens), X-Ray Spex, et bien sûr les Sex Pixtols et leur manager, Malcolm McLaren (associé et compagnon de la styliste Vivienne Westwood, propriétaires de la boutique SEX), issus pour certains du *garage-rock*, croisent avec les Wailers dans ces eaux ex-territoriales* sous pavillon noir.

Des complicités sont immédiatement induites par ces a-positions, chacun avec sa petite Éthiopie sous le bras, avec ses références, situationnisme

* Pour mémoire, la Convention des Nations unies sur le droit de la mer a été définitivement ratifiée à Montego Bay, en Jamaïque, en 1982.

contre garveyisme, mais désireux d'en finir avec cette énervante plaisanterie que les rastas ont appelée Babylone mais qui a aussi, pour les punks, quelques autres jolis noms d'oiseaux. Familiarités, proximités, cousinages auxquels la collaboration Marley-Scratch, rendue à nouveau possible par la présence de ce dernier à Londres à ce moment-là et le désir partagé de remettre ça, de renouer, fait écho à travers le titre « Punky Reggae Party », qui figure sur *Exodus*. Les Sex Pistols commencent, début 1977, à se produire au 100 Club, sur Oxford Sreet et la presse britannique se déchaîne, ce que le guitariste Steve Jones légitime et revendique, à sa manière, en disant :

> Actuellement, nous ne sommes pas dans la musique. Nous sommes dans le chaos[1].

Londres est donc bien la scène où, en cette année 1977, il faut être. Le groupe jamaïcain Culture vient, en effet, de sortir *Two Sevens Clash*, s'inspirant d'une prophétie de Garvey à propos de la confrontation néfaste des « sept », le 7 juillet 1977, annonçant une année de tous les dangers. Une poudrière avec une escouade de pyromanes fouinant tout autour. Les conditions idéales pour livrer le meilleur.

Chez les Wailers, il a fallu pallier une nouvelle fois le retrait du guitariste, le dernier en date étant Donald Kinsey, un peu las de cette course de fugitifs et qui s'en est retourné dans son Indiana. Le nouveau venu, Donald Hanson Marvin Kerr

Richards Jr., en abrégé Junior Marvin, pressenti par Blackwell alors qu'il travaille sur le premier album solo de Steve Winwood, ex de Traffic, se fond aussitôt dans le décor. Sans doute existe-t-il autour de Bob et de la dynamique qu'il a insufflée une force d'aspiration et de créativité telle que personne n'est alors en mesure de résister. Le grand sorcier blanc Chris Blackwell, qui a contribué à ces changements, à ce recentrage de Bob loin de sa Jamaïque, puisque c'est à cela qu'il aspirait (très probablement la vraie pomme de discorde entre Bob, Peter et Bunny), a bien l'air de triompher. Il a manœuvré très habilement pour réinventer le son des Wailers et pour amener ceux-ci sur la scène rock internationale où, à présent, ils occupent une place indéboulonnable. Chaque fois il a agi avec diplomatie en proposant d'ajouter quelques sessions de guitare, celle de Wayne Perkins sur *Catch a Fire*, d'Al Anderson sur *Natty Dread*, de Donald Kinsey sur *Rastaman Vibration*, et maintenant de Junior Marvin sur *Exodus*.

La question n'est évidemment pas de savoir si Blackwell a dénaturé le projet Wailers en son essence puisque, de toute manière, Bob avait l'oreille emprunteuse, qu'il cherchait des formules atemporelles, des synthèses, une sorte de résolution par-delà les divisions sempiternelles. La moisson 1977, sortie des studios Fallout Shelter, Hammersmith et de Basing Street, près de Portobello Road (24 pistes) est proprement renversante : une vingtaine de titres qui vont servir à presser l'album *Exodus*, qui sort au printemps

1977 et l'album *Kaya*, l'année suivante. La répartition est assez subtile ou grossière, comme on voudra, et bien des fans la discuteront. Le producteur, avec l'avis et consentement de Bob, décide de réunir sur le premier les morceaux les plus aboutis. Mais non, car *Kaya* compte quelques chefs-d'œuvre incontestés. Les plus engagés ; mais non, car *Exodus* contient « Turn Your Lights Down Law », romance écrite pour Cindy Breakspeare avec laquelle Bob poursuit son idylle (titre qui a dû faire la joie de Rita). Les plus enivrants, mais non car « Misty Morning », sur *Kaya*, aurait pu suffire à faire que le nom de Marley demeure en nos panthéons les plus intimes, etc. Comment trouver le dénominateur commun ? De toutes les manières, cet *Exodus* ne pouvait pas ne pas évoquer (pour les garveyites, notamment, en souvenir de l'aventure de la Black Star Line) la tragédie que constitua, en 1947, le sort des passagers de ce navire, le *Président-Warfield*, racheté par la Haganah, rebaptisé *Exodus* et embarquant, en juillet 1947, quatre mille cinq cents hommes, femmes et enfants juifs, en direction de la Palestine. Mais plus certainement, il élargissait sensiblement le propos rasta-centré développé sur *Natty Dread* et *Rastaman Vibration* pour appréhender la condition de l'homme noir. Et ce ne fut pas sans raison que l'album, premier dans la production des Wailers, commença à échapper au public blanc, pourtant non décidé à le lâcher. Il transparaît, par exemple, quelque chose de cette ouverture de la communauté noire américaine au reggae et au message de Bob dans l'hommage que leur rend Stevie Wonder avec « Master Blaster (Jammin) » dans l'album *Hotter than July* en 1980.

Durant ces mois passés à Londres autour des deux studios Island, Bob fait l'apprentissage de son statut de star et d'icône internationale. Il est investi d'une attente de la part de communautés tout à fait hétérogènes, nourrissant des espérances assez peu compatibles entre elles mais qui, toutes, vivent dans Bob Marley. Ce dernier a délaissé l'appartement communautaire de Chelsea pour se replier avec Cindy dans une demeure à Collingham Gardens, à Earls Court, toujours dans le Royal Borough of Kensington and Chelsea (RBKC), donc à petite distance de la troupe et de la musique. Il mène grand train, se partageant entre toutes les familles qui maintenant le réclament, des punks endiablés aux rastas blancs qui poursuivent, en quelque sorte, et chacun à leur manière, l'expatriation de rastafari. Des liens improbables se tissent, qui composent une extraordinaire et fertile confusion. Durant l'été 1977, Johnny Rotten, leader des Sex Pistols, autre icône londonienne du moment, invité à Capital Radio, donne le top six de ses morceaux favoris et cite, après deux rockers britanniques, Winston Thompson, alias Dr Alimantado, un DJ jamaïcain (« Reason for A Purpose / Reason For Living », *Born For a Purpose*).

La boutique Honest Jon's, sur Ladbroke Grove Road, qui brasse ensemble les singles punk et reggae, devient le rendez-vous d'une population qui hume déjà les parfums vigoureux du grand soir.

Bob est rock-punk-rasta, une désignation que seul, à ce jour, notre « Scratch » Perry, homme en qui naissent et meurent toutes les tendances musicales du siècle, avait pu revendiquer. Et comme il faut rester fidèle à ses principes, ou faire en sorte que vos principes restent fidèles à vous-même, Bob fréquente la famille royale d'Éthiopie en exil comme lui après le renversement et la mort de Sa Majesté. C'est à cette occasion que Asfa Wossen Tafari, le fils de Hailé Sélassié et héritier du trône, lui remet la bague ayant appartenu à son père, « une chevalière en or avec un lion de Judée serti dans l'onyx noir[2] », que Bob gardera au doigt jusqu'à sa mort.

Puis, à nouveau, le destin vient corriger le tir, on ne sait pas très bien en vertu de quoi — si tant est qu'on veuille justifier ses interventions et les napper de gloses édifiantes. Ce que les rastas s'emploient à faire, tout naturellement, avec un zèle que rien ne peut entamer. La tournée *Exodus* paraît interminable, tout au moins sur le papier. Avant d'attaquer en fanfare le circuit américain, il s'agit d'élargir une audience européenne qui semble déjà conquise. Il n'est que de montrer le guerrier en exil, de le laisser officier et le charme et la magie opèrent. Mais les choses commencent on ne peut plus mal. Comme à leur habitude, et à chaque étape de leur tournée marathon, les Wailers, auxquels s'associent en général des journalistes (rock-critiques), défient une équipe locale constituée pour l'occasion, le plus souvent par quelques caïds du show-biz. C'est une manière de tradition, une illustration de ce que Tuff Gong déclare quelquefois à ses intimes : « *Football is music.* » Et inversement.

Maintenant deux versions s'affrontent, et pourquoi les versions devraient-elles toujours s'affronter ? La première voudrait que l'accident se situe sur la pelouse de Battersea Park au cours d'un match opposant une équipe de VIP à celle des Wailers et probablement avant la tournée européenne qui commence par un concert au Pavillon Baltard, le 10 mai. On désigne même, ou bien il se désigne lui-même, le responsable du tacle assassin qui coûta à Bob l'ongle de son orteil et pas mal de difficultés par la suite, dont notamment l'annulation de la tournée : Danny Baker, commentateur de la TV britannique. L'autre version a aussi ses partisans. Le match oppose, par une pluie battante, les Wailers associés à quelques-uns de leurs ardents supporters (Paul Alessandrini qui a organisé la rencontre, Philippe Paringaux, Francis Dordor, Jean-Louis Lamaison), à l'« équipe des Polymusclés », quelque part dans les parages du quai Branly. Le décor change, mais la blessure demeure. Bob quitte la partie en claudiquant. Il souffre déjà de cet orteil (droit), blessé au cours d'un autre match, à Trench Town, quelques années plus tôt. Rita s'inquiète et envoie Don Taylor mander, à la réception de l'hôtel Hilton, où les Wailers sont en transit, un médecin.

Là encore, les versions fluctuent. L'homme de science examine le pied de Bob, trouve que la blessure n'est pas belle, conseille le repos, ce qui, à la veille de la tournée qui s'annonce, n'a pas grand sens. Bob bandera son pied et Jah pourvoira. Mais, selon d'autres sources, le médecin ne se contente pas d'enlever l'ongle en partie arraché, il pique Bob pour lui permettre de supporter la douleur le temps de la tournée. Crime de lèse-majesté à l'encontre d'un homme qui conserve par tous les moyens son corps exempt des souillures de Babylone : pour lui injecter quoi ? ! On a l'impression que le tacleur est alors de mèche avec le soignant, qu'il se trame un complot et les esprits, comme celui de Don Taylor, par exemple, s'échauffent : le médecin mandaté par le Hilton a inoculé à Bob des cellules cancéreuses, bien évidemment responsables de sa mort, autant vous dévoiler dès maintenant la fin de l'histoire — mais vous la sentiez venir. Le point de vue de Taylor était le suivant :

> [L]e cancer faisait partie du plan de la Central Intelligence Agency pour assassiner Manley et Marley. Il citait à l'appui de sa théorie les innombrables tentatives d'assassinat de Fidel Castro, les expériences d'inoculation de maladies à des populations rebelles, et ses arguments faisaient froid dans le dos[3].

La tournée repart, cahin-caha, Bob serre les dents, il en a vu d'autres, et la foule se précipite à l'annonce de son passage partout où ralentit la caravane : Bruxelles, La Haye, Munich, Heidelberg, Hambourg, Berlin, Stockholm, Copenhague, Gothenburg, puis retour à Londres (Rainbow Theatre) pour cinq soirées, la suite de la tournée européenne étant annulée. Chez Island, bien entendu, c'est la consternation. Le chaman intrépide, qui bondit sur scène et danse jusqu'à ce que transe s'ensuive, est à terre. Comment colporter la sinistre nouvelle ? En attendant, il faut agir. Denise Mills, qui s'est occupée pendant des années du versant jamaïcain d'Island, conduit Bob chez un spécialiste sur Harvey Street qui fait, comme il devait le faire, des prélèvements, et qui découvre des cellules cancéreuses. Le médecin propose une amputation de l'orteil pour stopper ce qui est diagnostiqué comme un cancer de la peau. Mais l'amputation n'est pas concevable pour un rasta. D'ailleurs, Bob est convaincu qu'il a seulement besoin de repos et conspue ces rapaces organisateurs qui voudraient faire leur beurre sur son dos à n'importe quel prix.

Quand il appelle Asfa Wossen Tafari pour un conseil, celui-ci lui rétorque :

> Quel péché as-tu commis pour accepter qu'on te coupe un orteil[4] ?

Donc pas question de couper. Bob prend la direction de Miami pour se rendre chez sa mère qui vient d'emménager dans une luxueuse demeure où il compte maintenant se reposer avant la tournée américaine qui démarre en juillet. Accompagné de son thérapeute personnel, le Dr. Carl Frazier (les Wailers l'appellent PeeWee), il vient consulter le docteur William Bacon qui a tiré Don Taylor d'affaire après l'attentat, l'année précédente. Le diagnostic est malheureusement identique. Le repos ne suffira pas. Pour Bob, qui se sent dans la main de « His Majesty », cela n'a pas le moindre sens. Quel péché a-t-il commis, en effet ? Il aurait réchappé aux balles des tueurs, à Hope Road, pour mieux succomber maintenant à un cancer ! Peut-être faut-il revenir à la prophétie de Garvey, revisitée par Culture dans *Two Seven Clash* : en ce mois de juillet 1977, les sept se croisent et se toisent. Taylor fait alors connaître au monde la sinistre nouvelle. La tournée américaine est reportée à l'automne. Les billets remboursés. Bob est finalement opéré au Cedars of Lebanon Hospital of Florida. On rogne une partie de son orteil, c'est-à-dire qu'on tâche d'éliminer les cellules suspectes. Il ne s'agit pas d'amputation, mais de greffe de peau. On prescrit le repos le plus complet et Bob se retire à Vista Lane, la maison de Cedella déjà remise aux couleurs de l'Éthiopie. Peut-être l'amputation aurait-elle permis de sauver la vie de Bob. Certains le croient. Mais pour l'heure, on s'en remet aux convictions du skipper. Les troupes, longtemps affolées, dispersées, se replacent lentement en ordre de bataille. L'opération a l'air d'avoir porté ses fruits. Bob se rétablit promptement. On le voit taquiner la balle, de temps à autre, en faisant la grimace. Il est possible de regarder à nouveau vers l'avenir. Par chance, l'album *Exodus* ne se ressent pas trop de ces incidents et s'impose en Europe comme aux États-Unis. Une tournée mondiale est programmée pour l'année suivante, L'optimisme qu'il aime tant reprend le dessus. « His Majesty » ne l'a donc pas abandonné.

Restait une autre source de stress pour Bob et qu'il fallait maintenant affronter : la Jamaïque. Pouvait-il s'affranchir à tout jamais de l'île-patrie et revendiquer une exterritorialité définitive, un statut de satellite ? La position était d'un point de vue philosophique idéale, mais comment faire passer la chose aux yeux de ses concitoyens qui voulaient, c'est humain, un Marley jamaïcain, comme Peter Tosh et Bunny Wailers (nouveau nom) l'étaient demeurés ? Pourquoi pas ? Parce qu'on avait vidé un chargeur sur lui ? La belle affaire. Qui aurait pu prêter sérieusement attention à ces événements somme toute très ordinaires sous le second mandat Manley ? Autant disserter à propos de la chute des noix de coco et des dégâts qu'elles auraient occasionnés. Bob était donc assez déprimé par cette affaire et convaincu que viendrait le moment de se remettre en règle avec cet autre lui-même, de se remettre en règle, tout simplement. Et voilà que sa Jamaïque envoie à Miami deux négociateurs chargés d'exposer un plan de retour au pays par le haut. Il faut retracer brièvement le trajet suivi par la bonne parole. Deux hommes sont en prison, deux grands amis de Bob, frères ennemis en politique, ce qui, en Jamaïque, signifie, « frères ennemis armés jusqu'aux dents ». Bucky Marshall est un *gunman* travaillant pour le PNP et Claudie « Jack » Massop, un ténor du JLP. Se retrouver derrière les barreaux, et tous les deux ensemble, désarmés, se souvenir des belles choses, par exemple de l'ami Bob en train de se la péter en Floride (Don Taylor raconte qu'il brûle des millions de dollars à jouer au nabab avec des jeunes filles, filles de gens peu recommandables, rois du pétrole, dictateurs africains, etc., Bob tourne-t-il mal ?) : voilà que, tout d'un coup, mystère des alchimies confinées, Bucky et Jack éprouvent un peu de compassion à l'endroit de la situation sépulcrale où s'est enfoncée la Jamaïque, par la faute des uns et des autres. Ils n'ont pas besoin de chercher des coupables bien loin. L'idée leur vient, lumineuse, inédite, d'un cessez-le-feu entre les factions, les phalanges. Ils verraient bien Bob donner le signal. Par le biais d'un méga-concert, il ne pourra pas refuser. Comment l'atteindre ? Dès leur sortie de prison, Bucky Marshall et Claudie « Jack » Massop vont parlementer avec Gad, le prophète des Twelve Tribes, et le prient d'envoyer chez Joseph, à Miami, deux émissaires, sachant que celui-ci, pour protéger sa famille, n'acceptera pas de recevoir à Vista Lane les gens du milieu, fussent-ils ses amis. Les messagers s'en vont. Bob les reçoit et discute. Il sent qu'il tient son billet de retour, mais pose ses conditions. Avant tout, la garantie d'une sécurité absolue pour lui et les siens. Une rencontre est organisée avec Massop à Londres l'année suivante, en février. Le mois de Joseph.

« *I give my love instead* »

L'année 1978 est, rétrospectivement, cruelle, parce qu'on a l'impression que, malgré les coups de semonce, la caravane est passée et que tout va continuer avec le même et bel élan. Vous voilà prévenus. Les discussions prévues s'ouvrent à Londres autour de ce qu'on baptise le Peace Movement. Claudie « Jack » Massop a fait le voyage pour le compte du JLP ; et pour remplacer Bucky Marshall qui, semble-t-il, fait honte à son parti, on mandate le propriétaire du sound-system « Socialist Roots Hi-Fi » (où travaillent des DJ's comme Ranking Trevor, U Brown, Jah Mikey, Nicodemus), un ami de Bob, Tony Welsh et, comme de bien entendu, dévoué à la cause du PNP. Tous trois discutent pendant une semaine des conditions d'un cessez-le-feu et arrêtent la date du « One Love Peace Concert » (22 avril). En mars sort *Kaya* qui, on s'en souvient, avait accueilli tous les titres qui n'avaient pu prendre place sur *Exodus*, sans autre critère. Soudain, alors que Bob joue à nouveau dangereusement sur le terrain des politiques, l'album paraît un peu décalé, presque mièvre, comme un bonbon acidulé. Peut-être est-ce l'expression d'un relâchement général chez Bob, d'un essouflement que le mal qu'il est en train de soigner pourrait expliquer. Mais non. Tous ces titres sont sortis du bunker d'Island avant l'été 1977 et certaines chansons, comme « Sun Is Shining » ou « Kaya » (le nom que les rastas donnent à l'herbe), datent des années Upsetter, donc de Mathusalem. La justification est à chercher dans ce curieux découpage qui a fait que certains titres sont allés sur l'un plutôt que sur l'autre album, dans la relation de Bob avec Cindy Breakspeare et dans son besoin de circonscrire ce petit oasis au creux de la tempête qu'est sa vie depuis quelques années, ce moment où on allume le spliff et où on oublie qu'il existe sur la terre des types comme Bucky Marshall, Edward Seaga ou Stansfield Turner (alors patron de la CIA). Bob a l'air d'avoir récupéré de son opération. On le sent à nouveau tourné vers l'avant, toujours pugnace, prêt à servir la cause qui justifie maintenant son retour au pays.

Le « One Love Peace Concert », qui a lieu au National Stadium, est un énorme événement. Un peu dans l'esprit de « Smile Jamaica », avec des politiciens des deux camps qui se regardent en chiens de faïence, avec leurs hommes de main qui rôdent, des policiers partout, des tueurs, des VIP, des journalistes, trente mille personnes, des attentes monstrueuses, des peurs pareilles, une quasi-terreur, à tel point que tout le monde se doute que l'orage va éclater, une atmosphère de fin des temps et le décor crépusculaire qui va avec, Manley et

Seaga assis au premier rang, non loin de Mick Jagger. Un quasi-cauchemar. Et Bob remet ça ! C'est à peine croyable, comme si une fois n'avait pas suffi, comme si rien ne suffisait jamais, aucun concert, aucun disque, aucune chanson. Et cette marche, qui dira si elle est en avant ? Le programme est assourdissant. Les trois anciens Wailers sont censés monter sur scène, pas ensemble, bien sûr, mais en donner l'illusion — il y a désormais des très jeunes gens en Jamaïque qui ne savent pas que ces trois-là ont signé ensemble, il y a longtemps, quelques-uns des titres qui sont maintenant gravés dans la mémoire collective.

Mais manque absolu de chance, Bunny a décliné l'invitation au dernier moment, disant que la paix promotionnelle des *politricks*, il n'y croit plus, et qu'on doit se passer de lui pour faire la réclame. Pour combler cette absence, pour assurer le show, les organisateurs ont convié pas moins de seize groupes, les Wailers de Bob et la formation de Tosh compris, c'est-à-dire, par ordre d'entrée en scène : The Meditations ; Althea and Donna ; Dillinger ; The Mighty Diamonds ; Junior Tucker ; Culture ; Dennis Brown ; Trinity ; Leroy Smart ; Jacob Miller et Inner Circle ; Big Youth ; Beres Hammond ; Peter Tosh ; Ras Michael & The Sons of Negus et, enfin, Bob Marley.

On imagine que, pour les politiques comme pour les musiciens, le « One Love Peace » est une manière de tribune invraisemblable, et personne n'a envie de ne pas tenter quelque chose. Peter Tosh va être, plus que de coutume, victime de cette emphase que l'effet porte-voix va induire chez certains, pour le meilleur et peut-être aussi pour le pire. La présence des leaders du JLP et du PNP, assis au premier rang, fait l'effet d'un chiffon rouge agité devant le taureau, elle le rend évidemment tout à fait visiblement fou d'arrogance. Il prend la parole longuement (une demi-heure) en s'adressant furieusement à eux. S'ils étaient encore plus près, il les mordrait ! Puis, avant d'entamer sa partition (« 400 Years », « Stepping Razzor », « Burial », « Legalize It », etc.), il allume, menaçant, son spliff. Le numéro de « Stepping Razor » (le surnom que Tosh se donne) passe mal auprès des officiels, inutile de le dire, et même à l'intérieur de ces parenthèses qu'on est censé avoir ouvertes. Quelques jours plus tard, arrêté à l'occasion d'un barrage de police pour détention de ganja, le bon vieux prétexte local, il est méchamment bastonné et ne s'en sortira que miraculeusement. C'est le côté atroce de ce « One Love Peace » : vous avez votre morceau de bravoure et de gloire, dans l'arène, mais juste parce que après vous êtes dévoré par les lions. Lot de consolation : le concert fini, Peter signera avec Mick (Jagger) pour son nouveau label, Rolling Stones Records.

Il y a de Peter à Bob une opposition de styles, de vision, de tempérament que ce concert a stigmatisé pour jamais, sans qu'on puisse donner raison à quiconque. Chacun a parlé, hurlé, chanté sa vérité, et le vainqueur, s'il fallait en désigner un, n'était pas sur la scène ce soir-là. Sur « Jammin' » (*Exodus*), qui invite tous les enfants de Jah à s'unir et à faire la fête, Bob offre aux deux leaders de le rejoindre sur scène et c'est Seaga qui le premier quitte sa chaise (un peu comme Pappy O'Daniel dans *O'Brother* des frères Coen). Marley, les yeux clos, improvisant sur la bande-son, comme un toaster, invite Manley et Seaga à se rapprocher de lui, encore un peu, plus près, voilà, et, leur prenant les mains, les nouant très haut au-dessus de lui, il déclare, dans un état second, qu'il cherche juste à montrer que tout le monde, ici, essaie de faire de son mieux, et que lui donne son amour *en dépit de tout*. Peut-être ce que Rita a décrit parlant de son mari et partenaire : Bob se met « en esprit », il se branche ailleurs et peut même parler, durant ses concerts, en d'autres langues. Le dictionnaire, toujours plus froid, parle ici de glossolalie. Il y a alors un effet immédiat de foi profonde que ce geste déjà mémorable soulève : il est possible que la politique ce soit cela, des seigneurs prêts à dépasser leur ligne de clivage, à sortir de leur position défensive, à ne plus avoir raison, *pour le bien du peuple*. Tout d'un coup, le monde cesse d'être cette immense névrose à ciel ouvert. Les combattants, ici ou là, en Jamaïque, ailleurs, doivent jeter leurs armes et s'embrasser. Les mains restent dans l'air un instant, trois mains serrées, pointant dans le ciel sans bord, une étoile inaccessible, celle que poursuivait déjà Don Quichotte et Jacques Brel dans un élan un peu pathétique. Mais là, tout le monde la voit, la touche. C'est du vrai grand show. Mais Bob, encore, toujours, ne joue pas.

Une année 1978 très trompeuse. Le « One Love Peace » à peine avalé, commence la tournée la plus copieuse, longue, phénoménale des Wailers et peut-être de la scène pop-rock de tous les temps. Tout ce qui précède l'Exode-Odyssée *Kaya*, compte tenu de ce que nous avons dit plus tôt (il n'est jamais bon de séparer *Exodus* de son alter ego), n'aura été qu'entraînement, mise en jambes, tour de piste, les choses importantes commençant véritablement au Hill Auditorium de Ann Harbor (Michigan) pour durer trois mois (six premières dates annulées à cause des problèmes de santé de Junior Marvin). Les commentateurs qui ont examiné le professionnalisme auquel les artistes *roots* sont parvenus, qui ont disséqué le show, analysé le plan de campagne, questionné la sono, évalué chaque fois et en chaque lieu la performance, observé à la loupe les musiciens, l'entourage, la stratégie développée, sondé enfin l'« esprit » des lieux, ont rendu compte d'une manière d'apothéose, comme un *happy and glorious ending*. Certains parlent de « télépathie musicale » entre les membres d'une formation qui a atteint sa plénitude. Il y a quelque chose comme cela dans cette épopée qui se met en branle comme pour une dernière fois, en un extraordinaire et tonitruant chant du cygne.

Détaillons. D'abord le casting. Aston « Family » Barrett, basse ; son frère Carlton « Carly » Barrett, batterie et percussions, comme des fondations. Ensuite viennent les I Threes, Rita, Judy Mowatt et Marcia Griffiths, placées sur scène à la gauche de Bob, sur la même ligne de front, donc immédiatement dans le collimateur des spectateurs. Elles ne sont pas loin non plus d'appartenir aux couches les plus anciennes de l'expérience Wailers, tout comme Tyrone Downie (synthés Oberheim), déjà présent sur *Catch a Fire*, ou Earl « Wire » Lindo (orgue roots Rhodes et clavinet B3) sur *Burnin'*. Puis viennent les recrues plus récentes, comme Alvin « Seeco » Patterson, percussions, qui a démarré sur *Rastaman Vibration*, Al Anderson, guitare Gibson Les Paul (présent la première fois sur *Natty Dread*) et Junior Marvin, dernier venu. Le show débute par un chant nyabinghi, « So Long Rastafari », ouvrant à la méditation, au changement d'état de conscience, comme l'entrée du temple, mais peu approprié aux ambiances surchauffées des concerts et remplacé par « Positive Vibration » qui, dans un autre registre, assure un même effet. Puis on enchaîne (un peu comme Blackwell et l'ingénieur du son Karl Pitterson avaient eu l'idée de lier les titres les uns aux autres sur *Exodus*) avec « Them Belly Full (But We Hungry) » (*Natty Dread*), « Concrete Jungle » (*Catch a Fire*), « Rebel Music (3 O'Clock Roadblock) » (*Natty*), « The Heathen » (*Exodus*), « War » lié à « No More Trouble » (*Rastaman Vibration* et *Catch a Fire*), etc. Au total un récital de quelque seize morceaux empruntés à tout le répertoire Wailers et s'achevant par « Exodus », le titre programmatique. Et tout cela donne tout de même envie un peu d'y être, d'y avoir été...

L'assise est encore élargie, nouvelles villes aux États-Unis, nouveaux territoires en Europe en vue, sans doute, de lancer des initiatives diplomatiques pour la suite qui mitonne quelque part. Jusqu'où ne pas s'arrêter ? Parmi les moments forts, acmés, communions, tout un album de photos que chacun emporte à part soi, peut-être faut-il noter ici cet épisode qui prend place au Starlight Bowl de Burbank (Californie), le 21 juillet. Les artistes sont en coulisses et se préparent à envahir la scène lorsque Peter Tosh, accompagné de son producteur, Mick Jagger, désormais inséparables, font intrusion. On imagine l'épreuve de ces retrouvailles improvisées, pas nécessairement souhaitées, au moment d'entrer dans l'arène. Mick doit probablement essayer de mettre du liant. Mais la glace est épaisse, les tracs et les pudeurs, à cet instant, à peu près indépassables. L'idée vient que Bob et Mick pourraient peut-être interpréter quelque chose ensemble. Bob est résolument contre. Nul n'entre ici, s'il n'est géomètre. Alors on se salue et le show commence. Mais au moment de parvenir à « Get Up, Stand Up », qui précède « Exodus », c'est-à-dire au moment où les cœurs et les esprits sont à terre avec les dernières résistances, Peter traverse la salle comme une étrave, ouvre les eaux, monte sur scène, s'empare du micro et pousse ce cri d'amour, de guerre que Bob et lui ont façonné autrefois pour *Burnin'*, et qui dit que le paradis n'est pas et ne peut pas être sous la terre, quoi qu'en pensent les prêtres.

C'est d'autant plus poignant qu'entre le moment où Peter et Bob ont composé ce titre et ces retrouvailles sur scène, à Burbank, l'un et l'autre ont été sévèrement agressés dans leur intégrité physique, leurs vies menacées. Pendant que Peter célèbre la survivance, Bob danse sa danse d'Indien. Au moment de se saluer une dernière fois dans les coulisses, Bob tend la main à Peter, qui tape dedans, toujours en *rude boy* maladroit et pudique. Ces illuminations partagées (public/musiciens), Chris Blackwell en donnera un concentré avec le double album live *Babylon by Bus* à partir, essentiellement, des concerts donnés au Pavillon de Paris. Sitôt le disque mis sur le marché, fin 1978, les Wailers s'envolent vers l'Afrique et l'extrême Asie (mars-mai 1979) pour terminer ce qu'ils avaient si bien commencé : tirer leur révérence. Enfin, c'est nous qui le disons avec le recul, car personne n'est alors en mesure de deviner que derrière cette formidable charge de cavalerie, les lendemains sont à la peine et déchantent.

Une dernière exploration attend encore Nesta, peut-être celle par laquelle il sera possible pour lui de concilier ces mondes qu'il porte en lui et qui, très naturellement, s'attirent, comme dans un désir irrépressible d'union, la terre du grand-père Omeriah et celle de l'empereur caché. Or, il paraît difficile d'ignorer cette terre d'Afrique après l'avoir si souvent chantée. Affranchi désormais de ses attaches, installé dans un monde sans frontières, il s'agit pour lui d'y situer la place du continent premier. Il y a un souci de cohérence qui inspire cette tentation de l'Afrique en cette année 1979 où, grâce à l'entremise de Skilly, enfin réapparu après la tentative d'attentat de Hope Road, Bob vient d'obtenir son visa pour l'Éthiopie. On peut imaginer l'impact qu'un pareil sauf-conduit a pu avoir sur le chanteur. Le voyage qui va le mener à Addis-Abeba marque moins le terme de l'Exode que, d'une certaine manière, il ne confirme son origine.

Si, par un mouvement de roque magistral, l'Éthiopie en est venue à subsumer l'Afrique tout entière, si elle a paru aux yeux de Marcus Garvey, James Morris Webb, Athlyi Rogers, Alexander Bedwar, Fitz Balintine Pettersburgh, constituer la partie la plus « présentable » du continent noir, la plus flatteuse en quelque sorte, il appartient maintenant aux rastas de confirmer la grandeur du Negusä nägäst.

C'est paradoxalement la révélation de ce séjour en Éthiopie. Bob, le rasta migrateur, reprend racine sur le continent des aïeux, il semble réinvestir la figure métonymique qu'est l'Éthiopie de toutes les valeurs propres aux traditions africaines dans leur ensemble que rastafari a réussi à sauvegarder contre le Blanc prédateur. Pour cette raison, il ne se contente pas de faire le touriste sur la terre de *The Almighty* (« Le Tout-Puissant »), ainsi que Bob désigne l'empereur éthiopien, ni de visiter la ferme de Shashamane et la terre que celui-ci a concédée aux Noirs américains et caribéens désireux d'entamer le retour vers Zion. Il participe aussi aux manifestations monstres à Addis-Abeba en faveur d'une Rhodésie noire qui cherche à s'arracher à la fois à la tutelle anglaise et à la confiscation blanche orchestrée par Ian Smith, et que les manifestants nomment Zimbabwe (« Maison de pierre », en langue shona). En Éthiopie, Bob revit et parcourt de très vieux souvenirs.

Rentré en Jamaïque, le masque malheureusement vacille. La transfiguration que le séjour en Éthiopie pourrait annoncer se heurte à d'autres transformations qui poursuivent leur funeste dessein dans le corps de Bob. Sa discrétion, sa réserve légendaire n'empêchent maintenant plus qu'on le surprenne à s'abandonner à une colère qui n'est pas fondée, à la tristesse, voire à l'abattement. Les perspectives nées des contacts pris à Addis-Abeba ne le justifient pas, moins encore l'accueil réservé, désormais partout dans le monde, aux productions des Wailers. L'associée de Bob, Diane Jobson, qui a dirigé les activités de Tuff Gong pendant le séjour de Bob en Afrique, confirme cette insolente réussite : Bob est bien à la tête de la seule maison de disques multimillionnaire du tiers-monde. Il est en situation de racheter le ghetto, s'il désire faire de son quartier d'enfance un musée. Peut-être la Jamaïque.

Mais quelque chose ne va pas. Malgré sa petite forme, le skipper se doit d'assumer et de relancer la machine, une fois encore, comme si de rien n'était. Dans un studio flambant neuf à Hope Road, s'entassent alors ceux qui vont inventer le nouveau cru baptisé *Black Survival*, puis *Survival*, tout court, et empaqueté dans la célèbre pochette aux drapeaux de l'Afrique dessinée par Neville Garrick (avec, en page intérieure, les plans de cales des bateaux négriers). L'inspiration est résolument *african roots*, avec une sorte de petit précis de rastafari livré en sus, à l'usage des *brethren*, à l'adresse aussi de ces Blancs qui viennent chanter « Jah Live » à ses concerts, en direction encore de tous ces monceaux de jaloux qui sont toujours là, à dire que le nouveau disque de Bob, eh bien, ce n'est plus tout à fait ce que c'était — la sempiternelle histoire des passions s'essoufflant. Mais le skipper garde le cap, et en ces temps tourmentés, sa résolution et son intégrité en sont d'autant plus manifestes. D'ailleurs, l'album est toujours et encore en sentinelle des événements qui secouent le petit pays où Michael Manley paraît bien avoir perdu les pédales. Des titres comme « Survival », « Babylon System », « Top Rankin' » (c'est-à-dire ceux qui ont le pouvoir) ou encore « So Much Trouble in the World » (la chanson de Bob préférée de Chris, paraît-il) disent bien la fin des compromissions avec un pouvoir qui a tout promis, jusqu'aux cruelles et définitives désillusions. À Londres, l'*overdubbing* est placé sous la direction de l'ingénieur américain Alex Sadkin qui a déjà travaillé sur *Rastaman Vibration*, et avec lequel Bob partage quelques vues et intuitions. L'entente est ici parfaite et Blackwell, qui veille toujours, ne trouve, pour la première fois, rien à redire.

Puis il faut se remettre en route. Début juillet pour le Reggae Sunsplash Festival de Montego Bay, tout récemment créé. Le 21 pour gagner Boston (Massachusetts) et le Harvard Stadium où se tient le concert Amandla (« pouvoir » ou « force » en zoulou) organisé en faveur de la cause africaine où Bob fait, sans doute pour la première fois de sa vie (en dehors de sa contribution à la poignée de main lors du « One Love Peace Concert »), un discours po(é)litique qui charrie, en improvisant, juste après « Zimbabwe », des mots justes et forts : « Un peuple qui ne connaît pas son passé ne vaut pas mieux qu'un arbre sans racines » ; « La vie est une grande route avec plein de signes » ; « Que la conscience couvre la terre », « C'est la vibration qui fait s'arrêter le monde entier », etc. Le chanteur est « vibrant[1] » de vie et d'amour. L'Afrique a pris corps maintenant pour lui. L'Éthiopie n'est plus ce bel arbre qui cache la forêt, à dessein. Il y a plus de profondeur maintenant dans ses mots. Il voit la manière de sortir des rhétoriques chères à rastafari ; il est mû par le désir d'action et de solutions.

Qu'eût fait un tel homme si les années de vie ne lui avaient pas été si chichement comptées ? Et les années qui restent sont au nombre de… deux. Pas davantage. Et, jusqu'à cette échéance, les concerts sont des moments de résurrection. Les forces errantes reviennent, il les mobilise sur deux ou trois heures et quitte la scène éreinté, creusé, vidé. En dehors de ces pics d'adrénaline, l'homme est hagard, ne sourit presque plus, souffre de terribles maux de tête, se lasse très vite de ce qui le tenait autrefois en haleine, préfère qu'on le laisse en paix, mais à ce stade d'un itinéraire qui a pris tout le monde en otage, allez trouver la paix ! Pour se remonter, pour soigner ses plaies, il n'y a pas grand-chose à faire. Si. Il s'est mis à manger de la viande, les médecins étant convaincus que le régime *Ital* ne lui permettrait pas de remonter la longue pente et c'est pour la tribu de Hope Road, déjà, un signe de malheur.

« How long shall they kill our prophets ? »

La tournée *Survival* 1979, complétée par deux concerts à Libreville, Gabon, en janvier, est une nouvelle performance pour un homme qui désormais parle chaque jour avec sa mort. L'Afrique reconquise tient encore Bob debout, la perspective de servir la cause, de réunifier, de reformer la Pangée noire, une ultime lumière dans ce crépuscule qui descend. La scène est peut-être aussi, dans ce terminal, le dernier électrochoc. Bob le sait qui veut rester debout dignement jusqu'au moment de s'allonger, quelque part, et de rêver pour toujours. La thérapie scénique fait son puissant effet. On a le sentiment que Bob, bien que maintenant tout à fait déclinant, retrouve un tonus insoupçonné au moment du show, et qu'il suffirait de reprogrammer quelques concerts pour repousser l'échéance et qui sait si, en fin de compte, une grâce divine ne pourrait pas inervenir car enfin : 47 concerts en 49 jours, qui dit mieux ?

Le plus grand réconfort, pour Bob, ce sont les sept soirées à l'Apollo Theater de Harlem, ce lieu mythique de la créativité noire américaine, réinventé dans les années qui précèdent directement la Seconde Guerre mondiale sous l'impulsion de Franck Schiffman et Leo Brecher, découvreurs ou révélateurs des plus extraordinaires figures de la musique noire du siècle dernier que sont Aretha Franklin, Marvin Gaye, Patti LaBelle, Luther Vandross, Sam Cooke, Billie Holiday, Stevie Wonder, Ella Fitzgerald, Duke Ellington, The Jackson 5, et tant d'autres, sans oublier le dieu James Brown dont le corps sera exposé ici, le 28 décembre 2006. Plus qu'un sacré fameux théâtre situé dans le quartier noir de New York, l'Apollo Theater est comme *a redemption stage*, qui transfigure tous ceux qui s'y sont exposés, et participe de la meilleure des manières de l'odyssée identitaire de l'homme noir américain. Sans compter que Marcus Garvey était déjà venu ici, 125th Street, dans les années 1920, nous l'avons vu, entreprendre de ranimer l'âme noire et pointer d'un doigt prophétique le chemin du Retour. Bob n'a pas pu ne pas capter ces vibrations intimes.

Ainsi, ces sept concerts à l'Apollo Theater sont pour lui l'opportunité de fondre sa voix avec celles des grands anciens, d'être adoubé comme chef de la tribu, Joseph parmi les autres *shepherds* ; mais ils sont aussi, d'une manière plus générale, avec les quarante autres de la tournée *Survival*, la confirmation donnée pour toujours de qui est Bob Marley, véritablement cet « homme de parole » que ses derniers mois de vie ont émondé et dépouillé jusqu'à l'essence.

Par sa trajectoire, son réenracinement dans une

terre qui n'est pas celle que Garvey pointait du doigt, mais très exactement cette part exclue, manquante avec laquelle la conscience de l'homme blanc, si elle finit par outrepasser les démonstrations pathétiques de sa culpabilité, se doit désormais de composer, Bob a fini par se faire le porte-parole de tous ceux dont l'histoire ne veut ou ne peut retenir les noms, les *duppies*, relégués dans l'invisible.

Dans les années 1980 qui s'ouvrent, il est revendiqué par des groupes et des minorités extraordinairement disparates, ambassadeur de tous et de personne, voix absolument libre de dire ce qu'aucun ne peut dire sans être taxé de défendre sa paroisse et son catéchisme. À l'Appolo Theater, Bob est enfin noir, comme il était enfin africain en Afrique, durant son séjour en Éthiopie (on parle parfois de deux voyages). Mais il est enfin indien lorsqu'il reçoit, à Vancouver, après le concert donné au Coliseum, un chef amérindien avec les représentants de sa tribu ; maori encore lors de l'étape à Auckland, durant la tournée *Babylon by Bus*, lorsqu'une douzaine de femmes maories frottent leur nez et leur joue contre son visage. On le serait à moins.

Il y a donc ce recentrage continuel, chez lui, pour échapper aux dénominations, aux boîtes, aux cercueils. L'appellation de *rasta rocker skipper* sert plutôt à désigner dans cette histoire une sorte de mouvement d'émancipation qui n'est plus seulement le recouvrement de sa dignité d'homme noir, petit-fils d'esclaves, mais également une tentative d'échapper à tous ceux qui voient en lui leur champion, rien qu'à eux, leur mascotte, leur gri-gri, leur doudou. C'est encore ce qui explique que Bob distribue sa monnaie, pas plus généreux que cet homme-là, comme s'il voulait se débarrasser aussi de son statut de star milliardaire, comme si cette peau aussi était de trop. Il y a là, plus que l'expression d'un homme qui s'est donné à une communauté qui excède très largement les contours du *Black Atlantic*, une volonté de se garder à égale distance de toutes les souffrances manifestées, position christique par excellence.

Puis l'Afrique, à nouveau, et toujours avec cette même entêtante passion chez Bob de se mettre dans les plus périlleuses situations. Il a accepté, à l'invitation des filles d'Omar Bongo, d'embarquer ses Wailers et de donner deux concerts à Libreville (4 et 6 janvier 1980) pour l'anniversaire du président. Le « One Love Peace Concert » aurait pu servir de vaccin, bien qu'il se soit agi plutôt, il est vrai, de servir la soupe à deux leaders blancs particulièrement redoutables. Dans le cas du Gabon, le bénéfice du doute et de cette idylle avec l'Afrique plaide en faveur d'une nouvelle expérience. Pour cet homme qui se bat en silence et au quotidien contre son cancer, il faut imaginer ce que cela peut supposer d'ardente abnégation. Des accords, menés entre la famille Bongo et le chanteur par l'intermédiaire de Don Taylor, aboutissent au versement d'un cachet de quarante mille dollars, le manager affirmant contre Bob qui voulait chanter pour rien, comme les cigales, que ces émoluments ne sont que quantité négligeable pour la très riche famille du président.

Mais la suite n'est qu'une amère désillusion. Les deux concerts prévus pour être donnés au profit du peuple gabonais se révèlent, en réalité, une manière de musique de chambre offerte à une poignée de nantis appartenant à l'entourage de Bongo. Plus douloureux, Bob s'aperçoit que Taylor a négocié en réalité pour soixante mille dollars le prix de ces deux prestations intimistes, et détourné la différence à son profit. Une enquête rapide va même confirmer le soupçon que ces agissements ont éveillé. Taylor vole Bob depuis des années, voilà pourquoi les Wailers n'ont jamais touché le moindre sou durant leurs tournées, et ce jusqu'en 1978. C'est à dessein, vaguement surpris, peut-être déjà fondamentalement convaincu, que Bob avait engagé Diane Jobson pour doubler son manager filou et tâcher de le confondre. Mais la fraude dépasse tout et là, à Libreville, Bob explose de fureur. Moins pour l'argent qui n'est pas rentré dans ses poches déjà pleines, que pour l'énorme bévue que représente, au sein des Wailers, la présence d'un serpent. Les témoins, dont Tyrone Downie, racontent que Bob décocha des « coups de pied dans la tête et les testicules de Don. Plus diplomate, Diane Jobson affirme que Don Taylor prit "un coup de pied au cul. Il aurait dû en prendre deux"[1] ». Si Bob n'est pas allé plus loin, c'est peut-être en souvenir des cinq balles sur la trajectoire desquelles le corps de Taylor s'était trouvé, à Hope Road, à la veille du concert « Smile

Jamaica ». Mais Taylor perd sa place de manager, c'est un fait, et c'est Skilly et Dany Sims qui s'en emparent. Trop contents. La caravane peut se remettre aussitôt en marche...

Le temps n'est pas à gaspiller, en général, et surtout lorsqu'il n'en reste presque plus. Les Wailers entrent au studio Dynamics appartenant à Byron Lee pour ce qui s'annonce comme étant un dernier round. Chacun le pressent. L'inspiration est moins politique, panafricaniste que sur *Survival* ; elle est plus recueillie, plus diffuse aussi, plus éclatée, à l'image de ces jours qui semblent manquer maintenant d'horizon. Le chanteur ne perd pas la face, celle que certains se lassent peut-être déjà de voir, non, il tient son rang, continue à produire le show, mais la déroute est maintenant au niveau cellulaire, l'essoufflement dans la vision vient de là. Il y a donc, dans ce dernier album, comme une « attente » un peu amère, déçue, qui trouve dans l'état de santé de Bob qui se dégrade et la perte progressive de ses esprits une possible explication. En ce sens, comme il a été déjà avancé, « Real Situation », le second titre, ne confirme pas seulement la lente agonie de Babylone, ouroboros glouton qui finira par s'autodévorer et par disparaître en lui-même, aporie de la pensée, mais prophétie vraie — à se fondre en son néant originel. Car dans le système Babylone, le moteur de tout est le manque, un manque dévorant, addictif, une bouche que rien ne peut combler, un tonneau des Danaïdes où le monde entier, avec ses planètes, sa voie Lactée, passera, mais ne suffira pas.

En réalité, le message est à double cale, double fond. Pour le chanteur qui sent sa fin prochaine, l'évolution de son mal fait craindre aussi cette logique absolutiste, destructrice. Il faut que mort s'ensuive pour que la volonté de Jah, semble-t-il, soit accomplie. Bob doit mobiliser un peu de courage, tout de même, pour s'incliner. Quand tout allait si bien, si loin, si haut. Comment comprendre que le dieu-destin lui intime maintenant l'ordre de renoncer à sa tâche de skipper ? Qui va piloter, qui va tenir le gouvernail lorsqu'il sera parti ? Il y a cette angoisse qui sourd du magistral « Work » qui se présente comme un effrayant compte à rebours. Mais en attendant, et pour se démarquer de la chienlit, pour rappeler que sa manière d'émarger au portefeuille de Babylone ne signifie absolument pas qu'il en soit, il remet encore une fois les point sur les « i » dans « We and Them » ou « Could You Be Loved », resserre ses rangs et relance le « Zion Train » en chantant « Forever Loving Jah ».

Les emprunts à la Bible sont de plus en plus manifestes, fruits d'une pratique quotidienne depuis, sans doute, 1966, des discussions que celle-ci a engendrées, des gloses que les leaders rastas ont proposées et auxquelles Bob a ajouté les siennes. Puis vient le codicille, le testament personnel de Bob à l'adresse de ceux qu'il va laisser après lui, « Redemption Song », ce chant dépouillé par lequel il prend congé : pourquoi s'en prennent-ils ainsi, systématiquement, aux prophètes noirs ? Combien de temps cela va-t-il encore durer ? Bob, désormais intronisé prophète parmi les prophètes, est sommé comme eux de s'en aller. Les jeux sont faits. Il n'est pas utile de protester. Tout cela est dans le plan divin. Et qui s'en plaindra ?

Tout début février Bob est à Miami, dans la maison de Cedella, pour trouver un peu de paix et de repos. Il y croise Danny Sims venu lui rappeler que le contrat avec Blackwell s'achève avec *Uprising*. Il est certain d'obtenir de meilleures conditions avec PolyGram. La prophétie est sans risque. Qui ne ferait pas des ponts d'or à Bob en cette année 1980 ? On parle de la tournée *Uprising* qui doit « faire encore plus fort », selon le vieux principe babylonien, et l'extraordinaire attente des publics européen, asiatique, africain, américain va légitimement permettre d'exaucer ce vœu. Mal en point, Bob rentre à Hope Road fêter ses trente-cinq ans en compagnie de tous ses enfants, une équipe de football flambante neuve. Le moral n'est pas au beau fixe. Le chanteur cherche à se mettre en retrait, à quitter les regards et les conversations. S'absenter. La BMW Bavaria un peu tape-à-l'œil, pour le moins, est remplacée par une vieille et fort modeste Jeep. Il fuit les journalistes qui continuent à faire le voyage vers la Mecque, les amis, les conseils. Il se terre. Une seule bonne nouvelle est tombée depuis longtemps : les Wailers sont invités à se produire à Salisbury, rebaptisé Harare, à l'occasion de l'indépendance du Zimbabwe, le 17 avril de cette même année.

Dans l'esprit de Bob, il n'est pas question de reproduire l'ignoble fiasco dans lequel Tayor les a entraînés, au Gabon. Il prendra cette fois tout à sa charge, les musiciens, la sono, la scène, le voyage, le séjour et pas question d'aller contre cette simple exigence de témoigner à ce pays, qui devient le cinquantième pays indépendant d'Afrique noire, son amitié et son soutien. Le boeing 707 cargo en provenance de Londres et transportant des Wailers (une dizaine), des techniciens (douze), des watts (35 000), un équipement sophistiqué et une scène (21 tonnes) est accueilli par le leader du ZAPU (Zimbabwe African People Union), le ndebele Joshua Nkomo qui vient d'être nommé ministre de l'Intérieur dans le nouveau gouvernement de Robert Mugabe, issu des premières élections libres. Tout le gouvernement est là sauf le Premier ministre qui a dû, pour la dernière fois, faire allégeance au prince Charles, bien évidemment invité.

Il y a là, durant ces journées de liesse, un brassage de (ex)colonisateurs et (ex)colonisés extraordinaire, l'occasion pour Bob et les Wailers de rencontrer notamment les héros des guerres d'indépendance contre la Rhodésie blanche de Ian Smith, comme l'ami de Robert Mugabe, Edgar Zivanai Tekere. Les pacifiques rastas échangent avec les guerriers zimbabwéens visions et herbe. Et le miracle se reproduit. Un Bob véritablement au bout du rouleau, exténué par la préparation du voyage et la responsabilité qu'il engageait, une fois remonté sur scène, devant une foule impressionnante, exécute le show avec un surcroît de passion, conscient qu'il écrit avec ses amis africains une page singulière de l'histoire du continent. Peut-être réussit-il, dans cet instant de formidable ferveur, à juguler le mal, à le faire involuer et peut-être aurait-il fallu jouer ici, à Salisbury/Harare, jusqu'à la fin de la nuit, jusqu'à la fin des temps. Pourtant, dans l'avion du retour, le chanteur inquiète. La photo prise par Adrian Boot à Londres, à leur arrivée, et montrant les Wailers en position d'équipe de foot, quatre accroupis et quatre debout, rend parfaitement visible le degré d'épuisement de Bob. On ne voit pas ce qui pourrait encore justifier qu'il se remette en route si la route, précisément, s'arrête là.

Mais la tournée *Uprising* (l'album est sorti en juin) démarre le 30 mai, programmée de longue haleine et on peut assez bien l'imaginer lorsqu'on découvre le territoire à parcourir (12 pays), le nombre de concerts prévus (39), le public déjà mobilisé et qui attend (plus d'un million de personnes). Comment fait-on si on attrape froid, dans ces cas-là, ou pire, la mort ? Chante ou crève. Pas question de tergiverser. Les moyens mis en œuvre par Danny Sims et les organisateurs sont pléthoriques : on ne joue plus dans des salles de concerts ou des jardinets, mais dans les stades. Errol Brown et Dennis Thompson sont les garants de la sonorisation et lorsqu'on atteint à la dimension de ces foules océaniques, viennent en effet se poser de nouveaux problèmes que les ingénieurs-techniciens doivent froidement affronter. Neville Garrick, lui, compose des décors qui, bien que l'Éthiopie soit désormais en passe d'être élargie au continent africain, demeurent fidèles aux représentations que les Wailers ont voulu toujours en donner. Il y a là, dans la tournée *Uprising*, des climax jamais atteints, comme en Allemagne ou en Italie (notamment le concert à Milan au stade Giuseppe Meazza, le 27 juin), et Bob est désormais sur scène comme en réanimation. Le mouvement de la caravane, ou du *Babylon by Bus*, c'est un peu son assistance respiratoire. Le sursis. Et, pendant que les Wailers parcourent l'Europe, la campagne électorale bat son plein dans une Jamaïque qui ne sait plus retenir Michael Manley et connaît une vague de violence sans précédent. Les gangs ont reçu des armes plus performantes et des consignes nouvelles. On comptera à la fin de cette année quelque sept cent cinquante morts. Résignés, ou à nouveau prêts à faire sur leur calendrier une petite place aux lendemains qui chantent, les Jamaïcains s'apprêtent à élire l'éternel rival, Edward Seaga*, lequel va s'empresser de renouer les liens diplomatiques et économiques que son prédécesseur avait rompus, autrement dit frapper aux portes du FMI qui l'aidera à creuser comme une tombe la dette jamaïcaine. Ce sont les petits jeux de Babylone et tant que Babybone ne s'est pas autodévorée, comme le dit Bob, les petits jeux dureront.

Le Barnum marque une pause en juillet, après le concert au New Bingley Hall de Stafford (Staffordshire) et Bob regagne, en piètre état, la mai-

* Élu le 30 octobre 1980, il restera Premier ministre jusqu'en 1989.

son de Miami. Il est désormais impossible de ne pas voir sur son visage, dans son corps, la progression du mal. Celle-ci est d'ailleurs frappante. Peut-être y a-t-il quelque chose du marathon engagé, mais personne n'est vraiment dupe. Sans doute évoque-t-on l'éventualité de mettre un terme à la tournée et de renoncer à la partie américaine. Pour rire. La mort seule ou Dieu peuvent prendre une telle décision et la tournée américaine aura bien lieu. Les organisateurs se rassurent. D'ailleurs c'est, encore une fois, le dernier remède pour Bob qui, chez Cedella, ressemble certains jours à un vieillard. Il faut se remettre en route, remonter sur scène et suivre la partition mise au point en Europe : « Natural Mystic » ; « Positive Vibration » ; « Revolution » ; « I Shot the Sheriff » ; « War / No More Trouble » ; « Zimbabwe », etc. Et le show reprend à la mi-septembre. Bob se redresse un peu. Au Madison Square Garden de New York le 19 septembre, il est à nouveau métamorphosé, on lui donne cent ans à vivre et à fumer. Mais le concert terminé, il redevient inexistant. Les musiciens sont très tristes de le voir dans cet état. Pour la première fois, Bob fait hôtel à part, pour mieux se cacher, ne partageant plus que ses rares moments de vie : les Wailers au Gramercy Park Hotel et Bob à l'Essex House, sur Central Park.

Peut-être s'agit-il de mesures de protection mises en place par Skilly, qui veille plus que jamais sur son protégé pour garantir son repos. Mais dans sa chambre princière, c'est une faune invraisemblable qui mobilise tout le jour et une partie de la nuit son attention, qui l'épuise, qui abuse de son hospitalité, qui ne veut pas voir qu'il est au plus mal. De drôles de substances circulent dans l'entourage du skipper qui ont commencé à dénaturer en profondeur le mythe rastafari auquel tous ces musiciens s'étaient accrochés pour traverser Babylone et ses pièges. La ganja, elle non plus, ne suffit pas, et parmi les visiteurs de l'Essex House, les dealers ne sont pas les moins nombreux.

Le dimanche 21 septembre, en fin de matinée, Skilly propose à Bob un jogging à Central Park, il n'y a pas de concert le soir, mais un avion le lendemain pour Pittsburgh. Peut-être s'inquiète-t-il de le voir encore dans son lit et si peu désireux d'en sortir. Bob se laisse faire et rejoint une poignée de volontaires pour courir un dimanche matin, parmi lesquels le Dr. Frazier. Une armée de gardes d'un corps très malade. Bob a tout juste le temps de faire quelques pas, en trottinant, puis il s'écroule. On le reconduit à sa chambre. Le corps est resté un moment comme tétanisé. Puis les choses se remettent lentement. Lorsque Rita vient lui rendre visite, dans l'après-midi, il la rassure. Plus tard, dans la soirée, on discute pour conclure que le groupe partira pour Pittsburgh, le lendemain, et que Bob le rejoindra. En réalité, le lundi matin, le Dr. Frazier accompagne son patient chez un collègue neurologue. Une tumeur cancéreuse au cerveau est détectée. Il reste à Bob, selon le neurologue, quelques semaines à vivre. Le coup paraissait fatal mais le Lion, une dernière fois, se relève. Il gagne Pittsburgh, retrouve ses musiciens, sa femme, ses amis qui ne le reconnaissent pas. L'attaque de paralysie dans Central Park a changé cet homme qui tient pourtant, une dernière fois, à monter sur scène et la troupe ne s'y oppose pas. Le miracle, une dernière fois, a lieu. Pendant quatre-vingt-dix minutes, le petit homme, avec des locks qui ne s'accrochent déjà plus très bien à sa tête, danse et fait danser le monde. Puis, au moment de conclure, Bob revient avec sa guitare et donne « Redemption Song ». L'émotion parmi ses troupes est à son comble. Pour donner le change, les compagnons de vie reviennent interpréter avec lui « Coming In From the Cold » et « Could You Be Loved ». Puis encore « Is This Love » et « Work ».

La perruque de Bob

Cette fois la tournée est arrêtée. Bob est soigné au Memorial Sloan-Kettering Cancer Center de New York. Les amis, les proches, les gardes du corps mourant se relaient, Skilly, Cindy Breakspeare, Cedella, le Dr. Frazier qui supervise le traitement. La nouvelle est si peu conforme à la légende que le skipper s'est forgée à travers sa trajectoire de feu qu'elle continue à dérouter son entourage qui s'attend à ce que le chanteur se relève et se remette en marche. Mais cette fois, le verdict est sans appel : le cancer a gagné le cerveau, les poumons et l'estomac. Il a quelques semaines devant lui. On finit par l'installer dans une chambre du Wellington Hotel, 56th Street, afin de lui permettre de suivre sa radiothérapie en hôpital de jour. Il prend ses marques dans cet univers maintenant confiné. Au moment où les Wailers s'apprêtaient à boucler leur tour du monde, où leur musique gagnait tous les rivages, convertissait toutes les âmes au *one drop*, le territoire du chanteur se rétrécit comme une peau de chagrin : une chambre d'hôtel, quelques proches avec leur sale gueule d'enterrement, quelques divertissements. Il est présent le 2 octobre au dernier combat de Mohamed Ali contre Larry Holmes, perdu par Ali avant la limite du combat, pour la première fois — signe funeste. Un de plus. Un concert de Freddie Mercury et de Queen pour la promotion de leur album *The Game*, leur plus gros succès aux États-Unis. Des parties de foot auxquelles il assiste sans pouvoir jouer. *The Game*, mais sans lui. Des palabres dans la chambre d'hôtel. Danny Sims parle de l'envoyer dans la clinique, au Mexique (Ciudad Juarez, État du Chihuahua), où Steve McQueen, qui souffre d'un cancer des poumons, est allé se faire opérer, naturellement contre l'avis de ses médecins.

Mais les commentaires à propos des méthodes de William Donald Kelley fluctuent de l'éloge au blâme. Il semble qu'il n'y ait nulle issue. En attendant, les locks commencent à se détacher du crâne de Bob et à tomber. Comme un ultime dépouillement. On peut imaginer sa stupeur et celle de ses proches devant la vision d'un rasta au crâne progressivement dégarni, ses locks à terre, cette affreuse symbolique qui est, plus que tout, le signe de l'irrémédiable. Devant cette accumulation de calamités qui s'abattent du ciel, Cedella insiste pour que Bob se fasse baptiser par les représentants de l'Ethiopian Orthodox Church à New York (une antenne avait été installée aussi en Jamaïque à la suite du séjour du Négus à Kingston en 1966). Baptisée lorsqu'elle était enceinte de Bob, elle n'a cessé d'exiger qu'il en fasse autant. Mais Bob a toujours refusé, prétextant qu'il avait été baptisé « par le feu ». Son rattachement aux Twelve Tribes of Israel qui se vivent comme une organisation rivale l'a très certainement retenu de le faire. Mais dans le déclin total ? Lorsque votre principe de cohérence paraît en avoir pris un coup, lorsqu'il ne s'agit pas de donner l'impression de manquer d'égard à « His Majesty », vous pouvez sans doute lâcher du lest, consentir à ceux qui vous accompagnent vers votre mort ce qu'ils réclament avec tant de cœur. Bob est donc baptisé, un 4 novembre, dans sa chambre d'hôtel, par l'abouna Yesehaq, archevêque de l'hémisphère ouest en présence de toute sa famille, et reçoit le nom de Berhane Sélassié (« Lumière de la Sainte Trinité[1] ») — le 4 novembre, c'est-à-dire trois jours avant qu'on apprenne la mort de Steve McQueen, décédé le lendemain de son opération.

Une solution de la dernière chance est proposée par le Dr. Frazier : le Dr. Josef Issels, en Bavière. Comme William Donald Kelley, le thérapeute de McQueen, celui-ci jouit d'une réputation sulfureuse. C'est d'abord un ancien membre du parti nazi qui, certes, l'aurait quitté lorsqu'on lui aurait intimé l'ordre de ne plus soigner ses patients juifs. Mais la référence n'est pas des plus confortables. Ensuite, il est à la tête d'une clinique (Sunshine House, Bad Wiessee, près de Munich) où il s'est fait le promoteur d'une thérapie baptisée le « Traitement Issels » offrant une approche holistique alternative aux patients souffrant d'un cancer en phase terminale. Quelles que soient les médisances, les critiques assassines qui circulent dans les milieux médicaux internationaux, la clinique ne désemplit pas. Compte tenu des expédients auxquels on est désormais réduit, le conseil de Bob ne voit pas qu'on puisse négliger ce dernier et peut-être ultime traitement. Accompagné de son aréopage (Cedella, Diane Jobson, etc.), Bob débarque à Bad Wiessee le 9 novembre, rejoint par certains Wailers en février, pour ses trente-six ans. La personnalité de Josef Issels, le plan de bataille exposé (transfusions, hyperthermie, injection de THX, agent anticancérigène interdit aux États-Unis, diète sévère) convainquent Bob qui se soumet sans réserve au personnel de la Sunshine House. Les résultats sont assez encourageants. La chute de poids est enrayée, les cheveux commencent à repousser, Bob taquine à nouveau le ballon et a même recommencé à sourire — et cela d'autant plus qu'il apprend que le nouveau gouvernement de Jamaïque, sous la férule de Seaga, vient de lui décerner la médaille de l'ordre du mérite. Preuve qu'un Marley, même à demi mort, est encore un enjeu électoral.

Babylone se déchaîne, décidément. On se prend alors à espérer, ce qui est, comme on sait, le traitement le plus alternatif. La rémission, malheureusement, est de courte durée. Bob continue à maigrir et, au début du mois de mai, alors qu'il ne pèse plus que trente-cinq kilos, le Dr. Issels annonce qu'il passe la main. Le traitement est déclaré inefficace, ce qui, en d'autres mots, signifie que le patient n'a pas à rester un jour de plus à Bad Wiessee. Autant éviter la mauvaise publicité du décès de Bob Markey dans son établissement.

Retour à Miami où Bob est admis au Cedars of Lebanon Hospital, le 9 mai. Le miracle n'a pas eu lieu et n'aura pas lieu, ici non plus. Deux jours plus tard, son état de santé décline brusquement. Dans la petite garde rapprochée, éplorée, on se serre davantage les coudes. Rita chante encore pour Bob, et Cedella prie, accompagnées par tous les enfants. Bob revient une dernière fois à lui pour rassurer sa mère et lui dire qu'il n'est pas nécessaire de pleurer pour lui. Puis, vers onze heures trente, le temple où Bob a habité plus de trente-six années referme ses portes et on y éteint les bougies. Le 6 mai précédent, un valeureux guerrier de la faim, au terme d'une autre guerre contre Babylone, avait également rendu l'âme. Il portait presque le même prénom que celui que Norval avait donné à son fils : Robert Gerard Sands*.

Les funérailles nationales qui s'ensuivent, le 21 mai, résument à elles seules toutes les tensions que la vie et les choix de Bob ont induites et que sa mort soudain exacerbent. L'organisation de la journée, entre les mains du cabinet du Premier ministre et de Rita, cherche un équilibre improbable, voudrait tâcher de rendre hommage à tous les Marley qui se sont cachés sous la formule inscrite en lettres d'or sur la bannière à l'entrée des Arènes nationales**, « Honorable Robert Nesta Marley,

* Républicain irlandais, détenu dans la prison de Maze en Irlande du Nord, mort au terme d'une grève de la faim de 66 jours. Le réalisateur britannique Steve McQueen en a fait le personnage central et martyr de *Hunger* (2008).

** Arènes où des milliers de Jamaïcains ont commencé à défiler dès le matin même pour saluer une dernière fois Bob dans son cercueil de bronze.

OM », OM pour ordre du mérite, la plus haute distinction conférée en Jamaïque et accordée donc à Bob par Seaga quelques mois plus tôt. Le visage serein, probablement déjà aux abords d'une quelconque mer de la Tranquillité, Bob apparaît dans un corps déjà rétréci et son éternel costume de toile de jean, sous une perruque faite de ses longues locks, une Bible dans une main ouverte au psaume 23 (« Yahvé est mon pasteur, / je ne manque de rien. / Sur des prés d'herbe fraîche il me parque. / Vers les eaux du repos il me mène, / il y refait mon âme. / Il me guide par le juste chemin / pour l'amour de son nom... ») et sa guitare dans l'autre, paré donc pour entreprendre le Grand Voyage.

Il y a là, précisément, dans cette gigantesque cour des miracles que forment les Arènes nationales, abreuvée, maintenue en sursis par la voix du chanteur que diffusent les haut-parleurs, tous ceux qui ont constitué l'humanité de Bob, autrement dit ses différentes familles (mères et enfants, Wailers anciens et nouveaux, sectes rastafari, anciens du ska, ou du feu rocksteady, rois du reggae, gens du milieu, maîtresses, politiciens, prophètes, *obeah men*, etc.), ses sœurs et frères de rue et de scène, ses amis, ses proches, ses adversaires, ses ennemis, ses meurtriers venus participer, en chœur, à « l'événement le plus important de l'histoire de l'île, et probablement la seule fois où la nation fut unie de manière indéniable[2] ». Mais, d'abord et avant tout, la foule immense des anonymes (on dit que la moitié de l'île s'est ce jour-là mobilisée), ceux que Bob a côtoyés autrefois à Trench Town, Tivoli Garden,

Deham Town, qu'il a chahutés, qui sont venus danser sur ses musiques dans les sound-systems, qui l'ont porté, en quelque sorte, à l'attention du plus grand nombre, les plus humbles, les plus fidèles, ceux qui n'ont jamais dit qu'il les avait trahis lorsque le succès a semblé le détourner d'eux, mais au contraire, qui l'ont aimé resplendissant, consacré, universel.

Dans cette marée représentative du peuple de Jamaïque, se faufilent alors les enfants sortant des écoles, avec leurs uniformes, le gouverneur de l'île, Sir Florizel Glasspole, le Premier ministre et les leaders du JLP, Michael Manley, l'opposant avec ses sbires, les musiciens, reconnus, fameux ou pas, avec qui Bob a joué, les producteurs, les ingénieurs, les mixeurs, les toasteurs, bien sûr les dealers, les pickpockets, les vendeurs de toutes sortes qui essaient de vous refiler un tout petit morceau de la Sainte Croix. Viennent encore, tout de blanc vêtus, les membres des Twelve Tribes of Israel qui surveillent du coin de l'œil ceux de l'Ethiopian Orthodox Church, chacun essayant de marquer son territoire et son emprise sur l'ombre de Bob qui maintenant s'en va[3].

La cérémonie proprement dite a été fort diplomatiquement organisée. Le corps a été déposé le matin au quartier général de l'Ethiopian Orthodox Church, dans le ghetto. Des prêtres « en chasuble rouge brodée d'or et d'argent[4] » ont psalmodié leurs prières en grec et amharique, en agitant les encensoirs. Bob est reparti ensuite vers Hope Road, pour un dernier adieu à la maison où reggae, kaya, *Ital* et *Inity* ont vécu une assez jolie *love story*. Puis le convoi s'est dirigé vers les Arènes. Une estrade a été dressée à la hâte pour accueillir le cercueil, recouvert pour partie du drapeau jamaïcain, pour partie du drapeau éthiopien, et tous ceux qui vont venir célébrer la grande messe. Tout porte la marque de négociations subtiles et fermes. La scène est partagée en deux avec le corps au milieu. À droite, le décor est éthiopien, bâti autour de l'effigie de l'empereur. Cedric « Im » Brooks y dirige une section de The Mystic Revelation of Rastafari, musiciens et batteurs « très roots ». Au centre, autour du corps de Bob, les prêtres de l'Ethiopian Orthodox Church sous la direction de l'abouna Yesehaq, archevêque de l'hémisphère ouest, celui-là même qui avait baptisé Bob à New York, dans sa chambre d'hôtel. Naturellement, aucun rasta d'aucune secte dans ce périmètre, rastafari n'entretenant pas de liens avec la mort, fût-ce celle de l'un de ses prophètes. À gauche, sont les couleurs jamaïcaines et le portrait de Marcus Mosiah Garvey. Rita et Cedella sont entourées des enfants regroupés derrière Ziggy (il a douze ans) au sein de la formation The Melody Makers. La foule se presse au pied de ce podium où les enfants, accompagnés des I-Threes puis par tous les Wailers, interprètent « Rastaman Chant » et « Natural Mystic ». Le roi est mort, vive la famille Marley.

Puis commence aussitôt le service funèbre assuré par l'abouna. Sans doute cette sorte de récupération ne plaît-elle pas à certains qui se demandent si Bob aurait vraiment voulu cela. Dans les rangs des Twelve Tribes of Israel, assis à part, ostensiblement, on perçoit une très légère tension. Puis viennent les lectures du Livre saint. Le gouverneur de l'île ouvre le premier la Bible, sobrement, et lit. Puis viennent le tour de Manley, chaleureusement accueilli par la foule et toujours élégant ; de Seaga, le Premier ministre, d'abord rabat-joie mais qui, fort habilement, sait remettre les cœurs de son côté. Son discours rend hommage à celui qui « fait partie de la conscience collective de la nation ». C'est sans risque mais dit avec émotion. Puis vient le tour de Skilly, grand gaillard et, pour l'occasion, la voix de son maître. Mais au lieu de chanter sa partition, voilà qu'il adresse un salut à ses frères des Twelve Tribes relégués loin de la scène. La foule lui répond au cri de « Jah Rastafari ». Un prêtre essaie de l'intimider, mais Skilly n'est pas tout à fait le chérubin attendu, et le saint homme recule. Les soldats s'emparent alors du cercueil pour le conduire vers le corbillard, mais ils n'ont pas plus tôt descendu l'estrade que les membres des Twelve Tribes, maintenant tout à fait remontés, viennent les bousculer et récupérer le précieux chargement qu'ils portent eux-mêmes jusqu'à la camionnette qui prend alors la direction de Nine Miles.

De part et d'autre d'une route de quatre-vingts kilomètres que Bob a prise pour la première fois, dans l'autre sens, le jour où son père avait souhaité le scolariser à Kingston, une foule est amassée pour saluer une dernière fois celui qui retourne chez lui. Une double chaîne humaine depuis Kingston jusqu'à la colline de Nine Miles où l'histoire a commencé et maintenant s'achève. Puis, après toutes ces collines et ces foules agglutinées autour du corbillard, le cercueil rejoint un petit mausolée édifié à côté de la maison que le grand-père de Bob avait donnée à sa fille et à son fils, le « petit-fils préféré d'Omeriah ». Ce qui est peut être plus ronflant, plus entêtant encore que « Honorable Robert Nesta Marley, OM ».

Bien évidemment, le coup est rude pour les Jamaïcains, plus que cela, incompréhensible, scandaleux, et Babylone est en ligne de mire car, c'est un fait, Babylone est rancunière. La tentation est grande de trouver des coupables. Dans ce parcours que Bob a suivi sans trop se soucier des commentaires, les candidats ne manquent pas qui l'ont soi-disant dévié de sa route, aidé à se fourvoyer et conduit à la maladie et à la mort. Bob n'étant plus là pour faire taire ces palabres, ceux-ci se déchaînent. Dans ce cas présent, tout le monde a raison : il aurait dû rester en Jamaïque ; il était trop lié au milieu ; on ne mène pas la vie de patachon qu'il a menée en étant marié ; il s'est fait bouffer par les requins blancs ; s'il avait accepté de se faire amputer l'orteil, rien ne serait arrivé ; il aurait dû rester mieux accroché à sa foi rastafari ; c'est le régime *Ital* qui l'a tué ; il avait délaissé la ganja pour la cocaïne ; on ne peut pas réussir en Jamaïque ; c'est la CIA qui l'a liquidé ; il aurait dû rester le simple poète qu'il était ; etc. Les reproches les plus féroces émanent de ceux qui veulent absolument qu'en rejoignant Blackwell, qu'en quittant progressivement son île, il ait vendu son âme au diable et que ce soient les remords, la culpabilité qui agressèrent sa vie durant cet homme en même tant intègre, qui eurent raison de lui. C'est le point de vue de Lee « Scratch » Perry qui ne peut pas s'empêcher de penser que le *Black Ark* aurait pu largement suffire à la gloire de Bob (et à la sienne) :

> Je pense que si Bob avait continué à travailler avec moi, son sort aurait été différent, l'orientation que je lui donnais était différente. À sa mort, nous avons tous su pourquoi il était réellement mort. S'il n'avait pas travaillé avec le vampire Blackwell, Bob Marley serait encore vivant aujourd'hui. Bob était mon *alter ego*, mon autre moitié[5].

À peu près à la même époque, exactement trois mois plus tôt, dans une chambre de l'hôtel Sheraton à Kingson, un autre fameux rasta achevait lui aussi sa course, sans doute plus discrètement, mais avec cette même façon de tutoyer les ambiguïtés. Comme le fait remarquer son biographe, le prix de la chambre dans laquelle il avait décidé de s'installer en attendant tranquillement la mort représentait le salaire mensuel d'un ouvrier jamaïcain. Mais l'argument n'aurait, semble-t-il, pas fait l'affaire et l'homme avait déroulé sa vie, insaisissable, jusqu'à cette insolite conclusion. Ainsi, Leonard Percival Howell, puisqu'il s'agit de lui, fondateur du Pinnacle, sans doute de rastafari, et Nesta Robert Marley qui lui donna son audience universelle sont demeurés l'un et l'autre très au-delà de ce que les commentaires ont cru attraper d'eux, et sans doute assez fiers, montrant par là, ensemble, et chacun à sa manière, que les voies de Jah étaient décidément impénétrables.

ANNEXES

REPÈRES CHRONOLOGIQUES

1945. *6 février* : naissance de Nesta Robert Marley à Nine Miles, paroisse de St. Ann, Jamaïque. Il est l'enfant de Cedella Malcolm et de Norval Marley, mariés pour l'occasion, mais n'ayant jamais véritablement vécu ensemble, la famille du père s'y étant opposée.

1950. Norval Marley exige que son fils le rejoigne à Kingston où il veut le scolariser. En réalité, il le place sous la garde d'une amie de la famille Marley, très âgée, et disparaît. Cedella, sans nouvelles pendant quelques mois, finit par venir le chercher.

1956. Cedella part s'installer à Kingston et Bob la rejoint. Elle demeure à Regent Street, puis 2nd Street, à Trench Town. Nesta est scolarisé. Il parcourt les quartiers de Back'O'Wall, Dung Hill, Salt Lane et Ackee Walk où se sont installés les rastas chassés du Pinnacle. Amitié avec Bragga, jeune rasta, musicien et joueur de foot,.

1958-1962. Nesta se produit, sur le conseil de Bragga, au Vere Johns Opportunity Hour et gagne une livre. Cedella a emménagé avec Thaddeus Livingston et sa famille. Bob retrouve son ami Neville O'Riley, dit Bunny, le fils de Thaddeus, qu'il fréquentait déjà à St. Ann. Ils se réunissent souvent chez le rasta et musicien Joe Higgs, auteur de « Manny'O », premier *hit* de la maison de disques de Edward Seaga, WIRL. C'est chez Joe Higgs qu'ils font la connaissance de Peter McIntosh, dit Peter Tosh. Un premier groupe est constitué, complété par Junior Braithwaite, Cherry Smith et Berverly Kelso. Bob a dégoté un poste de soudeur à l'arc sur South Camp Road. Il y rencontre Desmond Dekker qui vient d'enregistrer « Honor Your Father and Mother ».

1962. Un accident de travail éloigne Nesta de l'atelier de soudure. Avec l'aide de Desmond Dekker, il auditionne chez Leslie Kong et enregistre pour Federal Records ses premiers titres, « Judge Not », « One Cup of Coffee ». Le groupe prend le nom de Teenagers, puis Wailing Rudeboys, Wailing Wailers et enfin Wailers.

1963. Nesta se fait appeler désormais Bob ou « Tuff Gong ». Cedella part rejoindre son nouveau compagnon, Edward Booker, aux États-Unis à Wilmington (Delaware). Pearl, la fille qu'elle a eue avec « Taddy » Livingston, la rejoindra ultérieurement. Bob est livré à lui-même. Il loge dans une cuisine sur 1st Street, à Trench Town, trouvée par Vincent « Tata » Ford, dit Tartar. Alvin « Seeco » Patterson conduit Bob, Peter et Bunny chez Studio One, propriété de Clement « Coxsone » Dodd, pour qui ils enregistrent « Simmer Down ».

1964-1965. Bob est autorisé à squatter une dépendance de Studio One. Il est nommé par Clement « Coxsone » Dodd adjoint à la direction artistique. Les Wailers enregistrent, accompagnés par les Skatalites « Cry to Me », « Put It On », « Rude Boy », « I'll Keep on Moving », « One Love », etc. Edward Seaga, ministre du Développement dans le gouvernement d'Alexander Bustamante, ne sélectionne pas les Wailers, trop *rude*, pour représenter la Jamaïque à la World's Fair à New York. Junior Braithwaite quitte le groupe, ainsi que Cherry Smith et Berverly Kelso. Le grand-père, Omeriah Malcolm, décède le 12 septembre 1964. Bob fait la connaissance d'Alpharita Constantia Anderson, dite Rita, membre du trio The Soulettes. Bob est chargé par Coxsone de les faire travailler.

1966. *10 février* : Bob et Rita se marient. Séjour de Bob aux États-Unis chez sa mère, à Wilmington, pour tenter de se renflouer et de créer son propre label. Il fait différents petits boulots.

Octobre : de retour en Jamaïque, il a manqué la visite de Hailé Sélassié le 6 avril. Il rejoint Mortimer Planno et s'initie à la philosophie, à la discipline et à la foi rastafari.

1967. Les trois Wailers, maintenant convertis, poursuivent leur apprentissage de la foi nouvelle. Ils font leur l'évolution du ska vers le rocksteady et quittent Clement « Coxsone » Dodd. Bob part s'installer avec Rita, enceinte de Ziggy, à Nine Miles, dans la maison léguée autrefois par le grand-père Omeriah à sa fille Cedella. Bob compose : « Nice Time », « Stir It Up », « Chances Are », etc. Il crée, avec Peter et Bunny, le label Wailing Soul Records, ou Wail'n Soul'm. Bob rejoint les Twelve Tribes of Israel. Au cours d'une *groundation*, il fait la connaissance de Johnny Nash qui le conduit chez le producteur Danny Sims. Bob et Bunny sont emprisonnés pour possession de ganja, le premier pour un mois, le second pour un an (libéré en septembre de l'année suivante).

1968-1969. Bob et Mortimer Planno fréquentent assidûment la maison de Danny Sims à Russell Heights. Bob a coupé ses locks et adopte une coupe afro. Les Wailers vont enregistrer en quatre ans (1968-1972) près de 80 titres pour JAD, la maison de disques de Sims. Bob enregistre « Selassie Is the Chapel », écrit par Mortimer Planno. Rita et Bob rendent visite à Cedella dans le Delaware (été 1969).

1970. Les Wailers retravaillent avec Leslie Kong (Beverley's Records) qui produit, contre leur volonté, et malgré les menaces (Bunny lui annonce qu'il périra l'année suivante) leur *Best Off* — Leslie Kong mourra d'une crise cardiaque en août 1971, à trente-huit ans. Le groupe enregistre aussi pour un ancien transfuge de Studio One, Lee « Scratch » Perry, à partir d'une section rythmique composée par deux frères légendaires, Aston « Family Man » Barrett et Carlton « Carly » Barrett (ils remplaceront Bunny et Peter après leur départ).

Fin d'année : Bob dépose Rita et les enfants dans le Delaware et part rejoindre Danny Sims et Johnny Cash en Suède. Ce dernier a été engagé comme acteur dans Want So *Much to Believe*, de Gunnar Höglund, et a proposé à Bob d'en écrire, avec lui, la musique. Ils logent à Alvik, au nord-est d'Uppsala. Bob se lie d'amitié avec le claviériste texan John « Rabbit » Bundrick.

1971. Les Wailers et les frères Barrett rejoignent Bob à Londres, où Sims est venu négocier avec CBS un contrat de distribution.

Ils sont tous logés dans un hôtel minable à Bayswater où ils ne sont pas autorisés à cuisiner *Ital*. Nash enregistre avec eux au studio CBS les titres appartenant à l'album *I Can See You Clearly Now*, où figurent quatre compositions de Bob (dont « Stir It Up »). Bob enregistre « Reggae on Broadway ».
Printemps : ils sont de retour en Jamaïque. La star du foot jamaïcain Alan « Skilly » Cole devient le manager des Wailers qui ont également recruté le pianiste Tyrone Downie. Ils enregistrent « Trench Town Rock » (très gros succès dans l'île). Puis viennent « Satisfy My Soul », « Stop that Train » (Peter Tosh), « Dreamland » (Bunny Livingston), « Natural Mystic », « Hurting Inside », etc. Bob et Rita installent leur maison de disques Tuff Gong sur la place de la Parade, puis sur Beeston Street. Les Wailers retournent à Londres à l'automne, gagné par la vague « Roots and Culture ». Ils sont installés dans une maison à Neasden. Johnny Nash et Bob partent en tournée dans les écoles. Janet Hunt met au monde Rohan Anthony, tandis que Rita a donné naissance à Stephen (les enfants de Bob seront au nombre de douze, dont les deux enfants de Rita, adoptés). Chris Blackwell, le patron d'Island Records, reçoit Bob dans ses bureaux sur Knightsbridge en décembre (rencontre organisée par Brent Clarke, l'agent de Danny Sims).

1972. Les Wailers préparent leur premier album pour Island Records (enregistré aux studios Dynamic, Harry J's et Randy's). Rita et les enfants reviennent du Delaware. Bunny s'installe dans une communauté rasta de Bull Bay. Dès que les enregistrements sont terminés, Bob part rejoindre Chris Blackwell à Londres pour l'*overdubbing* : Blackwell fait ajouter des lignes de guitare (Wayne Perkins) sur « Concrete Jungle » et « Stir It Up », et procède à une légère accélération du rythme au moment du dernier mixage. Blackwell et Danny Sims parviennent à un accord à propos des Wailers. Les ateliers Island Records proposent le premier album des Wailers, *Catch a Fire*, sous la forme d'un briquet Zippo. Bob se lie avec le joueur d'harmonica américain Lee Jaffe. De retour à Kingston, Bob s'installe au 56, Hope Road, dans la maison de Chris Blackwell. Pour se protéger de la relation que Bob entretient avec l'actrice Esther

Anderson, Rita part s'installer avec les enfants à Bull Bay. Pour sa campagne électorale, le leader du PNP, Michael Manley, fait la cour aux musiciens de l'île et obtient le ralliement de certains d'entre eux. Bob et Rita s'embarquent.
Décembre : sortie de *Catch a Fire* en Grande-Bretagne (en avril 1973 pour les États-Unis).

1973. Le DJ Big Youth enlève pour la première fois son *tam* (bonnet) sur la scène du Carib Theater. Lee « Scratch » Perry sort l'album *African Herbsman* (Trojan Records), sans en avoir averti les Wailers. Sessions d'enregistrement pour l'album *Burnin'*.
Octobre : sortie de l'album *Burnin'*.
Avril-juillet : tournée *Catch a Fire*. Avant la partie américaine de celle-ci, Bunny quitte le groupe et Joe Higgs le remplace.
Octobre-novembre : tournée *Burnin'*. L'enregistrement donné pour la radio de San Francisco KSAN constituera la matière de *Talkin' Blues*, en 1991.
Novembre : à Londres, Peter et Bob décident de se séparer.

1974. Les Wailers remontent ensemble sur scène, une dernière fois, à l'occasion de la venue de Marvin Gaye au Carib Theater. Bob y fait la rencontre de Don taylor, le manager de l'artiste. Peter crée son propre label Intel-Diplo HIM (*Intelligent Diplomat for His Imperial Majesty*). Les nouveaux Wailers s'enferment dans le studio Harry et travaillent sur les morceaux qui composeront l'album *Natty Dread*. À Londres, Blackwell propose la collaboration du guitariste Al Anderson, Bob accepte.
Octobre : sortie de l'album *Natty Dread*. Bob vit une histoire avec Anita Belnavis qui mettra au monde Ky-Mani, en février 1976.

1975. *Juin-juillet* : tournée *Natty Dread*.
9-13 juillet : concert au Roxy à Los Angeles. Bob joue devant un parterre de VIP parmi lesquels Keith Richards, Ringo Starr, Grateful Dead, Herbie Hancock, William Everett Preston, Joni Mitchell, George Harrison, Cat Stevens, Buddy Miles, ainsi que de très nombreuses icônes du septième art.
17 et 18 juillet : au Lyceum (Londres), enregistrement de *Bob Marley and the Wailers Live !*

1976. Début de la romance avec Cindy Breakspeare, première Miss Monde jamaïcaine cette même année (mère de Damian, qui naîtra le 21 juillet 1978). Le magazine *Rolling Stone* fait des Wailers le groupe de l'année.

Avril : l'album *Rastaman Vibration* sort chez Island. Bob y apparaît pour la première fois en tant que « Joseph ».

Avril-juin : tournée *Rastaman Vibration*, élargie à trois nouvelles destinations, Allemagne, France et Pays-Bas.

5 décembre : grand concert gratuit dans le parc des Héros-Nationaux, que Bob a décidé d'offrir pour calmer les esprits, surchauffés à l'approche des élections, et pour remercier les Jamaïcains de l'avoir soutenu. Dès la date arrêtée, le gouvernement de Manley décide de fixer les élections deux semaines plus tard.

3 décembre : Bob entouré de ses musiciens en répétition à Hope Road est victime d'une tentative d'assassinat dont il réchappe miraculeusement (le corps de Don Taylor est sur le passage de cinq des huit balles qui lui étaient destinées). Bob est blessé mais ne veut pas annuler le concert « Smile Jamaica ». Le lendemain de celui-ci, il embarque avec Neville Garrick pour Nassau, dans les Bahamas, à bord du jet privé de Chris Blackwell. Sa famille et ses musiciens l'y rejoindront.

1977. Les Wailers sont installés dans un grand appartement à Chelsea. Bob s'est retiré dans une maison avec Cindy Breakspeare à Collingham Gardens, à Earls Court. Bob et Lee « Scratch » Perry enregistrent « Punky Reggae Party », repris sur *Exodus*. Les enregistrements au studio « Fallout Shelter » et « Basing Street » démarrent avec le guitariste Junior Marvin. Une vingtaine de titres en résultent qui serviront à presser l'album *Exodus* qui sort au printemps et *Kaya*, l'année suivante. Bob reçoit des mains de Afsa Wossen une bague ayant appartenu à son père, l'empereur Hailé Sélassié.

Mai-juin : tournée *Exodus* au début de laquelle Bob se blesse l'orteil droit au cours de l'une des parties de foot traditionnelles des Wailers avec une équipe de journalistes et VIP de circonstance. La tournée est bientôt arrêtée. Des examens permettent de détecter la présence de cellules cancéreuses. Une amputation de l'orteil est proposée que

Bob, fidèle à sa foi, refuse. Il part se reposer chez sa mère à Miami. Avec son médecin personnel, le Dr. Carl Frazier, ils rendent visite au Dr. William Bacon qui avait sauvé Don Taylor, l'année précédente. Le diagnostic est confirmé. Bob accepte une greffe de peau au Cedar of Lebanon Hospital of Florida.

1978. Claudie « Jack » Massop, *gunman* sortant de prison et mandaté par le JLP, ainsi que Tony Welsh, sympathisant du PNP, rencontrent Bob à Londres pour déterminer les conditions d'un cessez-le-feu entre les factions et de l'organisation d'un concert.

Mars : sortie de l'album *Kaya*.

Le « One Love Peace Concert » a lieu au National Stadium et réunit quelques-unes des meilleures formations du moment. Peter en profite pour s'adresser vertement aux deux leaders du PNP et du JLP, assis au premier rang. Lorsque le tour de Bob vient, il invite sur « Jamming » Michael Manley et Edward Seaga, farouches opposants, sur scène, et leur fait se donner la main.

Mai : début de la tournée *Kaya*, la plus longue jamais organisée pour les Wailers.

21 juillet : au Starlight Bowl de Burbank (Californie), Bob et Peter interprètent ensemble « Get Up, Stand Up ».

25, 26 et 27 juillet : enregistrements réalisés au Pavillon de Paris à partir desquels, à la fin de l'année, Blackwell mettra sur le marché *Babylon by Bus*.

1979. *Mars-mai* : la tournée *Kaya* se poursuit en Afrique et en Extrême-Orient. Bob, accompagné de Skilly, fait un séjour en Éthiopie.

Avril-mai : tournée *Babylon by Bus*.

Début juillet : les Wailers participent au Reggae Sunsplash Festival de Montego Bay.

21 juillet : concert Amandla, à Boston, où Bob fait pour la première fois de sa vie un discours.

Octobre : sortie de l'album *Survival* et la tournée démarre aussitôt. Elle durera trois mois, dont sept soirées à l'Apollo Theater de Harlem.

1980. *4 et 6 janvier* : Bob et les Wailers donnent deux concerts à Libreville, au Gabon, pour l'anniversaire du président Omar

Bongo. À cette occasion, le prenant la main dans le sac, Bob se débarrasse de son manager, Don Taylor.

17 avril : Bob et les Wailers sont invités à donner un concert à Salisbury à l'occasion de l'indépendance du Zimbabwe. Bob prend tout à sa charge en transportant, dans un bœing 707 cargo, un équipement de 21 tonnes. Il rencontre quelques-uns des héros de la guerre d'indépendance contre la Rhodésie blanche de Ian Smith, tel l'ami de Robert Mugabe, Edgar Zivanai Tekere.

Mai-septembre : tournée *Uprising* (dernier album du vivant de Bob), répartie en 38 concerts dont 33 en Europe (9 en France) et les autres aux États-Unis.

Juin : sortie de l'album *Uprising*.

Juillet : Bob fait une pause et part se reposer à Miami.

Mi-septembre : le show reprend à Boston, puis New York, au Madison Square Garden. À New York, pour la première fois, Bob ne partage pas le même hôtel que les musiciens.

21 septembre : au cours d'un footing dans Central Park, le dimanche au matin, Bob s'écroule. Le Dr. Frazier conduit Bob chez un collègue neurologue qui détecte une tumeur cancéreuse au cerveau. Bob rejoint néanmoins les Wailers à Pittsburgh où il donne encore un concert de quatre-vingt-dix minutes. Le dernier. Bob est soigné au Memorial Sloan-Kettering Cancer Center de New York. Son cancer a gagné le cerveau, les poumons et l'estomac. Il a quelques semaines devant lui. Cedella l'implore afin qu'il accepte de se faire baptiser par les représentants de l'Ethiopian Orthodox Church à New York. Bob accepte et le baptême a lieu dans sa chambre d'hôtel en présence de tous ses enfants. Le Dr. Frazier propose la solution de la dernière chance : la clinique de Dr. Josef Issels.

9 novembre : Bob entre dans sa clinique, Sunshine House, à Bad Wiessee, près de Munich et commence aussitôt son traitement (transfusions, hyperthermie, injection de THX, agent anticancérigène interdit aux États-Unis, diète sévère).

1981. Après une légère rémission, son état se détériore rapidement.

Février : il est rejoint par certains Wailers pour ses 36 ans. Le Dr. Josef Issels déclare le traitement inadapté.

9 mai : retour à Miami où Bob est admis au Cedars of Lebanon Hospital. Il y meurt deux jours plus tard.
21 mai : des funérailles nationales sont décrétées en Jamaïque. La moitié des habitants de l'île l'accompagne jusqu'à Nine Miles où se trouve son mausolée.

RÉFÉRENCES BIBLIOGRAPHIQUES

EN FRANÇAIS

Bruno Blum, *Le Reggae et les rastas. Une histoire de la musique jamaïcaine*, Hors Collection Éditions, Paris, 2004.

Giulia Bonacci, *Exodus ! L'Histoire du retour des Rastafariens en Éthiopie*, Scali, Paris, 2008.

Lloyd Bradley, *Bass Culture. Quand le reggae était roi*, trad. Manuel Rabasse, Allia, Paris, 2005.

Anny Dominique Curtius, *Symbioses d'une mémoire : manifestations religieuses et littératures de la Caraïbe*, L'Harmattan, Paris, 2006.

Jérémie Kroubo Dagnini, *Les Origines du reggae : retour aux sources. Mento, ska, rocksteady, early reggae*, L'Harmattan, coll. « Univers musical », 2008.

Stephen Davis, *Bob Marley*, traduit de l'américain par Hélène Lee, Seuil, coll. « Points Seuil », Paris, 1994.

Francis Dordor, *Bob Marley*, Flammarion, Paris, 2009.

Marcus Garvey, *Un homme et sa pensée*, trad. Hélène Lee, Éditions Caribéennes, 1982.

Paul Gilroy, *L'Atlantique noir. Modernité et double conscience*, trad. Jean-Philippe Henquel, Kargo, Paris, 2003.

James Henke, *Bob Marley. La légende*, trad. Philippe Paringaux, Éditions du Panama, 2006.

Gary Herman, *Rock'n'roll Babylone. 50 ans de sexe, de drogues et de tragédies*, trad. Florense Dolisi et Jean-Pierre Pugi, Denoël, Paris, 2005.

Laurent LAVIGE et Carine BERNARDI, *Tendance rasta*, 10/18, coll. « Musiques & Cie », Paris, 2003.

Hélène LEE, *Voir Trench Town et mourir. Les Années Bob Marley*, Flammarion, Paris, 2004.

— *Le Premier Rasta*, Flammarion, Paris, 1999.

Boris LUTANIE, *Introduction au mouvement Rastafari*, L'Esprit frappeur, Paris, 2003.

Élodie MAILLOT, *Dictionnaire des chansons de Bob Marley*, Éditions de Tournon, 2005.

Rita MARLEY et Hettie JONES, *Ma vie avec Bob Marley : No Woman No Cry*, trad. Marguerite Schneider-English, City Éditions, 2004.

Dennis MORRIS, *Bob Marley, un rebelle, un sage*, Tana Éditions, 2006.

Maureen SHERIDAN, *L'Intégrale Bob Marley. Les Secrets de toutes ses chansons*, trad. Jacques Collin, Paris, Hors Collection éditions, 2000.

EN ANGLAIS

Sr. Leonard E. BARETT, *The Rastafarians. Sounds of Cultural Dissonance*, edition revue et corrigée, Beacon Press, 1988.

Steve BARROW et Peter DALTON, *The Rough Guide to Reggae*, Rough Guides, 2004.

Barry CHEVANES, *Rastafari. Roots and Ideology*, Syracuse University Press, 1994.

Michael CRATON, *Testing the Chain. Resistance to Slavery in the British West Indies*, Ithaca et Londres, Cornell University Press, 1982.

Kwame DAWES, *Bob Marley, Lyrical Genius*, Sanctuary Limited, 2002.

Christopher John FARLEY, *Before the Legend : The Rise of Bob Marley*, Amistad, 2006.

Marcus GARVEY, *Life and Lesson*, édité par Robert A. Hill et Barbara Blair, University of California Press, 1987.

Vivien GOLDMAN, *The Book of Exodus. The Making and Meaning of Bob Marley and The Wailers's Album of the Century*, Londres, Aurum Press, 2006.

Howard JOHNSON et Jim PINES, *Reggae — Deep Roots Music*, Glasgow, Proteus Books, 1982.

Ajai et Laxmi MANSINGH, *Home away from home : 150 years of Indian presence in Jamaica, 1845-1995*, Ian Randle, Kingston, 1997.

Nathaniel Samuel MURREL, William D. SPENCER et Adrain Anthony MCFARLANE, *Chanting Down Babylone*, Temple University Press, 1998.

Walter RODNEY, *The Groundings with my Brothers*, Frontline Distribution International, 1996.

Monika SCHULER, *Alas, Alas, Kongo : A Social History of Indentured African Immigration into Jamaica, 1841-1865*, John Opkins University Press, 1980.

Roger STEFFENS et Leroy Jody PIEKSON, *Bob Marley and the Wailers : The Definitive Discography*, LMH Publishing, 2005.

B. G. M. SUNDKLER, *Bantu Prophets in South Africa*, Oxford University Press, Londres, 1961.

Edward ULLENDORFF, *Ethiopia and the Bible*, Oxford, University Press for the British Academy, 1968.

Timothy WHITE, *Catch a Fire. The Life of Bob Marley*, The définitive edition, New York, Henry Holt & Company, 2006.

DISCOGRAPHIE SÉLECTIVE

SINGLES

« Judge Not », Berverley's, 1963.
« I Don't Need Your Love » / « Simmer Down », Downbeat, 1963.
« It Hurts to Be Alone » / « Mr talkative », Coxsone, 1964.
« I'm Still Waiting » / « Ske Jerk », Studio 1, 1965.
« Do It Right » / « And I Love Her », Coxsone, 1965.
« Don't Look Back » / « Dancing Shoes », Coxsone, 1966.
« Rudie » / « Rudie Part 2 », Studio 1, 1966.
« Bend Down Low » / « Freedom Tima », Wail'N Soul'M, 1967.
« Stir It Up » / « This Train », Trojan, 1968.
« Fire Five » / « Rock My Boat », Wail'N Soul'M, 1968.
« My Cup » / « My Dub », Upsetter, 1969.
« Sun Is Shining » / « Version (dee jay track) », Tuff Gong, 1970.
« Small Axe » / « All in One », Upsetter, 1971.
« Reggae on Broadway » / « Oh Lord I Got to Get There », CBS, 1972.
« Concrete Jungle » / « Reincarnated Souls », Island, 1973.
« Jah Live » / « Concrete », Tuff Gong, 1975.
« Knotty Dread » / « Version », Tuff Gong, 1974.
« Belly Full » / « Version », Tuff Gong, 1974.
« Trenchtown Rock » (live) / « I Shot the Sheriff » (live), Island, 1975.
« Smile Jamaica » / « Part 2 », Tuff Gong, 1976.
« Roots Rock Reggae » / « War », Tuff Gong, 1976.
« Punky Reggae Party » / « Punky Reggae Version », Tuff Gong, 1977.
« Is This Love » / « Crisis », Island, 1978.
« Rat race » / « Stir It Up », Island, 1979.

« Ambush » / « Ambush in Dub », Tuff Gong, 1979.
« Coming in from the Cold » / « Dubbin in », Tuff Gong, 1980.
« Redemption Song » / « Band Version », Tuf Gong, 1980.
« Jammin' » / « No Woman No Cry », Island, 1981.
« Trenchtown » / « Dub in Trenchtown », 56 Hope Road, 1982.

ALBUMS

Best of Bob Marley & The Wailers (1963-1970), Coxsone, 1974.
One Love (1963-1966), Heartbeat, 1991.
Best of The Wailers (1968-1969), Beverley's, 1971.
Soul Rebel (1969), Upsetter / Trojan, 1970.
Soul Revolution (1969-1971), Maroon, 1971.
African Herbsman (1969-1972), Trojan, 1973.
Rasta Revolution, Trojan, 1974.
Soul Revolution 1 et 2 (1969-1971), Trojan, 1988.
Catch a Fire, Tuff Gong / Island, 1972-1973.
Burnin', Tuff Gong / Island, 1973.
Natty Dread, Tuff Gong / Island, 1974.
Live ! Bob Marley et les Wailers, Tuff Gong / Island, 1975.
Rastaman Vibration, Tuff Gong / Island, 1976.
Exodus, Tuff Gong / Island, 1977.
Kaya, Tuff Gong / Island, 1978.
Babylon by Bus, Tuff Gong / Island, 1978.
Survival, Tuff Gong / Island, 1979.
Uprising, Tuff Gong / Island, 1980.
Confrontation, Tuff Gong / Island, 1983.
Legend, Tuff Gong / Island, 1984.
Rebel Music, Tuff Gong / Island, 1986.
Talkin' Blues, Tuff Gong / Island, 1991.
Natural Mystic (The Legen Lives On), Tuff Gong / Island, 1995.
Dreams of Freedom : Ambient Translations of Bob Marley, Axiom/ Island, 1997.
Chant Down Babylon, Tuff Gong / Island / Deff Jam, 1999.
One Love : The Very Best of Bob Marley & The Wailers, Universal / Tuff Gong, 2001.
Live at the Roxy, Tuff Gong / Island, 2003.

NOTES

RASTA GIGOGNE

1. Joshua Jelly-Schapiro, « The Bob Marley Story », *The New York Review of Books*, 9 avril 2009.

2. Lloyd Bradley, *Bass Culture. Quand le reggae était roi*, Paris, Allia, 2005.

3. René Daumal, *Mémorables*, 1942.

4. Timothy White, *Catch a Fire. The Life of Bob Marley, The définitive edition*, New York, Henry Holt & Company, 2006.

5. Paul Gilroy, *L'Atlantique noir. Modernité et double conscience*, Paris, Kargo, 2003.

6. W.E.B. Du Bois, *Les Âmes du peuple noir*, éd. établie par Magali Bessone, Paris, La Découverte, 2007. Dover Publications, 1994.

7. Lloyd Bradley, *op. cit.*

NORVAL MARLEY

1. William Shakespeare, *Hamlet*, acte I, scène 2.

2. Barry Chavanes, *Rastafari. Roots and Ideology*, University Press, New York, Syracuse, 1994.

3. Olivier Pétré-Grenouilleau, *Les Traites négrières. Essai d'histoire globale*, Gallimard, Paris, 2004.

4. Stephen Davis, *Bob Marley*, traduit de l'américain par Hélène Lee, Seuil, coll. « Points Seuil », Paris, 1994.

ENTRÉE DES *DUPPIES*

1. W. E. B. Du Bois, *Les Âmes du peuple noir, op. cit.*

2. Stephen Davis, *Bob Marley, op. cit.*

3. Timothy White, *Catch a Fire. The Life of Bob Marley, op. cit.*

4. Marie-Christine Rochmann, *L'Esclave fugitif dans la littérature antillaise*, Paris, Karthala, 2000.

BACK'O'WALL

1. Hélène Lee, *Voir Trench Town et mourir. Les Années Bob Marley*, Flammarion, 2004.

2. *Ibid.*

3. Nathaniel Samuel Murrel, William D. Spencer et Adrain Anthony McFarlane, *Chanting Down Babylone*, Temple University Press, 1998.

L'ÉCOLE DE JOE HIGGS

1. Timothy White, *Catch a Fire. The Life of Bob Marley, op. cit.*

2. Hélène Lee, *Voir Trench Town et mourir. Les Années Bob Marley, op. cit.*

3. *Ibid.*

4. Lloyd Bradley, *Bass Culture. Quand le reggae était roi, op. cit.*

5. Hélène Lee, *op. cit.*

« *WHEEL AND COME AGAIN !* »

1. Stephen Davis, *Bob Marley, op. cit.*

2. Lloyd Bradley, *Bass Culture. Quand le reggae était roi, op. cit.*

3. Hélène Lee, *Voir Trench Town et mourir. Les Années Bob Marley, op. cit.*

4. Sarah Daynes, « Frontières, sens, attribution symbolique : le cas du reggae », *Cahiers de musiques traditionnelles*, n° 17, 2004.

5. Lloyd Bradley, *op. cit.*

6. *Ibid.*
7. Timothy White, *Catch a Fire. The Life of Bob Marley*, op. cit.
8. Lloyd Bradley, *op. cit.*

REID, DODD ET BUSTER

1. Lloyd Bradley, *Bass Culture. Quand le reggae était roi, op. cit.*
2. *Ibid.*
3. *Ibid.*
4. *Ibid.*

« DEM 'AVE NO MANNERS »

1. Lloyd Bradley, *Bass Culture. Quand le reggae était roi, op. cit.*
2. Hélène Lee, *Voir Trench Town et mourir. Les Années Bob Marley*, op. cit.
3. Lloyd Bradley, *op cit.*
4. Stephen Davis, *Bob Marley*, op cit.
5. Lloyd Bradley, *op. cit.*
6. *Ibid.*

MORT À L'HOMME BLANC

1. Lloyd Bradley, *Bass Culture. Quand le reggae était roi, op cit.*
2. *Report on the Rastafari Movement in Kingston, Jamaica*, Department of Extra-Mural Studies, University of the West Indies, Mona (Jamaïque), 1960, cité par Hélène Lee, *Le Premier Rasta*, Flammarion, Paris, 1999.
3. Boris Lutanie, *Ragga* n° 55, sept. 2004 ; voir aussi le site internet : www.webzinemaker.com/rastalogie/index.php3

MORT DU *CUSTOS*

1. Stephen Davis, *Bob Marley*, op cit.
2. *Ibid.*
3. Timothy White, *Catch a Fire. The Life of Bob Marley*, op cit.
4. Lloyd Bradley, *Bass Culture. Quand le reggae était roi*, Allia, 2005.
5. Stephen Davis, *op. cit.*
6. Timothy White, *op. cit.*

BOB CHEZ CHRYSLER

1. Stephen Davis, *Bob Marley, op cit.*
2. Timothy White, *Catch a Fire. The Life of Bob Marley, op. cit.*
3. Stephen Davis, *op. cit.*

L'ÉTHIOPIE TENDRA LES MAINS VERS DIEU

1. Carlos Castaneda, *L'Herbe du diable et la petite fumée*, 10/18, Paris, 1977.
2. Le texte complet de *The Holy Piby* est disponible sur le site internet : www.holyebooks.org/african/the_holy_piby/index.html
3. Monica Schuler, « Myalism and the African Religious Tradition in Jamaica », in Hilary Beckles and Verne Shepherd eds., *Caribbean Slave Society and Economy : A Student Reader*, Kingston/London : Ian Randle and James Currey, 1991.
4. Marcus Garvey, *Life and Lessons*, cité par Laurent Lavige et Carine Bernardi, *Tendance rasta*, « Musiques & Cie », 10/18, 2003.
5. Leonard E. Barret, Sr., *The Rastafarians. Sounds of Cultural Dissonance*, Revised and Updated Edition, Beacon Press, 1988.
6. Stephen Davis, *Bob Marley*, op. cit.
7. Boris Lutanie, « Dieu est noir », *Ragga*, n° 60, février 2005.

BOB AU PIN(N)ACLE

1. Lloyd Bradley, *Bass Culture. Quand le reggae était roi, op. cit.*

2. *Ibid.*

3. *Ibid.*

4. Hélène Lee, *Le Premier Rasta, op. cit.*

5. Stephen Davis, *op. cit.*

6. *Ibid.*

« *DO THE REGGAY* »

1. Lloyd Bradley, *Bass Culture. Quand le reggae était roi, op. cit.*

2. *Ibid.*

3. Justine Ketola, « "Groovin, Kingston 12" Box Set Makes Its Debuts Worldwide : Reasoning with Producer Danny Sims », voir le site internet : www.jahworks.org

4. Lloyd Bradley, *op. cit.*

5. Walter Rodney, *The Groundings With My Brothers*, London, Bogle-L'Ouverture Publications, 1969.

6. Laurent Lavige et Carine Bernardi, *Tendance rasta, op. cit.*

BIG YOUTH MONTRE SES LOCKS

1. Stephen Davis, *Bob Marley*, op. cit.

2. Laurent Lavige et Carine Bernardi, *Tendance rasta, op. cit.*

3. Lloyd Bradley, *Bass Culture. Quand le reggae était roi, op. cit.*

4. *Ibid.*

5. *Ibid.*

LES WAILERS À LONDRES

1. Lloyd Bradley, *Bass Culture. Quand le reggae était roi, op.cit.*

2. Voir sur www.rabbitwho.com/pr_bob_goes_to_sweden.php le site de John Rabbit Bundrick.

3. Lloyd Bradley, *op. cit.*

4. Leonard E. Barett, Sr., *The Rastafarians. Sounds of Cultural Dissonance, op.cit.*

5. Lloyd Bradley, *op. cit.*

DISQUE ZIPPO

1. Lloyd Bradley, *Bass Culture. Quand le reggae était roi, op. cit.*

2. Francis Dordor, *Bob Marley*, Paris, Librio Music, 2004.

3. Lloyd Bradley, *op.cit.*

4. Maureen Sheridan, *Bob Marley. Les Secrets de toutes ses chansons*, traduit de l'anglais par Jacques Collin, Paris, Hors Collection éditions, 2000.

5. Stephen Davis, *op. cit.*

6. Stephen Davis, *ibid.*

7. Laurent Lavige et Carine Bernardi, *Tendance rasta, op. cit.*

THE BIG THREE AND THE SMALL AXE

1. Lloyd Bradley, *Bass Culture. Quand le reggae était roi, op. cit.*

2. Hélène Lee, *Voir Trench Town et mourir. Les années Bob Marley, op. cit.*

3. Delroy Wilson, « Better Must Come », in *Cool Operator*, Music Collection International, 1971.

4. Lloyd Bradley, *op. cit.*

5. Stephen Davis, *Bob Marley, op. cit.*

6. *Ibid.*

UNE NUIT AU ROXY

1. Stephen Davis, *Bob Marley, op. cit.*

2. Maureen Sheridan, *Bob Marley. Les Secrets de toutes ses chansons, op. cit.*

3. Lloyd Bradley, *Bass Culture. Quand le reggae était roi, op. cit.*

4. Hélène Lee, *Voir Trench Town et mourir. Les Années Bob Marley, op. cit.*

5. Stephen Davis, *op. cit.*

PROTECTED BY HIS MAJESTY

1. Stephen Davis, *Bob Marley, op. cit.*

2. Victor Segalen, *Stèles*, Gallimard, coll. « poésies Gallimard », 1973.

3. Hélène Lee, *Voir Trench Town et mourir. Les Années Bob Marley, op. cit.*

4. Stephen Davis, *op. cit.*

5. Don Taylor, *Marley And Me : The Real Bob Marley Story*, Barricade Books, 1995, cité par Hélène Lee, *Voir Trench Town et mourir. Les années Bob Marley, op. cit.*

L'EXODE ET LA BLESSURE

1. John Robb, *Punk Rock : An Oral History*, Ebury Press, 2007.

2. Stephen Davis, *Bob Marley*, op. cit.

3. Hélène Lee, *Voir Trench Town et mourir. Les Années Bob Marley, op. cit.*

4. Stephen Davis, *Bob Marley, op. cit.*

« *I GIVE MY LOVE INSTEAD* »

1. Stephen Davis, *Bob Marley, op. cit.*

« *HOW LONG SHALL THEY KILL OUR PROPHETS ?* »

1. Stephen Davis, *Bob Marley, op. cit.*

1. Stephen Davis, *op. cit.*
2. Lloyd Bradley, *Bass Culture. Quand le reggae était roi, op. cit.*
3. Leonard E. Barrett, Sr., *The Rastafarians. Sounds of Cultural Dissonance, op. cit.*
4. Stephen Davis, *op. cit.*
5. Laurent Lavige et Carine Bernardi, *Tendance rasta, op. cit.*

Remerciements

L'idée de ce livre est née lors d'un déjeuner avec Jean Daniel. Il s'agissait de choisir les thématiques que l'équipe des hors-série du *Nouvel Observateur* (Sandrine Hubaut, Patrick Garcia, Laurent Mayet, José Schwartz, Gisela Wunderwald, moi-même) traiterait, avec le zèle espéré. J'avais notamment proposé « Bob Marley » ; un peu surpris moi-même par mon audace, Bernard Loupias venant tout juste de me raconter, au cours d'un déjeuner en forme de cyclone subtropical, les trois interviews que Bob lui avait accordées. Puis l'incroyable récit de ses funérailles, à Kingston, avec près de la moitié de la population de l'île postée tout au long de la route qui menait le convoi funèbre de Kingston à Nine Miles, où le chanteur repose (avec ou sans la bague de Sélassié au doigt).

C'était la toute première fois que je prenais conscience de ce qui s'était passé dans son île minuscule qui, de toute évidence, bien avant d'avoir enfanté des dieux du stade, avait mis au monde des musiciens-prophètes aptes à parler au nom de toutes les minorités noires et bien au-delà. Un tee-shirt à l'effigie de Bob sur le ventre ou le dos, et vous traversiez les ghettos les plus malfamés de Babylone. Qui était donc ce musicien ? Qu'est-ce que les *sufferers* du monde entier percevaient de son message ? Pourquoi le public blanc dansait-il en chantant « Jah Rastafari » ? Qu'est-ce que l'Éthiopie venait faire dans cette galère ? Autant de questions que je croyais opportun d'affronter. Je l'avais dit au directeur de la publication, qui n'avait pas démenti. Mais, pour des raisons de choix éditoriaux, Bob Marley ne fut pas retenu, mais me retint durablement. La suite est ici.

Je tiens à remercier Jean Daniel qui, par son accueil bienveillant, a dû renforcer et légitimer ma curiosité. Je dois beaucoup aussi à Bernard Loupias qui m'a fourni dans cette affaire cette sorte de *ganja* qui délivre le cerveau de l'intellectuel de ses préjugés : les bons livres et les livres rares. Il a corrigé ici quelques énormes bévues, et relu l'ensemble attentivement. Il m'a encouragé lorsque je le questionnais, un peu accablé par la dimension de la tâche. Car nulle possibilité d'attraper la singularité de Bob si vous ne faites pas un retour en arrière et n'essayez pas de le réimplanter, non seulement au sein de l'histoire de la musique noire américaine et caribéenne, mais également dans celle de cette île située sur la route des anciens bateaux négriers et dont le peuple a toujours fait preuve d'une sorte de superbe insolence face à ses prétendus maîtres de naguère et de toujours — mais aussi dans ces terreaux très obscurs que sont le panafricanisme et sa branche la plus insondable, l'éthiopianisme. Je remercie la chercheuse Sarah Daynes qui m'a fait connaître le concept de *Black Atlantic*, développé par le sociologue anglais Paul Gilroy. J'adresse un message d'amitié à Jean-Philippe Guerand qui m'a mis en relation avec Gérard de Cortanze, que je remercie évidemment pour sa ténacité. J'exprime ma reconnaissance aussi et avant tout à celle qui m'a accompagné durant ce travail, mené à Montmartre et à Santa Fe (Nouveau-Mexique) et dont le nom est, comme il se doit, aux premières pages de ce livre.

ANNEXES